Pequeño teatro

Colección Autores Españoles
e Hispanoamericanos

Ana María Matute
Pequeño teatro

Novela

Premio Editorial Planeta
1954

Planeta

© Ana María Matute, 1954
Editorial Planeta, S. A., Córcega, 273-277, Barcelona-8 (España)

1.ª edición: noviembre de 1954
2.ª edición: diciembre de 1954
3.ª edición: enero de 1955
4.ª edición: julio de 1968
5.ª edición: setiembre de 1969
6.ª edición: mayo de 1970
7.ª edición: mayo de 1971
8.ª edición: noviembre de 1972 (edición especial para Club Planeta)
9.ª edición: diciembre de 1972
10.ª edición: enero de 1974
11.ª edición: marzo de 1974 (edición especial para Club Planeta)
12.ª edición: marzo de 1976 (edición especial para Club Planeta)
13.ª edición: mayo de 1976 (edición especial para Club Planeta)
14.ª edición: setiembre de 1976 (edición especial para Club Planeta)
15.ª edición: enero de 1977 (edición especial para Club Planeta)
16.ª edición: enero de 1978 (edición especial para Interbooks)
17.ª edición: diciembre de 1979 (edición especial para Club Planeta)
18.ª edición: noviembre de 1980

Depósito legal: B. 35344 - 1980

ISBN 84-320-0032-9 colección completa
ISBN 84-320-0003-5
ISBN 84-320-5175-6 primera publicación

Printed in Spain - Impreso en España

«Duplex, S. A.», Ciudad de la Asunción, 26-D, Barcelona-30

«Palabras, palabras, palabras...»
(HAMLET, acto II, escena 2.ª)

A mi madre

CAPÍTULO PRIMERO

1

OIQUIXA ERA UNA PEQUEÑA POBLACIÓN pesquera, con callejuelas azules, casi superpuestas y unidas por multitud de escalerillas de piedra. Parecían colgadas
unas sobre otras, porque Oiquixa había sido cons-
truida en una pendiente hacia el mar. Una sola
calle, ancha, llana, atravesaba el poblado y recibía
el pomposo nombre de Kale Nagusia, porque en ella
se elevan orgullosas las casas importantes de la
localidad. Kale Nagusia avanzaba, avanzaba hasta
convertirse en un camino largo y estrecho que se
adentraba en las olas. Lo remataba un viejo faro
en ruinas, cuya silueta se recortaba melancólicamente sobre el color del mar. Cuando llovía, pare-

cía resbalar un llanto nostálgico sobre sus piedras. Al atardecer, se diría que todo Oiquixa estaba a punto de derrumbarse y caer en las aguas rosadas de la bahía. Era un hermoso espectáculo, tal vez parecido a un sueño absurdo, aquella extraña gradería de puertecitas y tejados reflejándose al revés en el agua. Pero en la noche, desde la colina, el muelle de Oiquixa era como un negro pulpo de ojos amarillos que avanzase sus tentáculos hacia las olas.

Allí, en aquel muelle, nació Ilé Eroriak. Ilé Eroriak quiere decir Pelos Caídos, y ningún otro nombre le hubiera sentado mejor. Era un muchachito menudo, con un mechón de cabello negro y rebelde, como la crin de un potro, que se alborotaba sobre la frente. Estaba siempre muy sucio, con escamas relucientes pegadas a la piel y a la ropa. Pero tenía los ojos azules, como mar que duerme.

Puede decirse que Ilé Eroriak vivía en todos los rincones de Oiquixa y en ninguno. San Telmo, el viejo barrio de pescadores, era su lugar preferido. No sabía si porque allí habitaba su viejo amigo, su anciano y único amigo, o por el influjo que sobre él ejercía la campana de la iglesia. También solía vagar por el puerto. Su figura desgarbada, sus pies, heridos por el frío y los despojos afilados del muelle, eran familiares a los pescadores. Cuando podía, ayudaba a descargar los buques, enrolándose como menudo eslabón lleno de orín en la cadena de hombres que recibían su salario. Comía alguna cosa que le daban, restos del rancho de algún barco, que recogía en una lata vacía, y se gastaba el dinero en vino o en aguardiente, para alegrar su corazón y sus pensamientos. Muy a menudo, en las tardes de sol, se sentaba apoyando la espalda contra la pared, y contemplaba el gran letrero rojo que resaltaba sobre el blanco muro de la oficina del puerto. No sabía leer, pero alguien le dijo en una ocasión que allí decía: «*Kepa Devar. Consignatario de Buques*». Ilé Eroriak no lo había olvidado, dándole vueltas y vueltas a ese nombre y a lo que sabía de él. En el fondo de su alma guardaba una inmensa admiración hacia aquel ser. Sólo las almas quietas pueden admirarse como Ilé Eroriak. Sabía que si alguien le hubiera enseñado a leer, a cada paso sus ojos deletrearían sobre rojos carteles: «*Kepa Devar. Almacenes de carbón*». «*Kepa Devar. Fábrica de cemento.*» «*Kepa Devar. Oficinas.*»

Y Kepa Devar, a quien veía pasear en el atardecer solitario, pensativo, imponente, se convirtió para Ilé Eroriak en un ser fantástico, en el más grande de los hombres.

Ilé Eroriak era de cortos alcances, tardo en hablar, y había quien hallaba estúpida su sonrisa. Sus escasas palabras a menudo resultaban incoherentes y poca gente se molestaba en comprender lo que decía. Sin embargo, había un rayo de luz, fuerte y hermosa luz, que atravesaba el enramado de sus confusos pensamientos, y le hería dulcemente el corazón. Su grande, su extraordinaria imaginación le salvaba milagrosamente de la vida. También su ig-

11

norancia, y sobre todo, aquella fe envidiable y maravillosa. Ilé Eroriak creía en todo, profundamente. Amaba el mar sin saberlo, hasta el punto de ser, hasta entonces, la única cosa en el mundo capaz de hacerle llorar o reír.

Pero de todas estas pequeñas cosas de su alma, solamente un hombre sabía y comprendía. Era éste un anciano, dueño de un mundo mágico: un teatro de marionetas. Vivía en la parte alta de Oiquixa, y muchas veces compartían la comida. Si al llegar la noche el anciano encontraba al muchacho acurrucado en las gradas de la iglesia, le despertaba y le llevaba a su cubil, debajo del teatro, donde el anciano tenía su vivienda. Ilé Eroriak podía entonces dormir en un estante empotrado en la pared, junto a los muñecos rotos. Así llegó a familiarizarse con aquellos cuerpecillos desarticulados, con aquellas fantásticas cabezas de madera heridas por sonrisas que se habían convertido, con el tiempo, en muecas llenas de melancolía.

El anciano era jorobado y deforme, y en Oiquixa llamábanle Anderea. Él mismo tallaba sus muñecos, él mismo trenzaba sus historias. Amor y odio vivían, bajo la noche azul con estrellas de estaño, su pequeña vida de mentira. Allí estaban todos. Colombina, grácil y voluble; el alegre Arlequín, y Pierrot, el romántico. Muchos de ellos pasaron por las manos hábiles de Anderea, y a su muerte eran relegados al estante donde dormía Ilé Eroriak. Solamente había un muñeco que resistía al tiempo, como si fuera eterno, porque nadie sabía cuándo nació y no parecía querer morir. Impasible y sonriente, contemplaba la gloria y la ruina de sus compañeros. El anciano le quería y le cuidaba más que a ninguno, porque era un polichinela jorobado que se parecía a él.

Cuando Ilé Eroriak sentía miedo de las figuras que formaban las olas, corría a esconderse en la vivienda de Anderea y contaba a éste lo que había visto. Su buen amigo le escuchaba con atención mientras pintaba un madero o recortaba una peluca crespa. Le escuchaba y le creía, y el muchacho le amaba por eso más que por dejarle comer de su plato, más que por dejarle dormir en el estante de los muñecos olvidados. Aquellos muñecos que acariciaba con una ternura que ignoraba él mismo. Desteñidos, sucios. Estaban muertos, monstruosamente sonrientes, mientras silbaba el viento por los resquicios de las ventanas, allá arriba, en la sala del teatro. Muy a menudo, Ilé Eroriak soñaba con ellos. En sueños, muchas veces le aterraban hasta despertar bañado en sudor. Trepaba entonces por la escalerilla de mano que conducía al escenario, y, saltando atropelladamente sobre las vigas, sobre los rollos de cuerdas, sobre los bancos, abría la puerta para poder ver la luna, ancha, cercana, y el resplandor azulado que pulía la callejuela entera. Cada una de las piedras brillaba con un blanco extraño, nuevo. Todo parecía limpio a aquella hora. Llegaba la brisa del mar hasta su rostro, hasta sus párpados cargados de sombras. Ilé regresaba a su sueño, dentro del estante, bajo el escenario. De nuevo bajaba una gran paz hasta su corazón.

En estas ocasiones sus sueños eran diferentes. Soñaba con Kepa Devar. Y lo veía grueso, imponente, con sus manos velludas y cargadas de anillos, estrechando las suyas, sucias y morenas.

2

Kepa Devar era un hombre corpulento que lucía una hermosa perla prendida en la corbata. Vivía en la mejor casa de Kale Nagusia, era dueño de media población y se había casado con una Antía. «La mejor muchacha de la mejor familia de Oiquixa», se había dicho. Pero ella murió, dejándole una niña de pocos días y un extraño vacío en el corazón. Kepa sabía que su esposa no le amaba ni le amó jamás. Pero, aun así, lo más bello de su vida murió en el mismo instante en que Aránzazu Antía cerraba los ojos a este mundo.

Indudablemente, el tiempo de Kepa Devar era algo precioso y totalmente ocupado. Pero respetaba el domingo. Lo empleaba en pasear recorriendo de punta a punta Kale Nagusia. Andaba con lentitud, con los pulgares en los bolsillos del chaleco. Llevaba la cabeza erguida, entornaba los ojos miopes, y movía los labios como si rezase. Contemplaba la bahía, el camino del faro, las rocas ariscas de la costa. Pero no veía nada que no fuera su propio corazón, porque estaba profundamente solo.

El hombre que quiso ser, el que creó él mismo, era aquel que paseaba solitario y solemne por Kale Nagusia. El que llevaba la cabeza levantada. Pero el hombre que era en realidad se intimidaba y encogía ante aquel figurón grande y altanero que, una y otra vez, recorría las piedras grises de Kale Nagusia al faro, del faro a Kale Nagusia. Consiguió al Kepa que casó con una Antía, pero no pudo extinguir al otro Kepa, al que le había adorado de lejos como un sueño imposible. Lo cierto es que estaba solo. Sentirse solo, después de tantos años, le producía una angustia indefinible. Pero no ahogaba su vanidad, porque ella le convirtió, de un mísero muchacho del barrio de San Telmo, en el dueño casi absoluto de Oiquixa. Muchas veces, al recorrer Kale Nagusia, llegaba a crerse un poco «padre» de la población. «Yo he elevado a Oiquixa», se decía, pensando en su fábrica de cemento, en el nuevo frontón donado, en las Escuelas de Huérfanos patrocinadas por él, en el Hospital de San Telmo, en la fábrica de salazón y conservas. Y, sobre todo, pensando en su hotel, «El hotel Devar». Aquél era su mayor orgullo. Excesivo para una pequeña población como era la suya, consumía tres veces más de lo que llegaba a rendir. Económicamente significaba un rotundo fracaso.

Pero esto no le importaba a Kepa. Ser dueño de aquel pequeño mundo de inutilidades, sumía a Kepa en un sopor de vanidad, le hacía admirarse de sí mismo, y ésta era una recompensa que nadie como Kepa sabía soportar.

Kepa bebía a menudo. En estas ocasiones hablaba, hablaba tanto que la gente huía de él. Gozaba entonces haciendo resaltar lo humilde de su procedencia, y explicaba con guiños expresivos cómo había llegado a ser la figura más importante de su pequeño mundo. Nadie era entonces más locuaz que él. Contaba historias, historias entrecortadas y aburridas, como la famosa «historia de la perla que adornaba su corbata». Pesadamente, dando con el puño en la mesa, los ojillos entrecerrados, Kepa se remontaba a los albores inquietos de su vida, aquellos tiempos del viejo San Telmo, cuando salían a la pesca del «chipirón» en la lancha de su padre. Aquella época lejana en que se hizo amigo de un marinero escuálido, que chapurraba un vascuence entremezclado de acentos diversos. Un hombre tatuado y rubicundo que escupía tabaco y bebía orujo, que le habló de unas islas maravillosas y lejanas, cuyos mares circundantes guardaban fortunas en las entrañas. «Mucho, mucho dinero —decía—. ¿Y por qué, dices tú...? Pues por unas piedrinas así, pequeñas y redondas, que hay que arrancarles a unas conchas. *Ostras* llaman a eso. Y son así, pequeñas, no más que esto.» Aproximaba el índice y el pulgar. «Pero ¿sabes tú lo que vale cada una? Yo

te digo a ti, y tú créeme a mí, que bien te digo...
que con veinte de ésas, y sólo te digo veinte, me
daba yo bonita temporada, con buen anillo lucien-
do al dedo, y hasta reloj de cadena... Ya lo creo
yo, y bien lo creo. Y tú puedes pensar y calcu-
lar...»

Aquello hizo reflexionar a Kepa. Por entonces,
sus dieciséis años impacientes se rebelaban ante un
futuro que no iba más allá de una buena redada.
La historia de las ostras le quitó el sueño muchas
noches. Y le llevó a una conclusión: si era cierto
que existían gentes capaces de pagar fortunas por
«unas piedrecitas blancas y brillantes», él, Kepa Devar, llegaría a ser el amo del mundo.

Poco tiempo después, se enroló en un buque
mercante y huyó mar adentro, mar negro y rojo,
mar de mil colores, menos azul, menos verde. Mar
que nadie comprendía más que él, que no lo temía, que lo sabía bien. Aún hoy, aún hoy que sólo
lo bordeaba, mirándolo de reojo, como si ya no le
importara. Como si ya no lo recordara. Aquel amanecer nebuloso en que partió, la tierra fingía llorar,
tal vez porque él, Kepa, se iba. Se asomó a aquella
ventana miserable, redonda, que se abría en la gran
panza del barco. Vio el mar, como si fuera la primera vez, o la última. Fue entonces cuando tuvo un
instante medroso, débil. Sabía, aunque no las veía,
las costas de su pequeña población, las costas de
todo su país, borrándose inexorablemente, fríamente sobre aquel gran mar feroz y sosegadamente

cruel. Pero sólo fue un instante. El miedo no cabía allí dentro.

No precisó Kepa, en el transcurso del tiempo, llegar tan lejos como le dijera el marinero tatuado. Ni tampoco fue necesario extraer perlas de las ostras. Kepa tropezó con debilidades humanas, con pequeñas y sucias cosas, más estúpidas que la historia de las piedrecitas redondas y brillantes. Pero Kepa no se olvidaba de ellas. Kepa las recordaba siempre y nunca dejaba de aprovechar la lección agria y tonta que había aprendido. Un día, al fin, cuando ya era el gran Kepa alto y grueso, el majestuoso y temido Kepa, se permitió la banalidad de comprarse una perla, en homenaje. Como un símbolo, se juró llevarla siempre prendida en su corbata. Una vez en su poder, al examinarla de cerca, descubrió que no era del todo esférica, ni del todo blanca, ni del todo brillante. Y le pareció aún menos valiosa de lo que había imaginado. Kepa no entendía de matices, orientes ni irisaciones, de la misma manera que tampoco veía en las luces heladas del crepúsculo más que el principio o el fin de una jornada. Pero, en cambio, aprovechaba mejor que nadie las horas del día.

No llegó a ser el amo del mundo, pero sí lo fue de «su mundo», tal como soñara y había deseado. Solamente comprendió el valor de las perlas el día en que inauguró el «Hotel». Aquel vano edificio grande, lleno de un lujo vacuo que nadie necesitaba. Aquel extraño, inusitado, sorprendente «Gran Hotel

Devar», donde, en una ocasión, una noche, se alojó el rey. Kepa suspiraba aún mucho después, recordándolo. «Yo lo hice para que viniera el rey. Yo no lo sabía, y lo hice para que aquí viniera el rey. No ha sido casualidad; estaba escrito en los libros del cielo.» Por entre las casas de color desgastado, de viejo color indiferente ya, surgía el cuerpo blanco, desvergonzadamente joven, del «Gran Hotel». Desde entonces, al bajar la cabeza y contemplar la perla en su corbata, Kepa la acariciaba como algo entrañable y amigo. Por vez primera la vio, al fin, nimbada de una luz efímera y maravillosamente banal.

De estas cosas hablaba Kepa, confusamente, cuando bebía. Pero, en cuanto volvía a hallarse libre de los efluvios alcohólicos, ni una sola palabra alusiva a su pasado salía de sus labios. Volvían a ser sus modales grotescamente suaves y afectados, y, aparentemente, no recordaba haberse arrastrado por el muelle con los pies descalzos, desmallando «anchoba» a la luz roja del amanecer.

A la niña que nació de su matrimonio, la bautizó con el nombre de Aránzazu, como su madre. Pero todos la conocían por el feo diminutivo de Zazu, y él mismo acabó llamándola así. Algo ocurría con aquella chica, algo que él no podía comprender. Un viento extraño gemía en su pensamiento. Se escapaba a él, y le dolía dentro, aún más allá del corazón. Al pensar en su hija, algo se doblaba, como los árboles en la tormenta, dentro del pecho de Kepa.

Siempre, al final de sus interminables paseos dominicales, sus pensamientos se volvían a ella. No comprendía a su hija, y aún peor, no osaba comprenderla. Se asía, a veces, a la imagen infantil de la muchacha, a sus primeros años, en busca de un calor huido. «Zazu, de niña, tenía la cabeza llena de anillas...» Kepa enmudecía, y sentía a Zazu suya, como sus manos, como sus mismos ojos. Pero, a un tiempo, la sabía lejana, tan distante de su corazón, que nunca podría llegar hasta ella. A veces, Zazu se parecía a su madre, altiva y fría; a veces, Zazu se parecía a él; al Kepa grosero, maldiciente, soez, de los primeros años. Zazu tenía una línea brutal, partiéndole la cara, y, en ocasiones, una sonrisa triste, una conmovedora, desamparada, sonrisa de niña. Sin saber por qué, Kepa sentía hacia ella una desconocida admiración que no acertaba a explicarse. Respetaba en Zazu lo que otros habrían despreciado. Lo que tal vez Aránzazu Antía hubiera desviado, horrorizada. Había algo en Zazu tan contradictorio como su frialdad y sus repentinas caricias, febriles y hasta fastidiosas, que le obligaban a considerarla mucho peor o mucho mejor que él. «¡Pobre Zazu, pobre niña, andando sobre el suelo, sus ojos huidizos, sus ojos llenos de un miedo pequeño y triste! ¡Pobre Zazu, con un diminuto frío clavado siempre en el pecho, como un cristalito venenoso! ¡Pobre Zazu, riéndose, con su sonrisa estúpida de arrabal! ¡Pobre Zazu, como una niña ciega, descalza, en medio de la noche!...» ¡Ah, si pudiera él decirle esto a ella, a alguien, a sí mismo, tal vez! Entonces Kepa se acordaba de cuando él tenía veinte años. Y, absurdamente, como para borrar sus pensamientos, decía a media voz, con un acento engolado y vacío: «Hemos logrado una juventud perfecta».

CAPÍTULO II

1

CIERTO DÍA LLEGÓ UN HOMBRE RUBIO que despertó viva curiosidad entre los habitantes de Oiquixa. Aunque, para esto, cierto es que nunca fue necesaria demasiada originalidad.

Aquel hombre arribó en un velero portugués que traía carbón para Kepa Devar. Abrazó al patrón del barco de modo que parecían grandes amigos, habló con él en su idioma, y le pagó con muchos billetes, que estuvo antes contando con gran ostentación. Después se sentó sobre la maleta, sin hablar con nadie, ni dirigirse a ninguna parte, y se puso a mirar el mar con sus ojos verdes y relucientes. Era un hombre delgado y muy alto. Vestía un traje claro, manchado de hollín y demasiado grande. Tenía anchos pómulos gatunos y el cabello lacio, con un brillo casi blanco.

Ilé Eroriak se regocijó contemplando cómo el fuerte viento de la tarde jugaba con el traje del desconocido como si fuese una bandera, y con su fino cabello. Tras unos minutos de descanso y meditación, el hombre se levantó inesperadamente y desapareció por la naciente oscuridad de Kale Nagusia.

2

En tanto, libre y feliz con su exigua paga, Ilé Eroriak se dirigió al camino del faro ruinoso. En cierta ocasión, Anderea le dijo que el faro antiguo y derruido se parecía a él, porque también estaba en medio de las olas furiosas o acariciantes. Desde entonces, el muchacho hablaba a menudo con las ruinas, con un lenguaje especial que sólo él entendía. Aquel atardecer en que las golondrinas volaban casi rozando la tierra, sus pisadas se detuvieron una vez más frente a la silueta gris, y se sentó en el suelo, al borde del estrecho camino de cemento que se internaba en el mar.

Ilé Eroriak se puso a imitar el grito de las gaviotas que bajaban al mar. Una gran paz se abría en el cielo, sobre su cabeza. Nunca hubiera podido decir por qué era feliz. Ni siquiera lo sabía. Su voz sonaba entrecortada, velada, tímida y fantástica como él. Nadie hubiera entendido por qué decía: «Ya viene el caballo», cuando miraba atentamente el borde blanco de las olas que se encrespaban en torno al faro. Nadie hubiera visto tampoco aquella multitud de seres, parecidos todos a los muñecos de Anderea, parecidos todos a las historias que Anderea deslizaba suavemente en su imaginación. Él no los temía, porque Anderea, su buen amigo, le dijo que eran amigos suyos. «Orgulloso caballo, no me das miedo.» Las manos de Ilé Eroriak, sus manos rudas y deformadas, se extendían hacia el mar, un mar entintado y espeso, formando, junto a los bordes de cemento del camino, redondas bocas negras, abiertas, terribles. «No me das miedo. Acércate.» Ilé miraba las pequeñas olas, las olas que se perdían apenas nacidas, tragadas por la avalancha de los grandes golpes de agua. «¿Por qué no sabéis defenderos? ¡Levantaos, cobardes, creced más, más, más!...» Ilé Eroriak reía a carcajadas, y su risa, cortada, sonora, era como si alguien golpeara una plancha de metal. «Todos al diablo, por fin.» Allí estaban los grandes y los pequeños, los débiles y los altivos, deshechos en espuma, solamente en espuma tranquila y suave, esponjosa, en espuma indiferente y tranquila, como si nunca hubieran existido. Llegaba una ola gigante, con estruendo, insultante. Pero Ilé Eroriak se reía, porque sabía que no tardaría en estrellarse, vencida y temblorosa, contra las rocas del acantilado. Cuando cesó su risa, una pequeña preocupación se apoderó de él. «¿Dónde estarán los que gritaban antes?» Se inclinó sobre el agua, aguzando el oído. ¡Oh, nada, nada se oía ya, Señor, de aquellos misteriosos seres que habían gritado dentro de la ola grande! Alguna frase de Anderea, no del todo comprendida, llegaba hasta él, como un viento, lleno de ecos: «Quizá sus vagos espíritus, sus espíritus grises, se diluyen en niebla, hacia las nubes, huyendo, huyendo». Ilé imaginó largas columnas de pequeños seres, pobres seres pintados, pobres cuerpos de mentira, enlazados en cadena hacia el cielo. Subían como el humo, y sus pelucas lacias, sus pelucas de cáñamo, y de crín, flotaban en el aire como tristes banderitas muertas. Ilé Eroriak suspiró. «¡Si pudiera explicar bien esto a Anderea!» Pero no podía. No podría nunca. Aunque el anciano fuera el único capaz de escucharle, sin llamarle loco ni borracho. Aparte Anderea, ¿quién le atendería? ¿A quién podría importar lo que él quería decir? «Por ejemplo, si yo fuera a Kepa y le dijese: Anda, ve y envía cien lanchas a recoger las olas antes que se estrellen, antes que se vuelvan espuma y escapen aquéllos al cielo: así nunca habrá tormentas y podrán los de San Telmo salir a la mar sin miedo... ¿qué diría él?... ¡Bah! ¡Nada me diría! Porque tiene siempre otras cosas en que pensar, es cierto. Kepa tendrá la cabeza llena de cajoncitos, como la mesa de Anderea, que abre y cierra cuando

25

necesita. Claro está que así nunca olvida nada. ¡Cómo me gustaría ser así! Pero, en cambio, mi cabeza está enmarañada, y cuando algo se busca, todo se pierde dentro. No puedo coger una cosa sin llevarme otra enganchada. Kepa no es así, y por eso, ¿cómo iba a escucharme...?»

Ilé Eroriak volvió la cabeza. Allí de entre la bruma, por la parte que unía el camino de cemento al puerto, avanzaba una silueta espigada y lenta. Los azules ojos de Ilé Eroriak la contemplaron. Era esbelta, con las piernas desnudas y doradas, a pesar del frío del atardecer. La brisa jugaba con la falda de su vestido. Cuando llegó a su lado, el chico tuvo que apartarse para que no tropezara con él. Ilé la miró fijamente, vio su cabeza alta, su frente sombría. Nadie más que Ilé Eroriak hubiera adivinado su temblor en aquellos instantes. «Tiene miedo de mis amgos», se dijo pensando en las figuras de las olas.

Se levantó y la siguió un trecho, escondiéndose. Hasta que se borró nuevamente en el fondo nebuloso, al confín del estrecho sendero. Era Zazu, la hija de Kepa Devar, una Antía. Huían, gritando, las gaviotas, y el mar salpicaba las piernas. Igual que a la hechicera de las farsas de Anderea.

3

Empezó a llover muy débilmente, y Zazu llegó al borde del mar, donde acababa el paseo del faro. Había allí un banco de piedra y la muchacha se detuvo. Como tantas veces, en el atardecer húmedo y gris, Zazu iba hasta el fin del camino del faro. Por alguna oscura razón que ella no sabía, que ella casi no se atrevía a presentir. Dentro de su corazón mil galopes la empujaban al confín del paseo, como al confín de su estrecho mundo. Era el mismo sentimiento que otras veces la hizo abandonar aquel lugar, como en una huida llena de terror. Zazu se detuvo frente a las olas, mirando lejanamente. Una gran soledad se ceñía enteramente a ella. Era en aquellos momentos cuando Zazu se sabía sola. Sola y pequeña, extrañamente débil y pequeña, avanzando por entre las casas de la población mezquina y gris. Zazu se veía avanzar menuda, niña, escondiendo las manos a la espalda. Había un largo túnel en su vida. Un largo túnel del que huían los pájaros, como gritos breves y agudos, como negros gritos disparados, igual que salpicaduras de tinta. Zazu recordaba su infancia en la casa de Kale Nagusia, su casa con aquella larga escalera donde cada peldaño guardaba maullidos de gatos invisibles. Aquella casa donde había sombras, y el gran retrato de la madre, al anochecer, daba miedo en vez de paz. Zazu venía perseguida hasta allí por agudas risas antiguas, donde el miedo y la soledad se volvían al fin un viento frío y lento, que vaciaba despaciosamente su corazón. Toda ella era entonces un gran hueco, un hueco de deseo desmedido y brutal. «Siempre fue igual. Siempre será igual», se dijo con desaliento. Oiquixa era oscura y llena de torcidas calles, en cada una de cuyas esquinas había risas y lenguas que destilaban largos hilos de maldad. Palabras dichas en voz queda, en voz chirriante que perseguía luego, como una culpa imborrable. Como si se quedara grabado en la frente un pecado cometido y ya odiado. Zazu estaba presa en Oiquixa, porque Oiquixa era pequeña y retorcida, porque ella encontraba en cada peldaño de sus calles, en cada recoveco de sus calles, sus propios pecados. Sus feos pecados, que luego le dolían, como a una niña pequeña que se contempla las cicatrices de pasadas caídas. Y cuando el corazón estaba mordido por su arrepentimiento gris y blando, había en Oiquixa una voz lenta y ancha, una gran voz implacable que resonaba en el hueco de las calles, que rebotaba en las piedras. Y esa voz le recordaba que era distinta, que no era como las otras muchachas, que estaba marcada por una señal culpable. Y que su madre, aquella madre fantasmal de pureza y lejanía, aquella madre que era como un puñado de nieve en la frente, se hubiera avergonzado de ella. «Zazu, la hija de Kepa, la nieta del borracho...» Sí, nunca decían: «Zazu, la hija de una Antía». A pesar de su cabeza erguida, a pesar de su silencio orgulloso. Zazu se miró las manos, sus manos pequeñas y delgadas, y las escondió a la espalda, porque alguien dijo una vez que tenía manos de ladrona. Pero luego las abrió frente a sus ojos, se miró las palmas, infinitamente desoladas y vacías. Zazu sabía que nunca, a pesar de toda su avidez, a pesar de toda su glotonería, nunca gozaría de la posesión de nada. Venían a su memoria tiempos primeros, cuando era una niña que buscaba conchas en la playa. Ponía entonces tanta pasión en ello como ahora en sus deseos, fugaces y violentos. Cuando encontraba aquellas pequeñas conchas rosadas, aquellas que tenían dentro el arco iris y el ruido del mar, aquellas que eran suaves como un labio, las ponía en hilera sobre la arena y las miraba una a una, celosamente, acariciándolas con deditos nerviosos. Y si algún niño olvidaba su cajita de conchas a su lado, si a su alcance encontraba una de aquellas cajitas donde guardaban conchas otros niños, ella las robaba. Fuesen de quien fuesen, y estuvieran donde estuvieran. Pero luego, cuando se encontraba a solas en su cuarto, dueña absoluta del tesoro bobo, todo descendía, todo se apagaba. La alegría se volvía melancolía, aburría aquellas conchas y se sentía más llena de ambición que antes. Las tiraba de nuevo al mar, con un raro sentimiento de despecho. ¡Qué gran vacío se abría entonces en algún lugar de su alma, en algún lugar donde hubiera debido brillar algo, alguna cosa grande y punzante que ella no conocía! Igual que ahora. Ahora, que perseguía vanamente lo que no sabía. Zazu no podía ver a los amigos de Ilé Eroriak. Pero tal vez el muchacho tuviera razón cuando decía que les tenía miedo. Miedo de sus risas, que las salpicaban. Parecía estar rodeada de carcajadas huecas y frías, envolviéndola, aislándola, dentro de todas aquellas esperanzas convertidas prematuramente en recuerdos. Las cosas no se quedaban a su lado. Las cosas huían de ella, irremisiblemente. Zazu iba a rastras del amor, con su gran sed, con sus pies descalzos y sus manos vacías. Zazu pensaba siempre en el amor, y nunca había amado a nadie. El cuerpo de Zazu era un cuerpo duro y bello, un cuerpo delgado y casi adolescente, donde la sangre era como una oscura línea de fuego, oculta y siniestra. Zazu tenía un cuerpo apretado y sencillo, un cuerpo ahogadamente ceñido a sus caminos de sangre, como largos ríos de sed. Zazu tenía un pequeño cuerpo amargo y triste, que la empujaba dulcemente, que la empujaba fatalmente. Ella amaba su delgado cuerpo, fino y oscuro, su cuerpo tierno y frágil, su cuerpo desoladamente vencido. Ella amaba su cuerpo y sentía piedad por él, como se apiada uno de los perros perdidos que gimen en las cunetas, como se siente piedad por los gritos de los niños que sueñan en naufragios. Zazu odiaba su cuerpo, porque era cruel e indiferente, como las palabras de los niños, porque era agudo e hiriente como los aullidos de los perros. Zazu tenía el gran dolor de su cuerpo, tal vez no bello, tal vez no dulce, tal vez no un cuerpo de veinte años, sino un cuerpo antiguo como el agua y como el viento, como la tierra.

Zazu sacudió su cabeza, nerviosa. Deseaba un descanso ancho, lento, lleno de paz. Un vivir en blanco, sin antes y después. Por eso iba a casarse con Augusto. Augusto, antiguo amigo de la familia Antía. Augusto, hombre quieto y ausente, sin rostro, sin voz. Zazu sonrió débilmente. Desde hacía tiempo era considerada por las gentes de Kale Nagusia como «el escándalo constante de Oiquixa». Zazu, en la lengua de todas las viejas solteronas, de las viudas y las huérfanas de los pilotos, en las lenguas ácidas del práctico del puerto y el delegado de la Aduana, en las espesas lenguas de los tenderos y los almacenistas, en cuyos ojos sorprendía una lujuria retenida y reprobativa. Zazu, en la envidia y la curiosidad de las muchachas vírgenes y castas, en la maligna y escandalizada mirada de las hijas del capitán y del intendente. Zazu sabía, con un amargo desprecio, que, a pesar de todo, nada iba nunca a volver la espalda a la hija de Kepa, el poderoso. Nadie iba a negar aquella amistad que todos buscaban y ella era la única en rehuir. Solamente una cosa la preocupaba: mantener aquella su mirada limpia, su mirada cándida, su mirada de una pureza dura y fría, como el alba. Dentro de los ojos de Zazu había un incomprensible exceso. Dentro de los ojos de Zazu había demasiada infancia y demasiado hastío. Las pupilas de Zazu eran de un cristal diáfano, de un cristal sin fondo, infinito. A Zazu le preocupaban sus ojos. Le preocupaba su rostro. Se miraba mucho al espejo. La vida de Zazu tenía grandes lagunas de ocio, y en la casa de aquella triste e inhóspita Kale Nagusia, dentro de la población sofocada de murmuraciones y recelos, bajo aquel cielo pesado y densamente gris, con partículas de hollín, de niebla y de conversaciones malignas, Zazu se encerraba con su espejo. Miraba su rostro de piel tostada y sus ojos abiertos, donde los centros redondos de las niñas, negros y brillantes como puntas de alfiler, se fijaban dolorosamente en su propia mirada. Entonces, Zazu sabía que todo en ella pudo haber sido perfecto, y nada lo era. Aquellos ojos grandes, aquellas pupilas doradas, con su densa luz en espiral, hubieran sido unos hermosos ojos: pero tenía el derecho de distinto color, más claro que el izquierdo. Su cuerpo flexible, su cuerpo que se doblaba como la punta de un cuchillo afilado, su cuerpo que tenía el tono dulce de los castaños, de la miel y de la arcilla húmeda podía parecer demasiado delgado, podía parecer, tal vez eternamente, el cuerpo de una niña. Y su boca, su sonrisa cerrada, sus labios, que tenían el calor suave de la primera sangre, tenía a veces la larga curva estúpida, entreabierta, turbia, de las mujercillas del puerto.

Continuaba lloviendo suavemente, con gotas casi

impalpables. Súbitamente, Zazu se volvió y emprendió el regreso. Sobre el camino que la separaba falsamente del mundo, era ya noche cerrada. Sintió al viento, golpeando sus mejillas, trayendo enlazada una música lejana y pegadiza. Algún marinero borracho tocaba el acordeón en la cercana *taska*. Le llegó entonces una voz ebria y torpe. Pero aquella melodía, aquel sonido desgarrado, se deslizaba sobre su piel como una caricia sabiamente lenta.

Cuando se hallaba ya cerca del puerto, tropezó con un cuerpo menudo, acurrucado en el suelo. Zazu le miró. Era aquel pobrecillo loco que llamaban Ilé Eroriak. El muchacho la miraba fijamente, con sus tranquilos ojos azules, y la brisa alborotaba sus ásperos cabellos. En el pecho de Zazu temblaba aún una larga queja, oculta y sombría. Algo como una envidia dulce, tierna, le llenó el corazón a la vista del muchacho. Impulsivamente buscó unas monedas, y cogiendo una de las ásperas manos de Ilé Eroriak, se la obligó a cerrar con fuerza sobre ellas. A través de la brisa y de la lluvia suave, su voz se acercó al muchacho con un raro calor:

—Toma, para que bebas, para que te emborraches.

A Ilé Eroriak hacía tiempo que las damas de Oiquixa no le daban limosna: «No, para que no te lo gastes en vino, borracho, holgazán». Ilé tuvo una alegría breve y aguda. Asintió luego, temeroso, y huyó rápido en dirección a San Telmo.

Del reloj de la torre llegaron lentas campanadas,

33

como ecos perdidos. Zazu reanudó su camino hacia Kale Nagusia. Entonces, al pasar junto al muelle, surgió casi a su lado una figura alta, desgarbada, que como una sombra blanquecina cruzó frente a ella. Era un hombre, como naciendo frente a sus ojos, extrañamente claro, desde la oscuridad. En aquel momento volvió a oírse el acordeón y la voz del borracho, rotunda y cercana, saliendo de la puerta de la *taska*. La figura alta se detuvo, y Zazu vio que era un hombre joven. A la luz del farolillo de la esquina brillaron los más rubios cabellos que viera en su vida. Estaba quieto, de espaldas a ella. Sus hombros se doblaban levemente y los finos pelillos de la nuca parecían casi blancos. La hija de Kepa le miró en silencio, con fijeza. El hombre se inclinaba con ademán indolente balanceándose sobre las piernas. Estuvo como vacilando durante un tiempo, y luego, inesperadamente, se internó en las sombras de la calle más próxima, con la rapidez y agilidad de un duende.

Zazu escuchó las últimas voces de aquella canción ruda y desgarbada. La brisa traía olor a brea, a escamas. A través de la bruma y de las oscuras sombras de la noche naciente, resaltaban las manchas claras de los vaporcillos atracados al puerto. Con su mano lenta, Zazu se apartó de la frente mechones de cabello lacio y húmedo. Una gran lasitud se esponjaba bajo su piel. Despacio, con una gran pereza, como si arrastrase un cansancio antiguo y

34

extraño, se internó en Kale Nagusia, donde empezaban a amarillear las primeras luces.

A los pocos pasos, encontró a tres muchachas. Eran hijas de familias acomodadas de Oiquixa, jovencitas de mirada incierta y pequeñas bocas movibles, chillonas, como agujerillos malignos e inocentes. Con sus tremendas horas vacías, sus largos aburrimientos de hijas de Kale Nagusia. Dentro de sus vestidos de colores vivos, como gritos en el aburrimiento largo de las casas confortables. Dentro de las tardes grises y llenas de polvo del domingo. Como violentos chillidos amarillos, rojos, verdes, en el denso paseo de la mañana, tras la Misa en San Pedro. Como tristes y lánguidos gritos inútiles, azules, rosa, malva, en el atardecer tan paseado, Kale Nagusia arriba, Kale Nagusia abajo. Desgranando palabras, desgranando pequeñas envidias inocentes, feroces envidias adolescentes, tiernas envidias ignorantes. Desde el vaho confortable de la casa con luces, con visillos de malla bordada, con innumerables tapetitos bordados a punto de cruz, con cuadros que aprisionan pájaros y rosas. Eran tres muchachas buenas, acechadas por maldades y crueldades monstruosamente pequeñas, atravesadas de palabras como alfileres de cabeza negra, palabras agudas y negras, necias palabras rebosantes de maligna inocencia.

Cuando estas muchachas encontraban a Zazu, toda una fingida amistad les subía a los ojos, se les agolpaba en los pequeños labios nerviosos. En las mejillas se les encendía un raro calor que tal vez deseara secretamente ser confidencial. Las muchachas de Kale Nagusia miraban a Zazu con admiración y desprecio. El desprecio que les destilaban suavemente sus madres, desde que eran unas niñas pequeñas, cuando corrían de los muebles a las rodillas del padre, entre una risa de regocijo familiar. Un desprecio que les infiltraban lentamente, pacientemente, las madres y las abuelas, con sus viejas historias escandalosas, de los raros escándalos ocurridos en Oiquixa. Un desprecio que se leía en los labios apretados y blancos del padre, en el retrato del viejo abuelo muerto, con su marco dorado sobre el piano de caoba. La admiración que sentían las muchachas de Kale Nagusia por Zazu, era una admiración avergonzada y oculta, como se ocultaban los granillos de la pubertad tras los polvos blancos y olorosos. Aquellos polvos con que la madre les permitía cubrir las naricillas brillantes. Los polvos de las inefables cajas azul y violeta, con un primoroso lazo pintado en la tapa. Las enternecedoras cajas de polvos que se vendían en la «Gran Droguería de Arresu Hermanos», donde todo olía, desde los mostradores hasta los guardapolvos de los dependientes, a perfumados polvos blancos de tocador. Las muchachas de Kale Nagusia odiaban a Zazu porque Zazu era diferente, porque Zazu no despreciaba ni temía ni buscaba amistades. Ni parecía escuchar las palabras ni el escándalo. La odiaban porque sabía todo lo prohibido, lo temido y esperado, lo adivinado tras mil confusos velos. Velos bordados con pájaros, mariposas y grandes soles. Bordados que ocultaban el brillo de la calle y la bruma del puerto. Zazu no era como ellas ni era como las pescadoras ni era como aquellas mujercillas que esperaban la arribada de los barcos. Odiaban a Zazu porque era fea, porque no cubría granillos ni espinillas con polvos de tocador. La odiaban por su piel oscura y tersa, porque era fea e iba a casarse con el mejor partido de Oiquixa, porque no quiso a ninguno de aquellos novios que ellas habían aceptado. Porque sabían que, tras los labios apretados de los severos hombres de Kale Nagusia, con sus duros cuellos envarados bajo el sol poco piadoso del domingo; tras aquellos mudos labios que reprochaban a la hija de Kepa, había un brillo de fuego, fuego negro y retenido, fuego triste de su débil condición de hombres, cuando miraban a Zazu, cuando condenaban a Zazu.

Aquellas tres muchachas detuvieron a la hija de Kepa, con absurdas alegrías deseosas de romper la monotonía de la calle. Hablaban de un hombre forastero.

—Ha desembarcado esta tarde. Es alto y rubio. No dirás dónde fue...

Zazu las miró quietamente. Sus ojos, grandes y fríos, que a veces tenían una rara pureza estúpida, helaban los entusiasmos de las tres muchachas. Zazu se encogió de hombros:

—¿Cómo voy a saberlo?

A Zazu le mortificaba verse mezclada en las sosas y malintencionadas conversaciones de las jóvenes muchachas de Oiquixa. No tenía ni deseaba amigas. Intentó seguir su camino, casi sin detenerse. Pero Ana Luisa, la hija del Intendente, la retuvo por el brazo. Su voz sonó llena de dulzura, una empalagosa dulzura de arrope guardado en tarro de cristal, dentro de pulcra alacena. Toda su voz, y su mirada, olían y sabían a mermeladas caseras, en cuya secreta perfección estaba iniciada por una madre gruesa, bien alimentada y en otro tiempo hermosa.

—No te vayas —dijo Ana Luisa—. Escucha... Es un hombre muy guapo. Y, además, se ha dirigido al «Hotel»...

En Oiquixa existían pequeñas fondas, hotelillos de cuarta categoría, donde paraban los viajantes de perfumes y mercería. «El Hotel», era, indefectiblemente, el de Kepa Devar. El gran despilfarro, el lujo, el orgullo vano de la población. Zazu sonrió débilmente. «¡Cuánto rencor hay en vuestras palabras! Vuestros ojos brillan con despecho, y sois jóvenes, lindas, a pesar de vuestros vestidos chillones y vuestra profusión de rizos. Tenéis miedo de mí, os avergonzáis de mí, os acercáis a mí con vuestra curiosidad malsana, que no comprendo. Tenéis miedo de mí, es cierto, y sois más hermosas que yo. Nunca os entenderé, nunca comprenderé vuestras pequeñas envidias ni vuestras vanidades, vuestros recelos y vuestra ternura. Nunca sabré nada de vosotras, y a pesar de todo me duele, me duele por algo oculto que llevo en el pecho y que no me deja reír.»

—No tardarás en conocerle, seguramente —seguía diciendo Ana Luisa con sus ojos abiertos por una inocencia provocada.

«Intenta avergonzarme. Quiere decir muchas cosas, y no se atreve. Quisiera que sus palabras estuvieran cargadas de intención, y, sin embargo, lo negaría ante sí misma. No sé qué es lo que me envidiáis, pero yo sé que, a veces, quisierais ser por unos momentos como yo.» Zazu saludó levemente, alejándose. «Sois bonitas, honestas, y a veces parece que desearais dejar de serlo, que desearais veros a vosotras mismas desde una cumbre, como se mira un largo río o un camino.» Zazu sintió el blando peso de la melena, lacia, sobre los hombros. Ella no se rizaba el cabello, que caía liso, suave, junto a su cuello. Llevaba casi siempre el mismo vestido, de un gris azul muy pálido, sencillo. Tal vez lo que realmente envidiaban aquellas muchachas era la línea limpia, rotunda y sin tropiezos, de su silueta. Aquella línea pura que podía seguirse en todo su contorno, aquella línea fría y dura, sin concesiones. También su silencio, su indiferencia, dolía como aquella línea entera, inquebrantable. Ana Luisa y las otras dos muchachas se volvieron para verla alejarse. La barbilla levantada, indómita, y aquel extraño peso que daba solidez al cuerpo delgado de la hija de Kepa, les hizo pensar: «¡Cómo se parece a su padre!»

—No sé cómo puede gustar esa chica. Es fea.

Lore, la hija del capitán, bajó los ojos y murmuró:

—No lo comprendo.

Por unos instantes, guardaron silencio. La voz de Ana Luisa se hizo de pronto brusca y chillona:

—¡Con sus ojos de distinto color y su boca tan grande! ¿Os habéis fijado en sus manos? ¡Bien procura esconderlas! —Una risita, parecida al chirriar de los goznes mohosos, curvó sus labios—. Pero lo que ocurre, todas lo sabemos.

Las tres se miraron significativamente, con ojos súbitamente brillantes. Lore, que era tímida, se ruborizó.

—No lo comprendo —volvió a decir.

4

La casa de Kepa era grande y cuadrada, con el jardín descuidado, cercado por una alta verja negra. Cuando Zazu penetró en el vestíbulo, débilmente alumbrado, sintió caer sobre sus hombros la gran soledad y el silencio que invadían aquella casa. «Es demasiado grande —pensó confusamente—. Demasiado oscura, con demasiados rincones y una escalera atroz. Yo no amo esta casa. Es como un enorme fantasma, el fantasma de algo que yo no he conocido, y, sin embargo, estoy padeciendo. Como el fantasma de alguna gran desgracia, de algún deseo frustrado. Alguien está mirando siempre hacia mí, desde todos los ángulos. Lo sé desde que era pequeña y no me atrevería a mirar a mi espalda, en los lugares oscuros. Yo no amo esta casa.»

Sentíase cansada y nerviosa. Subiría en silencio la escalera y, sin que nadie la viera, se acostaría y dormiría largamente. No quería ver a su padre. En aquellos momentos de depresión, la presencia y la conversación de Kepa se le hacían especialmente intolerables. La angustiaba la perspectiva de la cena, solos padre e hija, con una inconfundible, si no tristeza, sí una falta de alegría absoluta. Con un vacío ancho, creciente, rodeándolos a los dos, llenando sus largos silencios.

Antes de subir, Zazu se volvió a mirar el gran retrato de su madre. No sabía por qué, siempre, antes de retirarse a su habitación, miraba el retrato de Aránzazu Antía. La cara y las manos de su madre parecían tres borrones blancos sobre el fondo oscuro del cuadro, en la penumbra del vestíbulo. Su padre amaba aquel retrato. Lo amaba con algo de las viejas supersticiones de San Telmo, con algo que recordaba las viejas historias de magia, las tristes leyendas de enamorados. Zazu le había sorprendido más de una vez hablando con el retrato de su mujer muerta. Entonces, al verse descubierto, Kepa enrojecía y se avergonzaba como un niño pequeño.

Extrañamente, como nunca se hubiera atrevido a hacer en vida de ella, Kepa se gozaba comunicando a aquella imagen cada uno de sus triunfos, cada tristeza, cada una de sus efímeras alegrías. La tristeza grande, la gran soledad de su vida no contaban en aquellos momentos. Kepa le comunicaba sus pequeñas cuitas, sus leves amarguras y sus buenas operaciones, como jamás hizo cuando ella vivía. Kepa poseía en aquel cuadro una pequeña, superficial felicidad, que arraigaba con más fuerza en su corazón a medida que iba haciéndose viejo. La mujer del cuadro era una oyente muda, atenta, comprensiva y dulce. Una Aránzazu Antía tal como la forjara en su imaginación, tal como la soñara, que aún no tuvo tiempo de desilusionarle. Allí, en el cuadro, estaba como él la hubiera querido.

Instintivamente, Zazu sabía todas estas cosas. Tal vez las envidiaba, secretamente. «Todas las cosas, sosteniéndose sobre una ridícula ilusión. Todas las cosas, como pisando arena, como resbalando siempre, por una pendiente mojada, hacia un lugar hondo, negro, que temo y no conozco.» Zazu subía lentamente la escalera, y los peldaños, a veces, gemían blandamente.

Por la abierta ventana de su habitación entraba un cielo verde claro, cargado de brisa. La mirada de Zazu recorrió con hastío la habitación, en donde las paredes parecían de pronto impregnadas de un extraño fulgor húmedo, como rocío. Nacía ya la primavera, pero se estremeció. Sobre una mesita, el retrato de Augusto, su prometido, la miraba estúpidamente, con aquella sonrisa dedicada al fotógrafo, que tanto la irritaba. Zazu lo tomó en la mano y acercó su rostro al de él. Era un hombre de unos cuarenta años, capitán de marina mercante. No lo había visto en su vida, pero era una boda muy conveniente, dispuesta por su tía Eskarne Antía. Sus viejas tías deseaban casarla rápidamente, alejarla de Oiquixa y la murmuración. Zazu sonrió pensando en ellas, en su odio secreto e ignorado, celoso guardián de la familia. La odiaban por su vida, por sus bajos instintos de muchacha arrabalera, pero jamás lo hubieran confesado, porque, a pesar de todo, ella era la hija de una Antía. A Zazu le era indiferente aquel matrimonio, como le era indiferente todo lo ajeno a su vida interna, oscura y abrasada. «Nunca se preocupó nadie de mi corazón. Mi corazón y yo crecimos extrañamente, dentro de un mundo frío y distante. Yo he ido buscando siempre algo, y no sé qué he buscado. Alguna cosa me grita mi corazón, a veces, y yo no sé qué es.» Ella entregaba su cuerpo fácil, iba detrás de su cuerpo fácil, con su alma difícil y distante. Con su alma asomada detrás de la vida, porque no veía nunca lo que había al otro lado de las cosas. «Mi cuerpo lleno de secretos, que, al fin, no sabe nunca decirme nada. Mi pobre cuerpo equivocado y triste, como un grito en la noche, la inmensa noche que asusta a los niños, esconde a los pájaros y abre negros vacíos debajo de mis pies. Mi pobre corazón, como una lámpara enterrada.»

Zazu dejó de nuevo el retrato de Augusto. Se casarían en otoño. Imaginó rápidamente su vida después del matrimonio. «La mujer del marido debe...» Las palabras aleccionadoras de su tía Eskarne volaban como palomas lacias, cansadas, junto a sus sienes. Zazu imaginó veladamente la casa de piedra gris, con sus ventanas cubiertas de gruesos visillos, con sus primorosas sábanas bordadas, con su olor a café y especias, donde viviría, junto a la madre de su marido. Una casa sin jardín, en una larga calle iluminada por amarillos faroles. En una pequeña ciudad costera, nada distinta de la propia Oiquixa. «Largos paseos al atardecer, comidas pesadas, rosario vespertino, y meses, meses, meses de espera. El vientre abultado, la nariz afilada, la sonrisa cansada. Hijo tras hijo, labores de punto, trajecitos de marinero, envasar tomates en botellas de vidrio verde, un viaje a la ciudad para comprar telas y ver una función de teatro o escuchar un concierto. Meses, meses y meses de espera. Cartas a la familia, visitas de Kepa, murmullo de críticas y chismorreo. Gritos de niños, malas caras de criadas y el taconeo irritable de la suegra por el ancho piso de madera. Bueno. Da igual. Todo da igual ya.» Zazu se encogió levemente de hombros. Se volvió a mirar al espejo, y halló su rostro quieto, moreno, terso. No había sido nunca buena. Al menos, tal como entendían la bondad en Oiquixa. Poco piadosa, huraña, y, en la intimidad, de lengua soez. Sin dejar de mirarse, Zazu encendió la lámpara y entre las manos se le prendió

44

un fulgor rojizo, cálido y hermoso. La dejó sobre la mesa, y se acercó más al espejo. El cabello oscuro, liso y brillante, caía con sedosa languidez sobre sus hombros bronceados. Zazu vio la sombra de sus pestañas, alargándose hacia los pómulos. Pensó que Ana Luisa la llamaba fea. No podía olvidar cómo Zazu destruía a menudo los amores tímidos e insípidos de ella y sus amigas. Hacía tiempo, Zazu se había divertido con ello. Ahora, todo le parecía igualmente estúpido y absurdo. «Da lo mismo. Todo da, al fin, lo mismo.» Una gran fatiga, precoz y amarga la invadía. No recordaba ni el nombre ni la voz, ni el rostro ni la pasión de ninguno de aquellos que habían sido sus amantes, fugaces y breves, como el llegar y partir de los barcos. No sentía ni amor ni nostalgia por ninguno de ellos, ni por ningún tiempo huido. Y, sin embargo, su corazón estaba lleno de añoranzas extrañas, húmedas y dulces. «Nada importaba. Todo da igual, al fin.» Zazu apagó la lámpara. Y de nuevo el cielo, pálido y verde, se adueñó suavemente del contorno de los muebles. De toda la pequeña noche de la habitación.

5

Mucho más tarde, cuando la luna atravesaba la masa gris de la neblina, Ilé Eroriak pasó junto al «Gran Hotel Devar» y vio luz en el primer piso. Las ventanas daban a una terracilla pequeña. Ilé Eroriak no lo pensó más de medio minuto, y poco trabajo costó a su desmedrada figura trepar hasta ella. La oscuridad le envolvía, protectora, y de puntillas, se acercó a la cristalera del balcón. De este modo pudo ver a aquel ser que poco antes excitara su imaginación. Al igual que la hija de Kepa, tampoco él vio nunca cabellos tan rubios sobre piel tan morena. Por eso, cuando le vio sentado rígidamente, mojado aún y brillante por la ducha, con las manos sobre las rodillas, acudió a su recuerdo una figurilla de barro modelada por Anderea, a la que el anciano llamaba *Arbaces*. Era muy extraño el forastero. ¿Por qué permanecía así, inmóvil como un muñeco de madera? El cabello se le ceñía pegado a las sienes, húmedo, como un casco dorado, y el agua se deslizaba en gotas brillantes, temblorosas, por sus sienes. Con un miedo instintivo y antiguo, Ilé contempló los ojos del forastero, verdes como los de los brujos de la farsa, alargados y fosforescentes como los de los gatos encantados, bajo las cejas oblicuas y plateadas. Ilé se estremeció. «Tal vez sea un mago, un brujo, un mal espíritu.» Aquellos ojos le recordaban los fuegos fatuos que a veces viera durante la noche, al pasar junto al cementerio del camino. Por un instante, en la imaginación de Ilé Eroriak, se fundieron *Arbaces*, las historias de aparecidos y los hechiceros de las comedietas de Anderea. Las figuras del mar y los muñecos olvidados del estante, con sus sonrisas rotas. Se cubrió la cara con las manos.

46

Cuando tímidamente volvió a mirar a través de los dedos, el temeroso encanto que le tenía hechizado se esfumó. Aquel misterioso muñeco de los ojos alargados se ponía un pijama desteñido, que tenía los codos rotos. Apagaba la luz, y se metía en la cama, como un hombre cualquiera.

CAPÍTULO III

1

EL VIEJO ANDEREA barnizaba la sonriente cara de Arlequín. Un rayo de sol atravesaba la claraboya y acariciaba las expertas manos del anciano. Ilé Eroriak inclinado junto a él, miraba trabajar a su amigo mientras le explicaba lo que vio la noche anterior:

—Y él no podía verme. Tiene cara de gato, y además, se parece a *Arbaces*. Hizo cosas raras: se quedaba quieto y miraba a la pared como si viese algo. Pero no había nada. Luego se acostó y apagó la luz. Aunque estaba a oscuras, yo le vi golpearse la barbilla, y hablaba solo, a gritos.

Anderea pasaba el pincel sobre la cara del muñeco, en silencio, con una leve sonrisa.

—Dime —preguntó—. ¿Por qué razón subiste hasta la ventana del hotel?

Ilé Eroriak se encogió de hombros.

—¡Bah!... Estaba contento. Además, nunca había venido a Oiquixa nadie como él. Lo trajo el mar y puede que sea... como en aquella historia que tú contabas: puede que sea...

—Estuviste bebiendo —le cortó el anciano.

Ilé Eroriak parpadeó.

—Pues sí —dijo—. Claro que sí. Fui a la *taska* de Kale Mari. La hija de Kepa me dio dinero.

Anderea le miró.

—¿Recuerdas cómo se reían de ti los pescadores de Kale Mari? —dijo, con su voz suave y empolvada—. No debes permitirles que hagan de ti su muñeco.

Ilé quedó perplejo.

—Bueno —exclamó—. Ella dijo eso. Dijo: «Para que bebas. Para que te emborraches». ¡No dicen eso las otras!

—Colombina es estúpida y falsa —explicó Anderea—. ¡Cuántas veces, Ilé, lo hemos visto en el teatro!

Ilé salió de allí, encaminándose a la playa. Ni un solo día dejaba de acudir a ella, aunque fuese por breves instantes. En cierto modo, aquél era su verdadero hogar, donde más a su gusto y tranquilamente se encontraba. Dobló el camino del acantilado y bajó a la pequeña ensenada de San Martín. Las rocas eran allí de un color muy oscuro, y la arena suave como harina. Una fuerte brisa cargada de olores intensos, extraños olores de cosas podridas, erizó su piel. Era como un incienso recargado, del agua negra y fosforescente en anchos círculos hacia lo hondo. Era un agua distinta, que dejaba en los bordes mansos de la arena extraños objetos deformados, pequeñas formas misteriosas de color verdusco, que nadie se explicaba. Castillos diminutos, cráneos de enanos, jarritas, virgencillas con su lámpara, buques fabulosos. Todo cabía dentro de la mano. El agua era siniestra y dulce allí. Lamía y chupaba, como una inmensa sanguijuela, absorbía y rechazaba, en un juego enorme y extraño, que no se entendía bien, pero que atraía, fascinaba. Ilé se tumbó en el suelo, y empezó a revolcarse entre la arena, con una alegría dura y animal, excesiva. Sobre su cabeza cruzaba y erraba una gaviota grande, pesada, con vuelo bajo. Sus penetrantes chillidos resonaban en las cuevas cercanas del acantilado. Ilé Eroriak la amenazó con el puño, entre grandes carcajadas. «¡Tonta, loca!» Quería a las gaviotas, tal vez por ser los únicos seres a quienes se atrevía a insultar. A intervalos, cogía grandes puñados de arena y los tiraba al aire, hasta que volvía a caer, leve y dulce, con un tacto seco, sobre su propio rostro. Tenían razón los que decían que era un vagabundo holgazán, al que era inútil socorrer. Ilé reía a grandes carcajadas.

Inesperadamente, una voz sonó a su espalda:

—¿Por qué te ríes?

Ilé Eroriak no tuvo tiempo de levantarse. Estupefacto, tendido en la arena como estaba, volvió la cabeza y vio avanzar hacia él al misterioso hombre del hotel.

—¿Por qué diablos te ríes? —repitió el hombre. Tenía una voz sonora, hueca, como cuando él hablaba solo dentro de las cuevas. Ilé Eroriak detuvo todo su cuerpo temerosamente.

—No lo sé —balbuceó.

El hombre rubio había llegado a su lado. Llevaba un periódico en la mano, doblado por la mitad. Se sentó en la arena.

—Magnífica sencillez —añadió, con un amplio ademán en el que el periódico trazó un arco en el aire—. Es hermoso oír decir a una criatura de Dios: «No lo sé».

Aquella voz era bella, densa y enfática. Ilé dudaba si redoblar sus carcajadas, al escucharla, o huir. Ante aquella voz se sentía una rara comezón, o de echarse a reír o de gran desasosiego.

—¿Por qué me espiabas anoche? —preguntó bruscamente.

Ilé Eroriak se sobresaltó. «Ahora querrá golpearme, como todos. Siempre me quieren golpear todos. Querrá vengarse, porque a lo mejor he hecho algo malo. Siempre es lo mismo.» Intentó levantarse de un salto y huir. Pero, rápidamente, el forastero le sujetó la cabeza, apretándola contra la arena. Su mano era dura, grande.

—¿Yo... espiar? ¡Bah!

Ilé Eroriak sentía un leve temblor en la voz.

—¿Quién creerás que soy? —dijo el forastero—. ¿Qué te figuras ver en mí? ¿Por qué te empeñas en elevarme sobre tu cabeza, más allá de las nubes? ¡Ah, pobre muchacho!

Ilé se revolvió con rabia temblorosa, intentando desasirse. Tuvo tentaciones de morderle la muñeca, pero se contuvo prudentemente.

—¡Yo no me figuro nada! —chilló—. ¡No creo nada!

Pero el otro continuó como si no le oyera:

—¿Por qué me haces tu dios?

—¡No eres mi dios! ¡No eres mi dios! ¡Déjame!

—¡Ah, eso me gusta!

El forastero cambió de tono, y le soltó. Ilé se sentó, frotándose la nuca furiosamente, pero sin atreverse a huir.

—Oye, muchacho —dijo el forastero, inclinándose hacia él. Hablaba ahora con voz llena de dulzura, tal vez de una extraña tristeza que, realmente, resultaba fuera de lugar—. Yo sólo deseo ser tu amigo. No quisiera hacerte daño. ¡Oh, no! Nada más lejos de mí que hacerte daño.

Ilé Eroriak le miró de reojo. El forastero hablaba seriamente, como nadie le había hablado nunca, a lo que no estaba acostumbrado. «Esto se acabará mal», se dijo.

—Deseo ser tu amigo —repitió el hombre rubio. Asintió varias veces con la cabeza, como deseando convencerse a sí mismo. Y añadió reflexivamente—:

Sí, eso es. Tú eres libre, eres feliz. Solamente el que es como tú, el que nada desea, es auténticamente dueño de su vida. Bueno, eso está bien claro.

Ilé Eroriak le miró con curiosidad. «Acabará mal. Seguro. Va a pegarme o querrá que robe algo para él. Bueno. A lo mejor todo va bien.»

—¿Cómo te llamas? —preguntó el hombre rubio, súbitamente. Pasaba con gran rapidez y facilidad del tono tierno y melancólico al brusco, impaciente y autoritario.

—Ilé Eroriak —dijo el chico. Empezaba a sentirse más seguro.

El forastero sonrió y dijo:

—¡Dios, Dios! ¡Ilé Eroriak! ¡Cuánta envidia despiertas en mí!

—¿Envidia?

—Sí, así es mi miserable corazón. ¡Si yo tuviera tu fe!

—¿Fe...? —empezó a preguntar Ilé, confuso. Sus cejas se contraían en un ardiente deseo por comprender. La música de aquel lenguaje absurdo, de aquella voz armoniosa, dejaba en suspenso su alma. Empezaba a adueñarse lentamente de él. Era como si una luminosidad lenta y sabia fuera bañando poco a poco su mente.

—¿No es cierto que nadie hay más feliz que tú? —continuó el hombre del hotel—. ¿Acaso no acierto? Naturalmente, tú no puedes apreciarlo. Eso es bien cierto. En la inconsciencia está el secreto. ¡Ah, hombre, niño, quisiera ser como tú!

De pronto, Ilé Eroriak tuvo miedo. Rápido, se levantó y emprendió una veloz carrera por la arena. Pero aquel hombre corría tan ágilmente, que no tardó en alcanzarle. Le sujetó con fuerza por un brazo.

—¿Es que no vamos a ser amigos? —le gritó, jadeante.

—Ya tengo amigo —dijo Ilé, desprendiéndose de un manotazo.

—No importa: ahora tendrás dos. Comeremos juntos, beberemos, cantaremos alegres canciones... ¿No sabes tú alegres canciones? Y, además, saldremos a la mar en una lanchita.

Ilé le miró con desconfianza.

—¿Saldremos a la mar? ¿Como *ellos*?

Ellos eran los pescadores, a los que siempre veía partir, con envidia, porque a él no le quería nadie en su embarcación. Los de San Telmo eran supersticiosos, y lo consideraban de mal agüero en sus embarcaciones. Los pescadores, para Ilé, eran unos seres casi míticos, agigantados y poetizados dolorosamente por su imaginación. La misma crueldad con que era tratado por ellos, le hacía admirarlos más.

—Sí, como tú quieras —se apresuró a admitir el hombre—. Lo prometo. Pero has de ser amigo mío. Quisiera aprender a vivir como tú. ¿Me comprendes acaso?

—No.

—En fin, es esto lo que yo deseo decirte: seremos buenos camaradas.

Ilé reflexionó un instante.

—Sí —dijo al fin.

Entonces, el hombre del hotel le pasó el brazo por los hombros, y, como dos hermanos, según su expresión, se encaminaron al puerto.

Desde aquel momento, el hombre rubio no cesó de hablar. Hablaba, hablaba y decía cosas extrañas y lejanas, absurdas y tiernas cosas, huecas e incomprensibles cosas, con voz que a veces era la voz de un raro amigo, y otras recelosa o amarga. Decía cosas distantes, que uno no alcanzaría nunca. Cosas que a nadie interesaban y cosas que atravesaban el corazón, aun sin entenderlas. Como, por ejemplo, cuando decía: «Y nos iremos, nos iremos, yo lo prometo, Ilé Eroriak». Pero Ilé Eroriak sólo entendió claramente que le daría de comer, que tenía una mala opinión de sí mismo —una dulcísima mala opinión de sí mismo—, que era feliz escuchando su propia voz y que se llamaba Marco.

Atardecía cuando entraron juntos en una *taska* del muelle. Olía fuertemente a anchoas y a brea. Las paredes estaban manchadas de vino, y las mesas y el mostrador de madera hinchados por la humedad. Los ojos de Ilé Eroriak resplandecieron y vibraron las aletas de su nariz.

—¿Qué te apetece? —preguntó Marco, con un elegante gesto de su mano.

Ilé Eroriak enrojeció y se encogió de hombros.

La dueña de la *taska* salió de su estupefacción, para chillar, entre risas:

—¿A él va a preguntar? ¡Tripas de *anchoba,* si puede, suele comer ése!

Marco la miró con exagerado desdén. Escupió en el suelo y salió de allí. Ilé Eroriak le siguió, desorientado.

—¡Hipócrita bruja! —decía Marco—. Cuando seas un gran personaje, se arrodillará y te besará los pies.

—¡Pero si no importa! —dijo Ilé—. ¡A mí no me importa lo que ésa dice!... Todo el mundo...

Marco había desplegado el periódico ante su rostro y fingía leer. Era un periódico de fecha muy atrasada, escrito en una lengua extranjera. Levantó al fin los ojos por encima del papel y miró a Ilé con gran dulzura.

—Sí. Ya sé que no pueden hacerte daño —dijo—. No pueden herirte sus palabras, porque estás por encima de su aprecio o de su desprecio. ¡Pero yo no! ¡Yo sí soy sensible a la mezquindad de un gesto hostil! ¡Yo sí!... ¡Ah, bien, Ilé Eroriak, amigo mío, hermano mío, cuántas cosas has de enseñarme!

—¿Yo, qué...? ¡Yo no sé!

—Tú eres la sabiduría.

—Dijiste que me darías de comer...

Entonces, el hombre rubio lo llevó al «Gran Hotel Devar», donde, una vez, estuvo el rey.

El gran comedor estaba desierto, con sus manteles blancos y olorosos, con sus rígidas sillas de caoba, estrechas y tristes bajo las grandes lámparas de cristal. Todos, desde el *maître* al cocinero habían

56

sido avisados rápidamente, para vestir sus uniformes y entrar en escena para aquel único huésped, el hombre rubio que decía llamarse Marco. Todos parecían disimular un largo bostezo, como si hasta aquel momento hubieran sido muñecos dormitando en el fondo de un cajón, y alguien —el gran Kepa— hubiera tirado bruscamente de sus hilos. Todos tenían profesiones distintas en Oiquixa, durante el invierno. Solamente cuando llegaba el verano y la pequeña población se llenaba de forasteros, que tomaban baños de mar y sorbían limonada helada en la terraza del «Gran Hotel», aquella legión de muñequillos con cara de susto y cabellos siempre recién peinados, entraba en acción. Todo esto lo sabía Ilé Eroriak, y por eso, al verlos en movimiento, con sus caras que parecían empolvadas, sus mojados cabellos, y sus manos torpes y obsequiosas, tuvo miedo.

—¡No quiero aquí! ¡Vámonos de aquí! —dijo, escondiéndose tras la espalda de Marco.

—¡Oh, Dios del Cielo! —exclamó el hombre rubio—. Alma sencilla y bendita, ¡qué gran torpeza la mía! ¿Cómo no lo he comprendido antes? Está bien claro: soy yo quien debe ir a ti, y no arrastrarte detrás de mí.

Le apretó la mano fuertemente, y salieron de allí, mientras exclamaba con grandes demostraciones. «¡Qué gran lección, qué gran lección!»

Tuvieron que irse a un oscuro figón del barrio de San Telmo, donde Ilé Eroriak, de rodillas sobre un banco, inclinado sobre la mesa, pudo hundir la cara, con gran placer, en una humeante cazuela de barro. Únicamente entonces, cuando su estómago quedó tan lleno como hacía mucho tiempo no recordaba, y un extraño sopor fue invadiendo todo su cuerpo y nublando su mente, Ilé apoyó la frente sobre una de las delgadas y morenas manos de Marco. Sus ojos estaban húmedos de gratitud. Una exaltada y extraña gratitud que nunca le inspirara su viejo amigo Anderea. Pero Anderea no hablaba tan maravillosamente confuso como el forastero, ni le prometía un porvenir tan extraordinario. Ilé no sabía si realmente deseaba lo que le prometía Marco, pero desde aquel punto y hora lo creyó necesario y hermoso. Dijo que recorrerían el mundo juntos, «a través de tierras desoladas y ciudades populosas, como dioses vagabundos que se ríen de la humanidad». Ilé le escuchaba perplejo.

Nunca oyó a nadie, ni siquiera en las famosas farsas y comedietas de Anderea, decir cosas parecidas. «Somos hermanos», decía Marco repetidamente. Al fin, agitando el viejo periódico de grandes páginas amarillentas, frente a los ojos de Ilé, exclamó:

—Seremos dos buenos camaradas, que partirán su pan y dormirán, hombro con hombro, bajo las estrellas. ¡Ésta es la única verdad! Caminar a lo largo de todos los caminos, sin rumbo, sin que nadie limite ni detenga nuestro horizonte. Eso es: dormir, cuando se cierren nuestros ojos, y amar, cuando sea

necesario amar. ¡Treinta años, treinta endemonia-
dos años he tardado en comprender esto!

Habían llegado, andando, hasta las cuevas del
acantilado. Una ráfaga de viento arrebató el periódico de manos de Marco y lo arrastró lejos. Amari-
llento, desangelado, parecía un extraño y lacio pájaro que errara torpemente a ras del suelo. Marco
se sentó a la entrada de las cuevas, y sus palabras se
repetían indefinidamente en las entrañas de la roca,
con gran regocijo y complacencia de Ilé Eroriak.

Marco, por el contrario, permaneció pensativo.
Sus ojos parecían dos rayitas rabiosamente verdes.
De pronto, ocultó el rostro entre las manos y
empezó a sollozar con violentas sacudidas. Ilé le contempló, impresionado por ver abatirse al que empezaba a considerar como un dios de oro. En aquel
momento, los asombrados ojos de Ilé Eroriak obser-
varon por primera vez las arrugas del presuntuoso
traje blanco que llevaba el forastero. Era un traje
de corte exótico, y, en tiempos, tal vez lujoso. Lo
suficiente para deslumbrar a los habitantes de Oiquixa. Sin embargo, bien mirado de cerca, daba la
sensación de tener muchos años. Estaba dado de sí
por codos y rodillas, hasta el punto de amenazar
romperse de un momento a otro. También estaba
sucio por el borde de las mangas, y junto al cuello.
Parecía como si de pronto se hubiera puesto a pro-
clamar a gritos sus desperfectos.

El primer impulso de Ilé Eroriak fue huir de
aquella desolación, que le conmovía en forma des-

conocida. Que le admiraba y repelía a un tiempo. Pero, en lugar de escapar corriendo, se quedó quieto, mirándole con ojos turbados.

Cuando al fin Marco levantó la cabeza, pudo ver que lloraba sin lágrimas, con los dientes apretados y el rostro contraído en una mueca tragicómica.

—¿Por qué lloras? —le preguntó Ilé.

El forastero abrió los brazos con desolación.

—¿Crees acaso que he sido sincero contigo? —dijo—. ¡Pues no lo soy! ¡No lo soy! ¡Ah, Ilé Eroriak yo quiero ser como tú; pero, haga lo que haga, jamás lo lograré! Esta convicción es la que me aflige. ¡Oh, Ilé Eroriak, muchacho, mi mal es incurable!

Su voz había perdido algo de patetismo enfático que alucinaba a Ilé Eroriak. Pero quizás esta vez arrancó al corazón del muchacho algo parecido a la piedad.

—¡Bah! —dijo—. ¡Pero si vamos a ser buenos amigos! Lo juro.

Sin embargo, Marco parecía no oírle. Toda su anterior locuacidad parecía haber desaparecido, para dar paso a una profunda melancolía. Taciturno, triste, se parecía aún más a *Arbaces*.

—Es inútil —dijo finalmente—. Nada podrá devolverme el deseo de vivir, el apego a la existencia. ¿Sabes tú lo que significa esto? Que estoy muerto. Soy solamente un cadáver que habla y se mueve. Algún día te contaré mi historia. ¡Ah, es una historia tan triste, tanto, que hasta en el cielo llorarán por ella, si existe el cielo! Ilé, ¡si tú conocieras mi infancia!... Sí, es terrible tener que ir inventándose la vida. De esto, que parece tan ridículo, tan leve, proviene toda mi desgracia.

Se calló durante unos instantes. De pronto levantó la cabeza y dijo:

—De todos mis males tiene la culpa mi madre. Sí, yo naufragué en su amor, yo me anulé en su amor. Sí, mi madre fue despótica en su amor hacia mí, fue egoísta, fue tirana. Mi madre me ha conducido a este lugar sin salida, oscuro y triste.

Dudó un momento, y al fin, con ademán fatigado, dejó caer las manos sobre las rodillas. Miró a Ilé Eroriak despaciosamente y dijo con una pálida sonrisa:

—Vaya, no quiero mentirte a ti ¿sabes?... Soy muy pueril. No es verdad eso que acabo de decirte. Mis desdichas no tienen ni remotamente nada que ver con mi madre, a quien ni siquiera conocí. Nada tiene que ver eso con mi verdadero dolor. ¿Por qué habré hablado de una madre? Nada, nada creas.

Ilé Eroriak sacudió la cabeza. Se sentía inquieto, desasosegado. Todas aquellas palabras, el hombre mismo, estaban más allá de su comprensión e inteligencia. Pero espoleaban su curiosidad, atemorizándole y atrayéndole a un tiempo.

La marea subía y tuvieron que abandonar las cuevas. Ninguno de los dos hablaba. A todo esto llegaron las primeras sombras de la noche, y sus almas parecían llenarse de melancolía. Treparon por la roca, hasta llegar al faro nuevo, en lo alto del acan-

61

tilado, y descendieron luego por aquellas escalerillas talladas en la piedra que conducían a la entrada
de San Telmo. Desde allí, a sus pies, podían contemplar a Oiquixa, y Marco se detuvo. Extendió los
brazos y gritó, con toda la fuerza de sus pulmones:

—¡Oiquixa, Oiquixa, estás suspendida sobre el
mar, y un día te precipitarás en las profundidades
de su seno! ¡Quisiera presenciar la hora en que se
derrumben tus piedras azules, y rueden, rueden, hasta perderse irremisiblemente en las fauces anhelan-
tes de la bahía!

Al oír aquellas voces destempladas, Ilé Eroriak
empezó a reírse. Entonces Marco se volvió a mirar-
lo, y de pronto, rompió a reír él también. Dándole
fuertes golpes a la espalda, gritaba:

—¡Bendita, maravillosa alegría! ¡Oh, Ilé Eroriak!
¿Por qué, por qué me empeño en ser diferente de
ti? ¿Por qué no he de llegar a ser como tú? ¡Mi
bueno, mi gran amigo! Voy a encontrar la vida, y
tú serás la causa.

Abajo, en Kale Nagusia, Ana Luisa y sus amigas
dirigían frecuentes miradas al faro nuevo, cuchi-
cheando:

—¿No es aquél el hombre del Hotel?

Hubo un revuelo de curiosidad.

—Pero fijaos... ¡Anda con Ilé Eroriak, el loco!
¡Será posible!

—Estará riéndose de él... ¡pobrecillo! —se com-
padeció Lore.

—¡Qué ocurrencia!

Continuaron paseando hacia la orilla del mar, con un airón de chillidos de gaviotas sobre sus cabezas y en sus mismos labios.

2

Desde aquel día fue cosa frecuente ver a Marco y a Ilé Eroriak vagabundear juntos por el muelle, la playa y el barrio de pescadores. San Telmo parecía atraer particularmente a Marco, y muchas veces cambiaba el blando lecho del hotel por dormir junto a Ilé en las gradas de la iglesia. En las noches primaverales, cuando la niebla transparente filtraba los rayos de la luna, conoció por boca de Ilé Eroriak a las fantásticas figuras del mar, los muñecos de Anderea, sus disparatadas historias, tejidas por la calenturienta imaginación del muchacho. Y, a su vez, Ilé tuvo noción —aunque de un modo confuso y desorbitado, que le desazonaba— de lejanos países y de lejanos hombres, que la voz ancha y hermosa de Marco extendía ante su admiración.

—¿Te dije, Ilé, que mi historia era una historia triste? —decía a veces, el hombre rubio—. ¡Desvaríos! ¡Desvaríos de la fiebre! Estoy realmente enfermo si eso dije. No existe historia más bella, más intensa y plena que la mía. ¡**Algún** día te contaré mis grandes aventuras!

El mar parecía acercarse a ellos, en ocasiones. Sentían al mar acercarse, como un extraño y pavoroso ejército, silencioso, taimado, hacia ellos. Cuando hablaban largamente, en la playa, de pronto les caía la gran noche, se desplomaba toda oscuridad sobre ellos, y el mar los rodeaba, dejándoles perdidos en una islilla de roca. Saltando de una a otra, volvían a tierra, y Marco clamaba irritado, e Ilé le insultaba, como si se tratase de un ser vivo. Parecía a veces que el mar quisiera tragarlos, absorberlos, borrarlos de la tierra y lamer sus huellas de la arena. Que la gente no supiera nunca más de ellos, que la gente creyera, al fin, que nunca habían existido, borrándolos definitivamente del tiempo. Como si todo hubiera sido una gran mentira. Sus ojos, sus manos, sus palabras todas. En ocasiones, el mar aparecía terso, gris, con un brillo centelleante. Entonces, Marco se entristecía y exclamaba con voz quejosa:

—Estoy cansado y lleno de barro.

Alguna vez, en sus largos paseos, encontraban a las muchachas de Kale Nagusia, y sorprendían sus miradas brillantes y rápidas, sus cuchicheos. Marco engolaba la voz y levantaba la barbilla, aunque fingía no verlas. Cuando doblaban la esquina, se inclinaba hacia Ilé Eroriak y le decía:

—Tal vez esas lindas necias piensen que, de nuevo, el rey ha vuelto a hospedarse en el Gran Hotel. De incógnito, se sobreentiende.

Daba unas bocanadas a su boquilla, vacía, y expelía un humo imaginario, con gesto fascinante. Entonces añadía, con misterio:

—¡Quién sabe, quién sabe si estarán en lo cierto!

Un día, en el camino del faro viejo, encontraron a Zazu. Al verla, Marco se inclinó con exagerada y burlona cortesía, doblando hasta tres veces el espinazo. Cuando la muchacha desapareció, Marco empezó a reír a carcajadas. «¡Tiene de distinto color los ojos! ¡Qué extraña gata!», dijo. Pero esto, sin saber a ciencia cierta por qué, desazonó a Ilé Eroriak.

—Es la hija de Kepa —explicó, muy seriamente, con voz lenta.

Pero el hombre del hotel se encogió de hombros, burlonamente.

—¡Oh, oh! —dijo, con falsa admiración.

En cuanto a los habitantes de Oiquixa, ni uno solo dudaba de que bajo el raído y audaz traje blanco del desconocido, se ocultaba un raro e importante personaje, que excitaba su aburrida curiosidad. Los criados del hotel eran acribillados a preguntas, y por ellos se supo que el tal Marco recibía con frecuencia cartas que leía y quemaba con pasmosa rapidez. También decían que, en todo el mes que llevaba en la población no había pagado una sola cuenta; pero, en cambio, fue generoso y absurdo en sus propinas. Esto era inaudito en Oiquixa, y el gran Kepa era mirado con curiosidad y envidia, por albergar en su hotel a aquel exótico personaje. Kepa, a su vez, nada reclamaba al forastero, y se sentía tontamente envuelto en una nube de orgullo. Casi había acabado creyendo que algo se ocultaba en el hotel, algún misterio del que únicamente él y el forastero eran los conocedores. Cuando le encontraba, le saludaba ceremoniosamente, con gran cortesía, y Marco le correspondía del mismo modo.

Nadie sabía por qué ni a qué vino aquel hombre a Oiquixa. Ni cuándo se marcharía, ni adónde. Su vida era un puro misterio. Rodeóse su figura de un hálito excitante. «Desde luego, no es un hombre vulgar», decíanse, unos a otros, aquellos hombres y mujeres de Kale Nagusia, gentes de gran imaginación y vida monótona. Solamente los de San Telmo se reían a veces de él. «¡Qué espantajo ha venido al puerto!», dijeron en alguna ocasión.

En particular, Ana Luisa y sus amigas parecían hipnotizadas por el encanto extraño del desconocido, sobre cuya vida pasada, presente y aun futura hacían fantásticas conjeturas. Y, desde lo más profundo de sus corazones, agradecían al cielo que Zazu y el forastero parecieran ignorarse.

A veces, Marco pasaba dos o más días encerrado en sus habitaciones del hotel, sin hablar ni comer apenas. Otras, por el contrario, su risa hueca y jactanciosa resonaba en las callejuelas de San Telmo. El paso indolente, la espalda inclinada y un brazo en torno a los flacos hombros de Ilé Eroriak.

Esto último era precisamente lo que más fascinaba a las gentes de Kale Nagusia. Ninguno de ellos

—ni siquiera el gran Kepa— logró la amistad del hombre rubio. Y he aquí que el muchachito raquítico y loco, el ladronzuelo y holgazán, el último ser viviente del muelle, parecía haberse convertido en su mejor camarada.

Una tarde, Ilé Eroriak y Marco embarcaron en una lancha pintada de amarillo —como prometiera el forastero a su amigo—, alquilada a un hombre llamado Joxé. Antes de partir, Marco hizo una extraña alocución al mar, extendiendo hacia él sus largos brazos, que proyectaban dos estrechas sombras sobre el suelo, blandamente balanceadas.

—Mar salvaje, áspero y traidor —decía entre otras muchas cosas que nadie entendía—. Tú no te pareces a mi viejo Mediterráneo. ¡Cómo amo a mi viejo Mediterráneo! ¡Cómo me acuerdo de mi lento, azul, antiguo amigo! Tú, mar oscuro e indómito, me alejas de mi patria, de mis calientes costas...

De pronto dejó caer los brazos y se puso tan triste, que Ilé temió verlo despedir la idea de embarcarse. Se había puesto melancólico y decía que deseaba comer queso de cabra, aceitunas y uvas. Levantó de nuevo la cabeza, y, poniendo una mano sobre el hombro de Ilé, suspiró:

—Algún día, Ilé —dijo—, te llevaré conmigo a un hermoso país lleno de piedras, debajo del gran cielo. ¡Qué negros y qué lentos son los pájaros en el cielo de mi país!

Kepa los miraba de lejos, ceñudo e imponente, moviendo los labios. El enorme cuerpo oscilaba lentamente sobre las piernas, bajo las letras rojas que parecían chillar: KEPA DEVAR, CONSIGNATARIO DE BUQUES. Ellos estaban en el pequeño embarcadero de las lanchas, rodeados de un grupo de chiquillos descalzos que se reían maliciosamente. Pero Ilé Eroriak temblaba, porque por primera vez iba a ser admitido en una lancha, por primera vez no era el mal espíritu que hace zozobrar, que ahuyenta la pesca y atrae la tormenta. Tal vez, aquel día, se desharía la leyenda que sobre él pesaba, y, en adelante, lo admitirían en las tripulaciones. Ilé se acercó al borde del mar. La línea aparecía llena de fuego, reverberante, obligando a cerrar los ojos. A su lado, Marco seguía hablando. Tal vez no estuviera decidido del todo, pero ¿no había dicho que era un buen marino? ¿Si dijo, sólo dos días antes, que había nacido en un velero? Se volvió hacia él y, con los ojos brillantes, le señaló las olas:

—Marco, ahí está el caballo. ¡Mira el caballo!

Los chiquillos rompieron a reír y alguno cogió un puñado de porquería del suelo, pero la presencia del protector forastero los detuvo. En voz baja, relampagueaba una palabra: «¡Sorúa!» Sin embargo, era cierto. Allí estaban el caballo de largas crines blancas, los duendes de la playa con sus cabellos de estopa, los lánguidos espíritus de la niebla, tal como los fabricara Anderea, en su taller.

Marco se volvió a Ilé, con ojos radiantes:

—¡Sí, amigo mío! ¡Cuánta razón tienes! Vayamos, pues. Saldremos a la mar. Algo bulle en mi cabeza. Este paseo no es un simple paseo. Secretos son mis designios. Conque, ¡anda listo! Y si llueve, y si hay marejada, ¿qué? ¡Ah, yo he nacido lejos, allá al norte, allá donde todo es hielo y negros arrecifes! Allá donde se sala el pescado y se roe, en el invierno, mirando melancólicamente al cielo gris...

Mientras embarcaban, él seguía hablando de aquel su país nebuloso y triste, donde, según decía, dejó enterrado su corazón.

Poco después regresaron. Volvieron a tierra, angustiados y pálidos, con la ropa pegada al cuerpo y tiritando. Pagó Marco al viejo Joxé. Luego se fue detrás de una tapia, y apoyando la cabeza en el muro, vomitó. Ilé esperó, pacientemente, al otro lado.

La noche había ya llegado. Una hermosa noche, cálida, que anunciaba el verano. Ilé y Marco se tendieron en las gradas de una callecita empinada, en el más escondido rincón del barrio de San Telmo. Se daban la espalda, avergonzados y mudos, silenciosos.

Sin embargo, el mar estaba en calma y parecía despedir llamas azules, nimbado todo él de luminosa luz. Como si hubieran resbalado hasta su fondo todas las grandes y frías estrellas de la noche.

CAPÍTULO IV

1

LAS SEÑORITAS ESKARNE y Miren Antía eran, después
de Kepa, las personas más respetadas de Oiquixa.
Sus relaciones con los Devar, íntimas y cordiales,
provenían de su parentesco con la difunta Aránzazu.

La señorita Eskarne era la mayor de las dos.
Alta, huesuda, dueña de una imponente nariz sobre
la que se envalentonaban unos ojos duros y brillantes, constituía por sí sola el «sí» o el «no» a los actos
de su hermana, la señorita Miren. Si la nariz de Eskarne hubiese sido más corta, probablemente sus
ojos hubieran sido más humildes.

Miren, por el contrario, era bajita, de párpados
anchos y labios rizaditos en los extremos. Tenía los

70

ojos mansos, como un perro fiel, y se llenaba la frente de bucles foscos, con cierta gracia pasada de moda.

A oídos de ambas señoritas llegaban, aparentemente veladas, las más ácidas historias referentes a Zazu, a la que llamaban y consideraban sobrina. Por tal motivo, cuando a ella se dirigían, hacíalo Eskarne sentenciosamente, pesando y midiendo las palabras, de las que solía desprenderse una sutil moraleja. Su voz tornábase hueca, llena de intención y quizás, insólitamente suave. Eskarne amaba a Zazu, aunque jamás, ni aun de niña, le prodigara la menor caricia. En cuanto a Miren, hablaba a la muchacha en un tono meloso, insistente, y sus ojos adquirían un brillo especial, mezcla de curiosidad y envidia. Hubiera deseado ganarse su confianza, a costa de cualquier precio, y saber la verdad de todas aquellas murmuraciones que, a veces, le impedían conciliar el sueño.

Una mañana, caía un gran sol, cuando Zazu tropezó a su regreso de la playa con sus dos tías. Las hermanas Antía tenían siempre ganas de conversación. Detenían a Zazu, y Eskarne le dirigía frecuentes discursos referentes a su próximo matrimonio con Augusto, el capitán. Zazu escuchaba distraídamente, sintiendo el sol sobre sus hombros y los ojos penetrantes de ambas hermanas. Algo seco, árido, envolvía sus voces. Zazu miraba a Miren, y pensó: «Es una gran muñeca muerta». Miren conservaba muñecas, en su casa, en armarios que olían a alcanfor. Miren conservaba muñecas de su infancia, delicadas y palidísimas muñecas de porcelana, con largas cabelleras de pelo humano, sin brillo. Todo estaba cubierto por un polvo especial, un polvo que no se ve, un polvo que es como un perfume viejísimo y desvaído. Miren era una enorme muñeca, monstruosa, guardada en una enorme caja. Los ojos de Miren tenían una insistencia untuosa, una fijeza de vidrio. Como aquellos pequeños ojitos azules de las muñecas de porcelana. Aquellos ojos que se cerraban, cuando la muñeca estaba acostada, y que se abrían cuando se incorporaba. Las muñecas de Miren, no más altas que el libro de la Doctrina, las muñecas guardadas al fondo de una caja de cintas. Eskarne, a su lado, tenía algo cruel y reseco, algo dañino y limpio, como el filo de un cuchillo. En aquel momento unos pasos fuertes resonaron en la acera, y como resultaba extraño e insólito que a tales horas pasase alguien por Kale Nagusia, ambas señoritas detuvieron sus preguntas y comentarios para volver a un tiempo la cabeza.

Marco pasó junto a ellas, y Zazu sorprendió, con una vaga burla, el deslumbramiento de los ojos de Mirentxu. Apenas Marco desapareció, la voz de Eskarne sonó confidencialmente:

—¡Un hombre extraordinario! Dicen que es riquísimo y que no sabe, el pobrecillo de Dios, cómo emplear su dinero, en dirección al bien. Un maniático, sin duda. Pero un noble maniático, en todo caso.

Eskarne suspiró levemente, antes de añadir:

—Bien me agradaría, sábelo Dios, atraerlo a nuestra Asociación. Pero ¡es éste un asunto tan delicado!... Además, aún no le conocemos. Nadie, todavía, nos lo ha presentado.

Mirentxu se apresuró a tomar parte en la conversación.

—¡Como no es amigo de nadie ni habla con nadie!... Sólo ese golfillo haragán parece agradarle.

Eskarne hizo un gesto de comprensión tolerante:

—Sí, cierto. Por otra parte, ¡parece tan compasivo! Por eso, precisamente, yo había pensado en nuestra Asociación. No puede dudarse de que se trata de un corazón hecho de puras mieles y manteca, cargado de intenciones bellísimas. Sólo que, claro está, un hombre joven no sabe cómo deben hacerse estas cosas...

Eskarne se detuvo al observar la sonrisa de Zazu. «Impertinente», pensó, a un tiempo que su hermana Mirentxu se decía: «Odiosa sonrisa». Eskarne contuvo un agrio comentario. Ambas sabían que Zazu, tan fría y dulce en apariencia, empleaba a menudo expresiones groseras, que era mordaz y mal hablada en la intimidad. Parecía haber asimilado con extraordinaria facilidad las palabras más soeces de los alrededores de la *taska,* como cualquier mujer de mar. Sin embargo, nada ofendía tanto como aquella sonrisilla suya, de labios cerrados y ojos brillantes.

—Nombradle presidente de la Asociación —dijo

al fin Zazu—. Tened por seguro que se sentirá conmovido.

Cuando se alejaba, Mirentxu estuvo a punto de decir: «¡Descarada!» Pero una mirada de su hermana Eskarne la hizo enmudecer. Entre ellas dos jamás se había cruzado un abierto reproche hacia la hija de Aránzazu Antía, de tan dulce y pura memoria.

2

Aquella tarde, contra su costumbre, Zazu volvió a la playa. Había algo raro en el aire, en torno a ella. Un oscuro presentimiento la llenaba, desde que aquella mañana el forastero pasó por su lado. Algo como un veneno sutil iba destilando gota a gota sobre su corazón un desasosiego ya conocido anteriormente.

Cuando llegó cerca de las cuevas del acantilado, iba tan embebida en sus pensamientos que no se dio cuenta de la presencia de Marco y de Ilé Eroriak, hasta casi tropezarse con ellos. Oyó cerca la torpe risa del muchacho, y entonces, con injustificado sobresalto, se sorprendió tratando de ocultarse a sus miradas. Cuando se sentó, con la respiración agitada, en el interior de una cueva reflexionó sobre lo insólito de aquel temor. Siempre sintió deseo de soledad, y era huraña por naturaleza, pero no comprendía aquel raro miedo que la invadiera bruscamente. A su espalda, en la playa. Ilé reía, y aquella risa la sentía ella como pequeñas heridas en la piel. Notaba su corazón debajo del pecho, desordenado, como un pequeño ser independiente de su voluntad. Por los grandes huecos de la roca, Zazu contempló pensativa jirones de un mar intenso, verde, encrespándose en torres fugaces. La tarde era raramente cálida, y el sol brillaba sobre la arena. Entonces llegó hasta lo profundo de la cueva el eco de las palabras de Marco. Sus huecas palabras, que tenían un raro tono musical, bellamente falso:

—...Y, ya ves, mi querido Ilé Eroriak; la gente sigue sin cansarse de añorar la juventud. ¡Como si fuese algo valioso! ¡Como si fuese algo inapreciable! ¡Bah, bah, qué gran equivocación!

Hubo un silencio. Zazu no pudo menos de prestar atención.

—Recuerdo muy bien mi primera juventud —continuó diciendo Marco—. Mi primera juventud, pesándome sobre los hombros. Como un saco agobiador, repleto de humillaciones, granos y estupidez.

La voz de Marco se perdió en una prolija explicación de lo que él consideraba la juventud. «Cómicas exaltaciones, balbuceos, esperanzas, deseos brutales y despiadados sueños...»

—Cuando se es muy joven —le oía decir Zazu—

no se va a ninguna parte, con la agravante de que se quiere ir a todas.

«Ese muchacho, Ilé Eroriak, no puede entender nada de lo que él le cuenta. ¿Para qué estará gastando tanta saliva tonta?», se dijo la muchacha.

—Yo era tímido, y, como bien sabes, sigo siéndolo —proseguía el hombre rubio—. Los tímidos pertenecemos a una raza distinta que el diablo confunda, o que Dios acoja en su seno. En fin, a mí me aplastaron mi juventud y mi timidez. Ésa es la verdad de mi tristísima vida.

Como removidas por el eco de las olas, las palabras de Marco llegaron de pronto fuertes, vibrantes, hasta el fondo de la cueva. Zazu escuchó entonces una historia poco convincente, pero de tal modo explicada, que una rara expectación se adueñó de ella. Entre otras confusas explicaciones, el forastero iba contándole al muchacho fragmentos de lo que él llamaba «su pasado».

—No puedo decirte exactamente cuántos años tenía —decía Marco—. Pero bástete saber, mi buen Ilé, que tal vez se me hubiera podido confundir con un ángel. Rubios cabellos y labios puros, sin el feo vicio de la mentira, que tanto me corroe. —Marco suspiró largamente—: Mi buen Ilé, lo que más amo yo también es la verdad. Vayamos juntos en busca de la verdad... Como te decía, era imberbe y limpio de corazón. ¡Mi pobre corazón, que tan malas pasadas me ha jugado! En fin, por aquella época, igual que hoy día, estaba muy solo. Y además (y en esto me creo distinto ahora), sentíame muy desgraciado. La verdad es, mi buen Ilé, que la desgracia no suele pasar de ser un bello nombre muy consolador.

El forastero parecía contar un cuento. Era como si de pronto se apareciese frente a Zazu, joven, casi un niño, en una ciudad desconocida.

—Una ciudad desconocida, mi querido Ilé Eroriak, y llena de misterios, al menos para mí. No importa cómo llegué hasta allí. La verdad, muchacho, tampoco podría recordarlo. Pero lo cierto es que me hallaba perdido, anonadado, entre aquellas calles estrechas de muros verdosos, sucias fachadas y tejados puntiagudos. No obstante, ha de confesarse que las cúpulas de aquella ciudad eran hermosas.

Marco calló unos instantes, para reanudar su relato con largo talento:

—Pero ¡qué hambre! ¡Qué hambre! Cien mil panteras me desgarraban las entrañas. Yo me había, tal vez, escapado del barco. Sí, no me había convencido del todo el patrón. Llevábamos carbón. Creo recordar que eso fue. No tenía trabajo, y sí, en cambio mucha hambre. A mí, mi buen amigo, siempre me ha gustado la profusión de cúpulas, recortándose sobre la palidez de la noche. Negras y audaces cúpulas; eso es bonito. Aquéllas, las de aquella ciudad, se volvían rojas al atardecer. Todo era muy de mi agrado. ¡Ah, sí, pero mi estómago era un nido de víboras! Por eso mis pasos se encaminaron hacia los barrios negros de la población. Ya ves que, a pesar de la luz que iluminaba mi alma, pudieron más mis torpes exigencias corporales. Los barrios negros de la población podían abrirme caminos más fructíferos. Yo tengo ciertas habilidades. Aprendí mucho cuando iba pidiendo el resto del rancho a los barcos de los suecos, allá en el puerto de mi ciudad natal. Y, a lo que íbamos: conocí a una muchacha inolvidable, que se llamaba Kerima. Era una dulce y buena muchacha, de grandes ojos azules y cabello rizado como una mulata. Me amaba mucho. Me amaba tanto, que la vida se convirtió en una tortura. Ya ves que el amor no es bueno, mi querido Ilé Eroriak. Verás lo que fue de aquella infeliz muchacha que tuvo la debilidad de amarme tanto. ¡El tosco desvarío de los amores primerizos! Además, estábamos los dos delgadísimos, y apenas ella ganaba para mantenernos. De tal suerte que al fin, un día, nos cansamos de nuestra compartida miseria, de nuestras flacuras, de nuestras costillas perfectamente adivinadas bajo la piel, de nuestras largas paradas frente a los escaparates de las salchicherías, y decidimos poner fin a aquella vida tan poco gloriosa. Como siempre gusta acabar de un modo grande, decidimos arrojarnos al mar abrazados. ¡Cuánta simpleza, Ilé!... Afortunadamente, alguien había adivinado nuestras intenciones. Debíamos de llevarlas impresas en el rostro cuando avanzábamos por el malecón, con las manos unidas. Ese alguien nos siguió y separó brutalmente nuestro último abrazo.

¡Qué gran hombre quien esto hizo! Era un portugués corpulento, ¿sabes?... ¡Oh, si tú lo conoces!: es aquel hombre que me trajo aquí. Desde entonces, una gran amistad nos ha unido. Con sus cosillas, claro; pero, en definitiva, cargante, peleón y fiel, como un hermano. Pues bien, este hombre nos sermoneó, nos proporcionó una noche alegre y nos obligó a jurar que nunca más volveríamos a vernos. ¡Bah! ¡Tanto como abíamos creído amarnos ella y yo! Pues ahí tienes: cada uno por su lado, y tan alegres. Claro está; el canalla del portugués se quedó con mi dulce Kerima; era de prever. Pero espero que ella le adornase muy pronto la frente, pues era muchacha de cascos ligeros. Todo esto, Ilé, mi inocente amigo, te lo hago saber para que... aprendas... Aunque, ¡cuánta hipocresía hay en mí! ¿Qué he de explicarte yo que tu corazón no sepa ya? ¿Es acaso envidia de tu pureza, que quiero emponzoñarla? ¡Ay, Ilé, mi buen Ilé! Tal vez Kerima era una gorda mujerona, nada espiritual. Tal vez mi corazón esté siempre en lo más profundo de las sombras, y nunca le llegará el sol de tu pureza, de tu gran sabiduría. ¡Ay, Ilé, cuánto veneno hay en mí, todavía, que me consume!

Siguió lamentándose de la negrura de su alma, hasta que, al fin, añadió:

—Al buen portugués, le encontré más tarde. Creo que te sería provechoso conocer en qué circunstancias. Pero es tarde ya, y ésas son otras historias...

Zazu se apartó violentamente de la roca. Una rabia extraña la invadía. Estaba furiosa por haber escuchado, por haberse escondido allí. «Estúpido —pensó—. No dice más que tonterías.» Pero no podía dejar de escuchar aquella voz. Desde entonces decidió no prestar atención al significado de sus palabras y escuchar únicamente aquella armoniosa voz que la adormecía como vino al sol. De pronto la invadió un vértigo inexplicable. Como si se hallase al borde de un abismo. Se tapó los ojos en un impulso instintivo, y se dio cuenta de que su mano temblaba. En aquel momento fue cuando empezó a odiar a Marco.

3

Los cuatro días siguientes a aquella tarde, el forastero Marco padeció uno de sus ataques que él llamaba a veces de fiebre, y que otras, decía, eran «postración melancólica». Se encerró en su habitación y los criados aseguraron que le habían oído golpearse la cabeza contra las paredes. Luego transcurrieron tres días más, durante los cuales la fiebre parecía ser cierta. Durante las noches deliraba, y hablaba siempre de fabulosas sumas de dinero extrañamente distribuidas. Al cuarto día mejoró, se sentó en el lecho y pidió huevos cocidos, jamón, queso y media botella de un raro vino cuyo nombre nadie entendió. Como todo esto sucedía a las diez de la mañana, todo el hotel pareció algo confuso, aunque bien se guardaron de comunicarse unos a otros el gran estupor que les causaban tan exóticas costumbres. Le fue servido un vulgar vino de Ribeiro, sin que el forastero tuviese nada que objetar.

Todas estas noticias llegaron rápidamente a oídos de Kepa, y de este modo, «en calidad de solícito dueño del hotel», como él mismo se explicó, decidió visitarle para entablar una cierta amistad con el desconocido.

Fue a verlo aquella misma tarde. Se anunció con gran ceremonia, y una vez que el hombre rubio le recibió, procuró, con estudiadas frases, ofrecerse amablemente en cuanto necesitase durante aquella lamentada enfermedad. En aquel momento, no parecía que fuera Kepa a mendigar una amistad, sino, tal vez, a otorgarla con gesto magnánimo.

Al principio, Marco le escuchó, observándole, en silencio. El hombre rubio había adelgazado y en su rostro, de un cobrizo muy oscuro, resaltaban los largos ojos oblicuos. Bruscamente se volvió de espaldas a Kepa, cubriéndose hasta más arriba de la cabeza con el embozo de la sábana. Como si quisiera decir «Vete. No quiero ni verte». Pero antes de que Kepa saliera de su ofendido estupor, ya estaba de pie a su lado, vacilante dentro del pijama desteñido, y abrazándole estrechamente. Teníale aún apretado entre sus brazos, cuando empezó a reír tan estrepitosamente, que tuvo al fin que sentarse al borde de la cama y secar sus lágrimas.

Kepa le miró escrutador. «Indudablemente, esto es culpa de una excesiva debilidad», se dijo. Y, más lleno de confianza, se atrevió a golpearle paternalmente la espalda.

Marco dejó de reír, y cogiendo entre las suyas la mano de Kepa, la examinó detenidamente.

—La mano de un héroe —dijo al fin.

Entonces fue Kepa quien le abrazó.

No pasaron muchas horas sin que Marco se vistiera, repentinamente jovial y animado. Kepa y él charlaban como buenos y viejos amigos.

—Siempre me han interesado los negocios —decía Marco con aire de rapaz astucia, como a Kepa le agradaba—. He de contarle algún rato —a título confidencial, se sobreentiende— algunas arriesgadas empresas de mi vida. A mi audacia, a mi golpe de vista certero y rápido, debo el ser hoy día quien soy. Sí, bien cierto es, y los ángeles lo atestiguarían, que a nadie sino a mí mismo debo yo mi actual posición.

Abotonó hasta el último de los botones de su chaleco blanco, y añadió gravemente:

—Es a un hombre como a usted, a un igual, a un águila de acero, a quien únicamente se pueden explicar ciertas arriesgadas y triunfantes operaciones, sin temor a que se escandalice o a que nos mire como a un dios. ¿No estoy en lo cierto?

Kepa guardó silencio. «Veremos», se dijo.

—Venga usted a mi casa —dijo Kepa—. Allí guardo un excelente coñac que creo no le desagradará. Podremos hablar con más tranquilidad que aquí.

Marco sonrió y señaló la puerta con alegría:

—Aceptado. Creo que vamos a ser buenos amigos.

Poco después, ambos hombres bebían uno frente a otro. Lenta y concienzudamente, al estilo de Kepa. Y Marco admiró el gran retrato de Aránzazu Antía, con el rostro y las manos blancas en la oscuridad.

Pero, contrariamente a lo que habían supuesto, al hallarse dentro de la casa de Kale Nagusia, un raro frío los envolvió y la conversación derivaba hacia un derrotero extraño e insospechado. El oscuro retrato de Aránzazu parecía cohibir sus voces, especialmente la de Kepa. Desde que se lo mostró, aun cuando le llevó a otra habitación, parecía que la sombra de aquella pálida mujer caía sobre él, pesadamente, sumiéndole en una íntima angustia.

—Mi hija no se le parece —dijo al cabo Kepa, como tras larga meditación.

Marco apuraba un excelente coñac con gesto de resignada paciencia, aunque no del todo disgustado por el insospechado giro de la entrevista. Observaba el modo de beber de Kepa Devar, tozudo, casi siniestro. Una atmósfera cargada, antigua, iba rodeándolos, como si en ella estuviera diluido el posible maleficio que contuviera aquella casa.

—Mi hija va a casarse muy pronto... ¡Voy a quedarme muy solo!

La voz de Kepa, vacilante, sonó como un falso suspiro. Tal vez deseaba hacerse la momentánea ilusión de que su hija le proporcionaba alguna compañía.

—Mi hija es una criatura inteligente —añadió, con lentitud.

La cabeza de Marco avanzó hacia él. Sus largos ojos brillaron en la oscuridad. «¿A dónde querrá ir a parar el viejo zorro?»

—Mi hija es... Pero ¿no la conoce usted? Pues debe conocerla. Habla muy poco, eso sí... ¿De qué va a hablar ella conmigo? Cuando era pequeña, claro está que era diferente. Solía subirse a mis rodillas y tirarme de las orejas. Tenía la cabecita llena de anillas. ¿Qué se habrá hecho de aquellos rizos?

La gruesa y velluda mano de Kepa Devar intentaba, torpe ya, describir el cabello rizado. Resultaba grotesco.

El rostro de Marco pareció aflojarse, como el de una marioneta abandonada al fondo de un cajón. «¡Ah, ya! La Tristeza. Aquí tenemos a la Tristeza. ¿Por qué está dentro de todos los hombres la Tristeza? No me abandones, Tristeza.» Se sirvió más coñac y apoyó la nuca en el respaldo del sillón. Dio dos bocanadas a su boquilla vacía y miró al techo.

«La Tristeza vive encogida, como una pequeña alimaña, en el fondo de las botellas.»

Apartir de aquel momento, Kepa Devar empezó a ponerse pesado. Siguió contando cosas de su hija: confundía el pasado con el presente, a la madre y a la hija, a la niña de ayer y a la mujer de hoy. Luego pretendió contar su propia vida, triste y cómica. La pesada cabeza empezaba a doblársele, y de su pecho surgía un sonido parecido al de un fuelle de fragua.

Marco empezó a mirar hacia la gran ventana, que trasparentaba una dulce luz dorada. «Me parece que no volveremos a beber juntos.»

Kepa oía su propia voz. Era un sonido monótono que él tampoco entendía. Otra voz era la que llegaba hasta su corazón, otra voz que tal vez le dolía y amaba. «Estás solo.» Kepa bebía mucho. Pero ya no por el placer mismo del vino, como antes, como en aquellos lejanos tiempos de San Telmo. Ahora, quería escapar a la realidad. «Esta vida vacía, cochina vida, asco, ¿quién soy yo?» Cuando era joven y bebía, siempre había algo que cantar, algo que decir con una alegría espesa y primitiva. Ahora, en cambio, su borrachera era sórdida y babeante, de cabeza abatida, ojos turbios, lacrimosa y débil. «Porque dentro de mí hay un hombre débil y cobarde. Dentro de mí hay un hombre que tiene miedo de la vida. ¿Quién iba a decirlo? Tengo miedo de mi soledad. Yo sé historias de hombres que han muerto solos, en el mar. Yo he oído historias de hombres abandonados al borde de la tierra, de la tierra seca y sin frutos. Yo tengo miedo de la soledad, perseguido por los perros. Unos perros de lenguas muy rojas, colgantes, que tal vez soñé cuando era niño. Esto, quizás, es eso que llaman la Tristeza. Yo he oído historias de hombres que se ahogaban sin llegar nunca a la costa. Tengo miedo dentro de mí, porque yo soy sólo un mar inmenso, amargo, y mi corazón se pierde, y no tengo ninguna orilla a donde dirigirme. Estoy solo.»

Alguna vez, cuando Kepa bebía mucho, acababa llorando, gimoteando ridículamente. Porque Zazu no le quería, porque Aránzazu no le quiso, porque no tenía amigos. Porque su casa era grande y oscura, y él la hubiera querido llena de luz. Cosas tontas, cosas que hacían reír a los que le oían, cosas que hacían volverse de espaldas a la gente, para guiñarse los ojos con malicia. En estos momentos, Kepa tenía una prisa loca y extraña, como si perdiera algo, como si estuviera a punto de perder alguna cosa. «Es tarde. Yo sé que es tarde. Mas ¿y si aún pudiera alcanzar algo? Pero las cosas huyen, y se pierden. Es tarde, es tarde.» Cuando Kepa bebía, se sabía un intruso. En su propia casa, en su misma familia, entre toda la gente de Kale Nagusia. «¡Ah, viejo barrio de San Telmo!» Kepa quisiera entrar en una *taska* de marineros. Quisiera salir a la mar, echar las redes a la luz de las linternas. Quisiera beber aguardiente barato y bailar en la plaza, los días de fiesta, al son del «txistu». «Pero no es cierto, no deseo nada de esto. Esto es lo horrible, ésta es mi agria verdad. Tampoco puedo desear eso ya. Soy viejo, estoy ya hecho a otras cosas, y eso, en lo profundo, tampoco lo deseo. Soy un instruso también en San Telmo.»

De cuando en cuando Marco apartaba la mirada de la luz que iba adueñándose de sus ojos, allá en la ventana, y miraba a Kepa. Marco presenciaba fríamente el terrible momento sentimental de Kepa Devar.

4

Marco oía las frases incoherentes, los grotescos suspiros de aquel hombre grueso que iba a hacerse viejo. Veía el temblor de sus manos, aquellas manos que parecían querer aferrarse a alguna cosa, a algo impalpable tal vez. Marco guardó su boquilla en el bolsillo interior de la chaqueta, junto a su corazón. No podía reírse. Estas escenas hacía tiempo que no le divertían ni le conmovían. Volvió del revés la botella y en la copa cayó una gotita transparente, como ámbar.

La casa de Kepa, fría y sombría, parecía acecharla entera, apretada a su alrededor. Marco reclinó más la cabeza, y por entre los párpados entornados contempló la luz, tras los visillos. Allá afuera, el mundo aparecía como envuelto en una página melancólica. Había en la calle algo indefinido, algo que se desprendía de los muros azulados, del suelo que conducía al mar. Hacía años, muchos años, Marco se tendía en el fondo de una lancha abandonada, junto al embarcadero, en tardes parecidas a aquélla. «En las tardes que se parecían a ésta, soñaba. Me tendía en la estiba de aquella barca vieja que habían abandonado en la arena, junto al puertecillo de los pescadores.» Marco seguía quieto, mirando hacia la dorada luz, que iba enrojeciendo. «Cuando llegaba la hora de esta luz, miraba a lo alto del cielo, desde el fondo de una barca. Recuerdo mis sueños. No se puede vivir sin sueños. Nunca pude vivir sin sueños. La vida no existe, la vida es mentira.» Marco cerró los ojos lentamente. De su rostro, de pronto, parecían haber descolgado un paisaje. De su rostro pendía una decoración extraña, y algún ser diminuto la arrollaba cuidadosamente, esperando. «Hacía largas listas. En las listas apuntaba cosas que necesitaba comprar para mis viajes. Mis largas travesías. Mis veleros.» Por los cerrados ojos de Marco navegaban tristes barquillos de papel. Esos barquitos abandonados por los niños en el agua. Barquillas de papel de periódico, cargadas de noticias que todo el mundo conoce. Cargadas de palabras que sólo un vagabundo ocioso se detendría a leer, desdoblándolas y secándolas al sol. «En las largas listas que yo hacía, figuraban varios equipos. Equipos de viaje, de caza, de alpinismo.»

Marco abrió los ojos, y un resplandor vivo, rojo, le llenó las pupilas. «La Tristeza. ¿Dónde se esconde la Tristeza? No importa nada la Tristeza. Hay que seguir. Hay que continuar. No se puede uno detener a beber agua, a descansar. Hay que seguir, que seguir siempre. ¿Dónde está la Tristeza?» Marco se incorporó. Una sonrisa parecía abrirse paso, a través de todo. Marco perseguía aquella sonrisa como a una paloma que fuera dando tumbos dentro de la gran oscuridad. Marco volvió a sacar su boquilla vacía y la cocoló entre los labios.

—Adiós, Kepa, viejo zorro borracho —dijo. Pero Kepa no le oía, con la cabeza pesadamente apoyada en la mesa. Tal vez estuviera dormido.

Marco no podía detenerse. «Es preciso escapar. No se puede uno detener. Afuera. Afuera está la calle. Siempre hay que ir a la calle, como los perros.» Marco salió de la casa y huyó de los muros de Kale Nagusia. De pronto el corazón latía fuerte. «La Tristeza.» La brisa, a medida que avanzaba, le enfriaba la frente y los labios. «No es bueno esto. Hay que continuar. Pero Marco, gran amigo de Marco, ¿acaso tienes miedo? Marco, tienes miedo de la vejez. Cuando no puedas decir: *adelante, hay que continuar*. La Vejez y la Tristeza.» Marco, llegó andando rápidamente, al camino de la playa. Cerca, se alzaban las rocas del acantilado. «Alguna vez, el hombre se cansa, y cae, hecho pedazos, roto para siempre. Y entonces todos dicen: "¡Oh, Dios mío, si era de cartón!" Alguna vez, es indudable, los hilos se rompen, y el muñeco no puede seguir adelante.» Marco tomó el camino que conducía al cerro verde y aterciopelado sobre la bahía. Sólo allí, cuando llegó a la cumbre, se detuvo, sudoroso. Se sentó sobre la misma hierba, y contempló pensativamente la superficie del mar.

El tiempo descendía, rodando, impasible. Marco se miraba la muñeca, porque no tenía reloj. Pero las horas tampoco le importaban. Lo único que importaba era ganar el tiempo. La luz iba hundiéndose en el mar, como si las olas la tragaran. Marco notaba entre sus labios un sabor salado, embriagador. «Hay una vida, es indudable. En alguna parte, andará escondida la vida.» La vida es violenta, brutal, y a veces deja en el paladar un regusto agrio y seco de polvo. «Pero hay una vida. Tiene que estar en alguna parte, esperándonos. Yo creo que algún día...» Entonces, Marco olvidó. Marco olvidó el polvo, la sed, el tiempo y la infancia solitaria. El niño pobre que se tendía en la estiba de una barca abandonada. Marco olvidó el ridículo de todos los días, el traje abotonado, el borde desflecado del pantalón, las facturas atrasadas, los viajes, los veleros, y al propio caballero Marco, poderoso, generoso, cansado, Marco olvidó, contemplando cómo un gusanillo verde trepaba por su mano, que yacía abandonada sobre el césped. El gusanillo alzaba su cabeza enana, movía las antenas. Marco acercó la cabeza al suelo, y descubrió un bosque diminuto y frondoso, de apretados troncos, donde los insectos parecían monstruos y la suave brisa un vendaval arrollador.

De este modo fue como, vagando, olvidado, prendido, sus ojos tropezaron con una figura. Allí, sobre las rocas, Marco descubrió una silueta fina, una figura brillante. Los últimos rayos del sol encendían su piel y convertían en una hoguera su melena. Era un cuerpo sobre el fondo del mar y del cielo, y parecía capaz, en aquel instante, de detener el tiempo. Su edad era imprecisa, y había un raro resplandor en su frente.

Marco se incorporó. Con los ojos fijos en aquel cuerpo, como si temiese verlo desaparecer, y avanzó hacia él.

Cuando llegó a su lado, se detuvo. Sus ojos se encontraron, y, rudamente, se rompió la impresión de realidad. Marco vio unos ojos de oro candente, y, por un raro capricho de la naturaleza, de distinta tonalidad uno del otro. En el fondo de aquellas pupilas el sol parecía ahogarse muy despacio.

Zazu le volvió la espalda, con gesto desdeñoso. Rápida, se alejó de él. No parecía ningún ser irreal, no parecía ningún duende, ninguna diosa. Con sus desnudas piernas morenas, sorteaba ágilmente los escollos, al descender a la playa. Era una mujer. Marco se sentó de nuevo, pensativo. Una frase llegó hasta él: «Mi hija es una criatura inteligente». Marco se encogió de hombros. «¿Inteligencia? ¡Qué palabra tan hueca!» Marco arrolló a su dedo un largo tallo verde. «Tenía la cabeza llena de anillas.»

Miró hacia abajo, hacia la muchacha que se alejaba, con su lacia cabellera, lisa y brillante, golpeándole la espalda. «Esa niña de quien hablara Kepa, ni ha muerto ni está en ninguna parte.» La muchacha que huía llevaba unas sandalias blancas, como un niño. Marco deseaba detener aquella huida, verla de cerca, nuevamente. La contempló alejarse, hasta que se perdió. Si Marco no olvidaba, de vez en cuando, se hubiera caído y se hubiera roto en mil pedazos. «Alguna vez el hombre se cansa, y cae hecho pedazos, roto para siempre.» Marco olvidaba, a veces, durante un corto tiempo, sumergido fuera del tiempo. Marco se levantó y abrió los brazos, perezosamente. «Adelante. Hay que continuar. Hay que aguantar. Afuera está la calle.»

Cuando Marco descendió, Zazu ya se había perdido tras una esquina, y no pudo encontrarla.

5

Era ya noche cerrada cuando Marco fue a San Telmo en busca de Ilé Eroriak. La luna brillaba sobre el mar cuando le vio, echado en las gradas de la iglesia.

—¡Marco, Marco! —le llamó el muchacho. Una

gran alegría brillaba en sus ojos—. Creía que ya no te veía. ¿Acaso no querías volver conmigo?

—¿Por qué no, mi buen Ilé? ¿Hay algo que hacer?

—¿No te acuerdas?

Ilé Eroriak se sentó en las gradas de piedra, junto a Marco.

—¡Esta noche hay función!

Marco se dio una palmadita en la frente.

—¡Cómo lo pude olvidar, mi buen Ilé! Es natural: mi enfermedad debilita mi memoria.

Pero Ilé Eroriak no hubiera olvidado nunca una noche de función en el teatrito de Anderea. Aquella noche era para él una noche luminosa, llena de colores y de historias que le llevaban lejos, llena de magia, de ensueño. Los cuerpecillos cobraban vida, todos sus diminutos amigos se ponían en pie y hablaban. Hablaban de sus corazones escondidos, de sus pequeñas vidas misteriosas y vulgares. Veía sus lágrimas y escuchaba sus risas.

—Los verás moverse, Marco... Marco, ¿me escuchas? Verás al negro decir: *¡Ah, mi pobre, mi pobre corazón se ahoga!...*

Marco sonrió vagamente. «La vida existe. La vida debe de estar escondida en alguna parte...» Marco dejó de sonreír.

Ilé Eroriak explicaba que él podía entrar gratis en el teatro de Anderea. E incluso tocar los muñecos, detrás del telón, si se le antojaba. Él podía hacer todo eso, porque Anderea era su amigo. Pero

93

si Marco prefería ir a la playa, no importaba: irían a la playa.

—No, no —dijo Marco—. Solamente deseo una cosa: hablar.

Un enjambre de muchachos subían por la callejuela, corriendo, charlando. Todos acudían al teatrito de Anderea. Ilé Eroriak miraba a Marco. La luna iluminaba su cabeza, plateándola con vívidos destellos. Marco hablaba, hablaba con una voz distinta, y todo él, de pronto, parecía transformado. El muchacho no comprendía el sentido de sus palabras ni lo comprendería jamás. Pero escuchaba su voz, escuchaba su acento. «Ahora está contento», pensó. Aquella noche, Marco aparecía alegre, con una alegría distinta a la que él conociera. «Debe de ser bueno estar contento, como ahora lo está él. ¿Por qué se alegrará así la gente, de pronto?» Marco parecía poseído de un intenso fuego, que iluminaba sus ojos. «Se parece a *Arbaces*.» Ilé Eroriak casi había llegado a creer que su amigo era realmente *Arbaces*.

Miraba sus manos, el movimiento de sus labios, cuando de pronto se dio cuenta de que Marco estaba hablando de la hija de Kepa, y al muchacho le dio un vuelco el corazón. Se quedó quieto, extrañamente tirante. Al fin, dijo, con voz dura:

—Es una hechicera, una...

Empezó a insultarla con las mismas frases que oía a los pescadores. Pero Marco se echó a reír. Ilé Eroriak se maravilló de aquella risa clara, joven.

Nunca había oído a nadie, y menos que a nadie al mismo Marco, de aquella forma. Por ello se quedó un instante cabizbajo. «Yo nunca me alegraré así.» Nunca su corazón contendría una alegría semejante. Acaso por vez primera Ilé Eroriak experimentó un incomprensible sentimiento de humillación, que se manifestaba en creciente desasosiego. Cuanto más reía su amigo, mayor era su zozobra. Como si una mano le oprimiera lentamente la garganta. Llevó la suya al cuello, rasgando la ropa, ya tan destrozada, de su camisa. Repentinamente dejó de insultar a Zazu para decir:

—¡No te rías! ¡No te rías, Marco! Te hablo de la hija de Kepa. ¿Has oído? ¡Es la hija de Kepa!

Marco le pasó el brazo por los hombros. En aquel momento sus ojos se posaron en los pies callosos y delgados del chico, en los harapos que cubrían su delgado cuerpecillo.

—Hay que comprarte ropa nueva, mi buen Ilé —dijo, repentinamente serio—. ¿Cómo nadie se ocupó antes de eso? Dime, ¿Anderea se llama amigo tuyo y no te compró nunca unos zapatos?

Un murmullo de voces y pisadas llegó hasta ellos. Por la callejuela empinada, ascendían lentamente las gentes de Kale Nagusia. Con paso tardo y digno, acudían ellos también al teatrito de Anderea, como quien otorga un gran favor.

Al pasar junto a ellos, saludaban algunos a Marco, a pesar de verle sentado en las gradas de la iglesia. Y decían:

—¡Tenemos aquí tan pocas distracciones!

Como si les avergonzara acudir a la función de Anderea. También, al poco rato, vieron llegar a Eskarne y a Mirentxu Antía, acompañadas por Kepa Devar. Marco palmoteó la espalda del chico:

—Vamos tú y yo al teatro también, Ilé Eroriak —dijo.

En la callejuela resonó su voz, ampulosa, y la luz arrancó reflejos a su cabeza rubia. El corazón de la señorita Mirentxu palpitó con fuerza. Y le pareció que faltaba punto de apoyo a sus piernas cuando, súbitamente, su mirada encontró los ojos alargados del forastero. «¡Señor! ¡Qué extraño hombre!» La señorita Mirentxu buscó en su corazón una palabra apropiada. Su limitado lenguaje no hallaba una palabra. El corazón se había replegado en el pecho virgen de la señorita Mirentxu. «Radiante.» Un vivo rubor subió a sus mejillas. Un fresco rubor de muchacha subió a sus pálidas mejillas donde el tiempo había pasado como una sombra aburrida. «Hay algo radiante en todo él. Brilla por sí solo en esta calle oscura de Oiquixa. ¡Qué extraño hombre, radiante!» La señorita Mirentxu quedó presa en aquella callecita estrecha, por donde, cuando era niña, subía y bajaba jugueteando, trayendo en la mano ramitos de madreselva, de flor de manzano. La señorita Mirentxu, en medio de la noche cálida, dentro de sus mejillas sin brillo, dentro de su pecho de muchacha envejecida, de sus ojos apagadamente inocentes, quedó encantada, como una de aquellas princesas de cuento que vivían en sus libros de adolescente. Las princesas encantadas que dormían dentro de los libros encuadernados en tela roja, con el canto dorado, que dejaba polvillo de mariposa en las yemas de los dedos. La señorita Mirentxu tropezó violentamente con la risa de Marco. Aquella risa que era como un muro de cal, frente a ella, reverberando al resplandor de la luna. Marco reía con sus dientes grandes, brillantes, bajo la luna. La pobre señorita Miren se llevó la mano al corazón. Eskarne se volvió hacia ella y dijo duramente:

—Vamos. No te pares. Te quedas ahí, como encantada.

—No sé... No sé por qué se ríe —balbuceó la señorita Miren, al oído de su hermana.

—Es duro y desconcertante —dijo Eskarne, sentenciosa—. No intentes explicarte a un hombre.

Kepa se había aproximado a Marco.

—¡Amigo mío! —dijo—. Perdón por el mal rato que le hice pasar esta tarde. Creo que me puse pesado. Yo...

Marco cortó su pequeño discurso con un abrazo repentino, que casi le dejó sin respiración. Kepa pensó, mirándole con el rabillo del ojo: «No creí que tuviera tanta fuerza». Cuando se liberó de sus brazos, lo presentó ceremoniosamente a las hermanas Antía, y el grupo avanzó calle arriba.

Kepa hablaba alto, deseoso de que sus vecinos de Kale Nagusia volvieran la cabeza para verle en

97

compañía del extraordinario personaje. La perla de su corbata aparecía nimbada de un raro resplandor.

Al verse solo, Ilé Eroriak trepó rápido y silencioso, como un ratoncillo, hasta el final de la calle. Y entró en el pequeño teatro de Anderea.

CAPÍTULO V

1

El anciano Anderea preparaba sus muñecos. Le ayudaba en estas ocasiones el hijo pequeño de Joxé. Hacía las veces de tramoyista y recitador, y, en su garganta, la tormenta adquiría proporciones escalofriantes. El hijo de Joxé tenía trece años; era listo, precoz y descarado. Se burlaba de los muñecos, y Anderea le vigilaba porque lo sabía ladronzuelo y astuto.

Hasta ellos llegaba el murmullo del público. Sólo faltaban unos minutos para que el hijo de Joxé alzase el telón.

Anderea parecía transfigurado. Daba las últimas instrucciones al muchacho, que le miraba con ojos brillantes, y de pronto, su voz, su vieja voz familiar, conmovió el corazón de Ilé Eroriak.

Cuando Ilé Eroriak llegó a la puerta del teatro de Anderea, las luces rojas y verdes estaban encendidas. Bajó la escalerilla que conducía debajo del escenario, donde estaba su viejo estante de los muñecos olvidados. Hasta aquel momento, el anciano no advirtió su presencia, y al verle allí, menudo y despeinado, sentado en el estante y con las piernas cruzadas, pensó que muy bien podría confundírsele con un muñeco. Apenas era mayor que ellos. Sus miradas se cruzaron, en un silencioso saludo.

—Atiende la señal, y repasa el decorado —dijo Anderea al hijo de Joxé.

El hijo de Joxé trepó al escenario. Bajo sus pies descalzos crujían los débiles peldaños. Como hacía calor, iba medio desnudo y parecía un diablillo de mueca burlona, encaramado en su puesto. La atmósfera viciada le obligaba a respirar agitadamente, y arrugaba la nariz. «El año que viene, saldré a la mar —soñaba—. El año que viene dejaré al viejo y saldré a la mar con padre.» En aquel instante sonó la señal, y el pequeño tramoyista alzó el telón.

2

La señorita Mirentxu no fue capaz aquella noche de seguir la trama de la comedia. Pero se abandonó al extraño hálito que emanaba. Era como un perfume, intenso, viejo, de extrañas cosas tal vez soñadas. Aquellas vocecillas decían cosas, lloraban, reían de un modo inquietante, dentro de un mundo que ella llevaba, sin saberlo, escondido en algún lugar desconocido de su ser. Algo de su propio corazón estaba en el pequeño escenario, dentro de la tela roja y verde, de la purpurina, de la engolada voz y de los movimientos rítmicos de los pequeños seres. Era una nueva comedia de Anderea, donde el amor se sentaba tristemente en un ángulo del escenario y contemplaba perplejo el ir y venir de los muñecos.

La señorita Mirentxu tenía a su lado el perfil abstraído de Marco y pensó cuán hermoso sería acariciar aquella cabeza entre sus manos. Sentía una rara necesidad de acariciar aquellos satinados cabellos, que adivinaba sedosos, resbaladizos bajo sus dedos. De cuando en cuando, miraba disimuladamente hacia aquel hombre, y veía el rostro acusado y extrañamente felino, el oscuro perfil iluminado por las luces rojas, verdes, azules del escenario.

Algo parecido al temor, un temor desconocido y tal vez agradable, se despertaba en el pecho de la señorita Mirentxu cuando sus ojos tropezaban con la boca grande, ancha, brutal, de aquel hombre que se llamaba Marco. Eran unos labios ligeramente prominentes, voraces. Las sombras acentuaban el contorno abultado de sus pómulos, y la señorita Mirentxu se extrañó del raro contraste de la piel oscura, con el cabello, casi plateado. «¡En qué raros momentos he visto yo este rostro! No puedo saber cuándo vi yo este rostro. O una máscara, parecida a este rostro. Los ojos oblicuos, los anchos pómulos, los labios rudos de este rostro. No sé si lo soñé, de niña. O si lo vi, tal vez, una tarde, en el parque, cuando llegó el hombre del pequeño «guignol», con su campanilla y su voz cascada. No sé si lo vi, un atardecer, al pasear junto a la ría, cuando aquella tribu de gitanos acampó con sus carros bajo el puente. No sé si lo vi en el mascarón de un velero, o si lo soñé, o si no lo vi nunca y era lo que temía ver surgir de los rincones oscuros.»

En la sala del teatrito, rebosante de público, la señorita Mirentxu se quedó encantada en una edad hermosa, una edad en que el color de la hierba era distinto, y la campana del puerto sonaba alegre, en vez de triste, cuando los buques partían. La señorita Mirentxu se quedó encantada en un tiempo joven, crédulo, apasionado. Pero no era únicamente la señorita Mirentxu la que desatendía la farsa de Anderea, para espiar el rostro del forastero. Mil ojos se clavaban en él, con disimulo más o menos logrado, y mil lenguas silenciosas se preguntaban: «¿Qué pensamientos guardará esa frente? ¿Qué secreto se esconde tras sus ojos? ¿Quién es, adónde va, de dónde viene?»

Pero el extraño ídolo de la cabeza de oro parecía ajeno a todo lo que no fuera aquella historia triste y cómica de muñecos que amaban, envidiaban, reían, odiaban, perdonaban. A todo lo que no fueran aquellos gestos cuadrados, aquellas vocecillas exageradamente conmovidas.

Kepa Devar notó la expectación que el forastero causaba en la sala, y, secretamente, sentíase partícipe de aquella gloria. Con la barbilla levantada y las manos cruzadas sobre el puño de su bastón, Kepa movía los labios, como si rezase. Sus ojos estaban fijos en el escenario, en una muñeca que, sin saber por qué, le recordaba a Zazu. «Hemos logrado una juventud perfecta.» De pronto, una voz áspera llegó a su oído, sacudiéndole. Era la voz de la señorita Eskarne, de la única persona que había seguido atentamente el argumento de la farsa, aquella noche.

—Esto es inmoral —dijo la vieja señorita.

Kepa bajó bruscamente la cabeza y murmuró algo que parecía un resoplido.

Entretanto, bajo el escenario, agachado en un rincón, Ilé Eroriak escuchaba la voz del anciano, que daba vida a los muñecos. Un rayo de luz azulada penetraba por la trampa de la escalerilla que conducía arriba. Aquel rayo llegaba hasta los muñecos del estante, y parecía manchar lívidamente las sonrisas pálidas. Las sombras de las caretas, acentuadas, dilataban extrañamente la expresión de aquellos muñecos que, minutos antes, parecían inofensivos. Ahora, algo monstruoso se desprendía de ellos, algo horrible y oscuro, que Ilé prefería no mirar. A la tenue claridad, brillaba también, en el rincón, un hilo de plata que tenía la araña. Ilé Eroriak recordó sin saber por qué, una frase de Marco. «¿Por qué no te compró unos zapatos?» Ilé Eroriak se detuvo a contemplar, por vez primera, sus pies heridos. Estaban ásperos, duros. También sus manos. Ilé Eroriak apartó la vista con rara angustia. «Nos iremos de aquí, como dos hermanos. Nos iremos muy lejos. Y yo seré tan grande como Kepa, porque él lo ha dicho.» En aquel momento llegó hasta allí el sonido dulce, lleno de una tristeza amable, del violín de Anderea. Era una música que rodeaba el corazón de Ilé, que lo apretaba suavemente, sin dolor. En el escenario, los muñecos lloraban por algo. Ilé Eroriak trepó sigilosamente por la escalerilla y asomó la cabeza. Pendientes de sus hilos, los muñecos de Anderea se movían, se arrodillaban, se apartaban. Sin saber por qué, aquellos dos muñecos, que tal vez se amaban, le recordaban a Zazu y a Marco. «Son Marco y Zazu. Y yo, ¿dónde estoy?» Pero ningún personaje se parecía a Ilé Eroriak. En aquella farsa no había sitio para él.

Lentamente, el muchacho descendió de nuevo a su estante. Los muñecos olvidados le sonrieron bajo el polvo que palidecía sus facciones mutiladas. «Marco nunca ha estado aquí. Marco tiene que venir aquí. Si es mi amigo, tiene que conocer a mis amigos. Pero será difícil hablar de esto con Marco. Tal vez él no quiera verlo.» Desde la repisa, *Arbaces* le contemplaba, escéptico, con sus ojos alargados.

4

La farsa terminó. Anderea pagó al hijo de Joxé, y el chico salió corriendo a la calle. Ilé Eroriak se acercó al anciano y dijo :

—Voy a traer a Marco. Voy a buscarle, y a traerle aquí.

—Tal vez esto no le guste —dijo el viejo Ande-

105

rea, sonriendo—. No todo el mudo es amigo de mis pobres muñecos.

Pero, al poco rato, Ilé regresaba, gozoso, trayendo de la mano a su exótico amigo.

Marco entró agachando la cabeza, porque el chiribitil bajo el escenario era demasiado bajo para su estatura. Sin embargo, le agradó escuchar el eco que en aquel lugar producía su voz. Tal vez esto le empujó a hablar, sentado sobre una caja de madera. Empezó a hacer preguntas al anciano, demostrando una súbita curiosidad por todo cuanto se refiriese al arte de tallar muñecos y fabricar caretas.

—¿Es usted mismo quien inventa esas historias? —dijo, al cabo—. ¿Usted mismo quien urde estos dramas como el de esta noche?

Anderea asintió.

—¡Oh! Usted mismo inventa la historia, usted mismo talla los muñecos adecuadamente... ¿Es así?

—Ciertamente.

Marco rió bruscamente.

—Amigo, mi buen amigo —dijo—. He de confesar que no he logrado alcanzar el verdadero sentido de vuestra farsa.

En aquel momento, Ilé levantó vivamente la cabeza, y murmuró:

—No es tu amigo.

Pero Marco no hizo caso, y prosiguió:

—¡Ah, mi querido amigo, mi viejo amigo Anderea! He aquí lo que he observado: creáis hombres de madera, y luego os reís de ellos. Los obligáis a amarse, y os burláis de su amor. No creéis en sus tragedias, y los sacrificáis a ellas. ¡Ah, Dios mío! Bien claro he visto que hacéis de su corazón una caricatura, del mismo modo que sustituís la vida por un trozo de madera. Sí, no se puede negar que también os burláis del público que llora y del público que ríe. Pues bien, ¿qué opináis de mí, que no supe reír ni llorar vuestra farsa?

En un derroche de condescendencia, Marco apoyó su mano en la espalda del anciano.

—¡Oh, no puedo opinar! —dijo Anderea—. Yo también soy un muñeco.

—¡Pero sabéis manejarlo! —dijo Marco, con viveza. Y añadió—: Decidme, ¿qué hacéis aquí, encerrado en este agujero? Sois un artista, un gran artista. Nunca vi un teatro como el vuestro, y tened presente que he recorrido hermosos países, y he visto grandes cosas. Oiquixa, no lo olvidéis, es mezquina. Oiquixa jamás os reconocerá valor alguno, nunca os rendirá el respeto ni el culto que tal vez merecéis... Suponed, por ejemplo, que morís. Suponed que, entonces, descubren (tal vez, ¿por qué no?, un forastero) quién sois y cómo sois. ¿Qué harán entonces los cerebros exprimidos de Oiquixa? ¿Qué harán los exprimidos, los secos y mezquinos corazones de Oiquixa? Acaso grabar en la piedra de vuestra tumba: «Anderea. Constructor de muñecos». ¡Ah, mi buen amigo, no es esto lo que vos merecéis!

—¡Ah, ya! —dijo Anderea, limpiando el polvo de las caritas de madera—. Estáis hablando de la gloria. Yo no sé qué es la gloria.

Marco hizo un gesto de suficiencia.

—Bueno, ya comprendo que preferís saber en qué consiste la vida. Lo comprendo, lo comprendo perfectamente. ¡Bueno! Contemplad la hierba de los cementerios, contemplad el estiércol. ¡Qué más da!

—La vida tendrá el sentido que cada uno desee darle —dijo el anciano, sonriendo—. Pero mi opinión carece de valor. Tampoco interrogo a los demás. Soy un pobre viejo que vive aquí debajo, trabajando para comer. Ésta es la única verdad.

Marco arrugó la nariz.

—Mi buen Anderea, viejo amigo: a la vida no se la puede tomar como argumento de una farsa. Es preciso vivirla.

Anderea abrió los brazos y fijó en Marco sus ojillos burlones.

—¿Y qué queréis que haga un pobre viejo ignorante como yo? Mi única intención es aprovechar, tal vez, las experiencias que la vida ofrece, convertirlas en un simple cambio de decorado, en un sencillo impulso de los hilos que mueven unos bracitos de madera. Solamente, como sabéis, para poder comer. Soy viejo, pero también me gusta, los domingos, tomar una copita de aguardiente, después de las comidas. ¿Hay algo malo en ello? No concedo a mi arte mucha importancia. Todo eso de la gloría, todo eso de la vida, tan hermoso, que decís, está lejos de mi reuma y mis achaques.

Marco quedó pensativo.

—Os admiro —dijo al fin, con énfasis.

Ilé Eroriak, impaciente, le puso a *Arbaces* entre las manos, obligándole a examinarlo. Luego intentó enseñarle uno por uno sus viejos y queridos compañeros de sueño. Pero Marco estaba distraído, lejano. Por unos instantes hizo un esfuerzo y fingió interesarse en la conversación del muchacho. Cuando Ilé explicó que dormía en el estante, Marco dijo: «Extraordinario». Y aún añadió muchas cosas más, a las que nadie prestó atención. Finalmente, exclamó:

—Si me lo permitís, yo también quisiera dormir aquí esta noche.

Sin aguardar la respuesta se encaramó al estante. Sin embargo, la postura resultaba muy incómoda, a causa de sus largas piernas, con lo que su entusiasmo murió definitivamente.

—Vámonos de aquí, mi buen Ilé. Hace muchísimo calor.

Se enjugó la frente y trepó por la escalerilla, como si de pronto descubriese que le faltaba el aire para respirar. Al pasar junto al idolillo que representaba a *Arbaces*, lo empujó inadvertidamente y la pequeña figura cayó al suelo, rompiéndose.

Cuando Anderea se quedó solo, recogió cuidadosamente los pedazos del egipcio e hizo con ellos un montoncito.

CAPÍTULO VI

1

—Lo que yo realmente no comprendo —dijo la señorita Eskarne— es por qué razón un hombre de su elegancia espiritual, de su «clase» indudable, lleva a todas partes consigo a ese sucio chicuelo, haragán y borrachín.

Hallábanse ambas señoritas en casa de Kepa Devar, en una de aquellas largas sobremesas domingueras. Su anfitrión aplastaba tozudamente bajo los dedos unas miguitas de pan que rodeaban su plato como una granizada.

—Y, además —continuó explicando la señorita Eskarne—, si lo que pretende demostrarnos es su caridad, otras son las cosas que debería proporcio-

nar al muchacho, en lugar de chacolí. Y, también
debería comprender esto: que otras personas más
autorizadas y de más experiencia en estas cosas,
nada bueno han logrado con ese chiquillo. ¿Qué va
a hacer él? ¡Dios clemente! Si no hemos conseguido
nosotras, pese a nuestra buena voluntad, pese a la
paciencia y amor que caracteriza nuestra Asociación, remedir la desgracia de ese pobre loco, ¿cómo
va él a pretenderlo?

Zazu sonrió. Sus cruzadas manos tenían un aspecto suave y apacible, y sus ojos parecían perderse en los reflejos del sol, tras la ventana. Su tía
Mirentxu la observaba, intentando adivinar el pensamiento de aquellos ojos. Se acercó a ella, y confidencialmente, con aquella voz de niña envejecida
que la caracterizaba, le habló:

—Es un hombre brusco y extraño. A veces empieza a reírse sin motivo, sin saber por qué, y entonces consigue hacer sentir una violencia moles-
ta... ¡Qué sé yo! Parece como si se burlara de una
y hasta llegase a averiguar lo que de él se está pensando.

Mirentxu se detuvo bruscamente, porque los
ojos de su sobrina, de un oro frío y brillante, la miraban con fijeza. En aquel instante, Eskarne in-
tervino:

—Está engreído. Cree que lo que él hace, bien
hecho está. Todo, porque un centenar de monigo-
tes admiran hasta su feo balanceo al andar. Y eso
no es justo: todos debemos reconocer nuestros de-

fectos. Él cree que por tener a Oiquixa maravillada de su amistad con ese pobre loco Ilé Eroriak, ejerce un verdadero acto de caridad. ¡No, no es éste el camino! No se redime así a un pobre ser lleno de pecado e ignorancia.

Los ojos de la señorita Eskarne parecieron empinarse más sobre su majestuosa nariz. Sus labios estaban pálidos de cólera contenida. Tosió ligeramente, y procuró dulcificar el acento, al añadir:

—Voy a procurar algo. Hemos de ayudarle, al fin y al cabo, porque lo cierto es que...

—¡Sí, sí! —chilló casi Mirentxu, súbitamente arrebolada—. Así debe ser. Hay que ayudarle, porque su intención es buena. Pero no está acostumbrado y no sabe cómo manejarse.

—Ayudarle a él —dijo Eskarne en tono sentencioso— será ayudarnos a todos.

Kepa escuchaba en silencio. Estaba acostumbrado, desde hacía muchos años, a respetar la conversación de aquellas pesadas sobremesas domingueras. Si se lo hubiesen preguntado, tal vez no hubiera podido decir de qué hablaron los domingos, después de comer, durante tantos años. Vagamente recordaba que mientras Zazu fue pequeña, Eskarne exponía proyectos y proyectos sobre la niña. Y estos planes venían siempre acompañados de ejemplos, de los que invariablemente se desprendía una lección. Tan amarga y dura que el corazón de Kepa se encogía.

Ahora, Zazu era una criatura extraña, que se

burlaba de su tía, de sus consejos y de sus velados reproches. Esto no lo sabía Kepa de una manera concreta, pero lo adivinaba en las miradas rápidas e intensas de su hija, en sus frases secas y breves, en sus risas intempestivas y agudas, tan poco frecuentes. Zazu parecía conocer el punto más vulnerable del corazón de sus tías, de cualquier ser, y era lo cierto que procuraba herirlo. Casi siempre lo conseguía. Pero, a pesar de estas observaciones, Kepa no llegaba al fondo de aquellos pequeños problemas familiares. En relación a su familia, vivía como separado por un velo, que le mostraba los hechos de un modo confuso y borroso. Todo su ser luchaba por rasgar ese velo, sutil y terrible, pero no lo lograba. Nada había tan sórdido y lleno de angustia como aquella especie de penumbra en que vivía. Kepa hubiera preferido ser ciego.

—Esta noche, Marco cenará con nosotros —dijo, al fin—. De este modo tendréis ocasión de hablar con él y decirle todas esas cosas que deseáis. ¿Os parece bien?

Eskarne asintió complacida y los ojos de Mirentxu se llenaron de luz. En cambio, Zazu se levantó bruscamente de la mesa y salió de la habitación, sin decir nada.

—Está muy mal educada, Kepa —apuntó Mirentxu, con rara dulzura.

Pero la señorita Eskarne estaba demasiado preocupada con la entrevista, y reanudó con brío el manoseado tema «Marco e Ilé Eroriak».

2

Aquella noche la luna apareció intacta, redonda, dañina. Marco llegó puntual, con su traje blanco, extrañamente inmaculado. Abotonado enteramente, su cuerpo, delgado, elástico, tenía algo irreal. Las señoritas Antía se abanicaron precipitadamente ante su larga inclinación. Kepa tosió ligeramente.

La cena transcurrió lenta y aburrida. Marco hablaba poco y sus frases tenían una corrección fría, que levantaba extrañas barreras en la conversación. Varias veces intentó Eskarne, tras un carraspeo expresivo, iniciar el tema que le interesaba. Pero, como si el forastero lo adivinase, hábilmente desviaba el derrotero de su charla. De este modo, tantas cosas quería decir la señorita Eskarne, tantas cosas había preparado, que las palabras se le apelotonaban en su lengua y no hallaba momento propicio para darles libertad. Un nudo grande iba creciendo en su garganta y todo cuanto se llevaba a la boca iba tomando un gusto ácido e insoportable en su paladar. La ira se adueñaba de ella, pero estaba acostumbrada a frenarla, con nervios duros. Todos los discursos minuciosamente preparados, referentes al auténtico y verdadero sentido de la caridad, se enredaron en la lengua nerviosa e impaciente de la vieja señorita. En cuanto a su hermana Mirentxu, apenas si pudo hacer otra cosa que mirar al hombre rubio, con mirada húmeda, extrañamente regresada a un tiempo lejano. A un tiempo raramente recobrado, donde los ruidos y las voces, amortiguados, parecían cubiertos por una pátina de polvo. A un tiempo en el cual pudieron ocurrir muchas cosas y no había ocurrido nada. El encantamiento de la señorita Mirentxu consistía, tal vez, en aquel aplazamiento que el tiempo había reservado a su limitado corazón. El tiempo no rodó, no huyó, durante un largo paréntesis, en el corazón de la señorita Mirentxu. Y el tiempo regresaba, el tiempo volvía atrás y esperaba, tal vez, que ocurriera todo aquello que debiera haber sucedido.

Extrañamente a cuanto todos pudieran pensar, la única persona que durante la cena se mostró locuaz y animada fue Zazu. No parecía ella. Kepa la miraba estupefacto. «Parece una muchacha como las otras. Como Ana Luisa, como las hijas del Capitán. Como todas las otras muchachas de Kale Nagusia.» Zazu reía, hablaba de cosas insubstanciales y graciosas, de cosas ingenuas y vivas. De cosas que ocurrían en Oiquixa, o que, por lo menos, debieron ocurrir. Zazu había teñido sus párpados de azul y recogido su cabello en un peinado apretado. Casi parecía guapa.

De vez en cuando, Marco observaba su perfil,

cuya fría dulzura se quebraba en la nariz corta, ancha y brutal. Pero sus pestañas eran suaves. Y su frente, tan pura. Marco desviaba la mirada. La proximidad de Zazu le producía una sensación agridulce, que le inquietaba.

Tal vez por eso, cuando la muchacha salió al jardín no pudo evitar el seguirla. La cena transcurrió sin gracia, y, en la pequeña salita el café tenía una amargura espesa, insoportable. Afuera estaba la luna, estaba el silencio. Bajo los pies de Zazu, su sombra se balanceaba, como un velero soñado. Marco se aproximó con suavidad, y Zazu se volvió a mirarle. «Sabía que vendría. No debía hacerlo. Pero no había más remedio. Las cosas suceden siempre, fatalmente. No quería hacerlo, pero había de ser así. Parece un gato grande y extraño. A veces, ni siquiera parece un hombre.» Marco andaba sigilosamente, sin hacer ruido. Se detuvieron bajo el tupido emparrado, y en la casi oscuridad brillaban sus pupilas. El centro de los ojos, dentro de su esfera verde, irisada, tenía una fijeza alucinada, inhumana. Eran los ojos de los locos, de los niños. Eran los ojos del sueño, de lo que no existe. Dentro de aquella esfera verde cabía la esperanza, cabían la sed y las grandes noches desveladas, en que los muchachos pobres se creen poderosos. «Son aquellas esferas de plata que colgaban de un hilo y se balanceaban. Son aquellas esferas brillantes, ligeras como espuma, que colgaban del árbol de Navidad, en un invierno, cuando yo tenía seis años. Aquellas esferas que colgó de un árbol el viejo extranjero que hablaba un idioma extraño. Recuerdo como todo se reflejaba dentro de las esferas, pero de un modo diferente, hermoso, inalcanzable.» Zazu se mordió los labios. «No me gusta. Aborrezco el sueño. Le aborrezco a él.» Pero no se podía mirar a aquellos ojos, porque dentro de ellos había cosas que dolían. Como globos de colores barridos por el viento, como hojas barridas por el viento, como barquitos de papel barridos por el viento. Ninguna ola bienhechora borraba aquel paisaje; no había mar capaz de limpiar aquella arena turbia, irisada. Aquella arena que tenía la traidora suavidad del polvo. «Cuando yo tenía seis años, llegó un viejo marino extranjero. Era la noche de Navidad y nadie me hablaba a mí de la noche de Navidad. Pero aquel viejo marino sacó de su maleta unas hermosas bolas de plata y las colgó de un árbol de mi jardín. Aquel viejo extranjero hablaba un idioma extraño que nadie excepto yo, entendía.» Zazu bajó los ojos, con un raro cansancio. «Hubiera dado años de mi vida porque este hombre rubio, porque este hombre desapacible no me hubiera seguido hasta aquí.» Pero Marco estaba allí, y nadie podía ya evitarlo. Zazu sintió aquel miedo extraño que la invadiera una tarde, en la playa, al escuchar su voz. «¿Y por qué he de temerle? ¿Por qué, si no me atraen ni me impresionan sus supuestas originalidades? Sé que él es únicamente un pobre neurasténico, un pobre vanidoso enfermo. Sé que es, sobre todo, odiosamente vulgar.» Zazu volvió a mirarle. Marco no le gustaba. Su cuerpo no le gustaba. Ella siempre había preferido los hombres rudos y morenos.

Siguiendo un impulso inevitable, Marco rodeó su cuerpo con los brazos. Zazu intentó desasirse, sin mucha energía. A la claridad lunar, los ojos de la muchacha aparecían marcadamente diferentes, y sus entreabiertos labios tenían una expresión estúpida. «Nada queda de aquella criatura que yo vi entre el mar y el cielo», pensó Marco. «Sin embargo, jamás una mujer me pareció tan hermosa.»

—Déjame —dijo la muchacha, con frialdad—. No es obligatorio besar a una muchacha, debajo de la luna.

Marco sonrió.

—¡Oh, Zazu, la hija de Kepa! —En su voz había una burla suave—. No trates de luchar contra lo inevitable. Era natural todo esto.

Zazu hizo una mueca que afeó su rostro:

—¡Qué absurdo eres! ¿Contra qué he de luchar? Nada merece la pena. No sé de qué me hablas ni me interesa.

Marco suspiró exageradamente, y, sofocando su risa, exclamó:

—¡Oh, Zazu, Zazu! Una tarde te vi sobre el fondo del cielo y del mar. Parecía que el mundo ardía a tus pies. Entonces...

Zazu le interrumpió con impaciencia:

—No imites a los muñecos de Anderea. Solamente te falta decir: «Te había soñado durante mucho tiempo, sólo tú podrás apagar mi sed...» ¿No te das cuenta de lo ridículo que me pareces? ¡Ojalá pudieras deslumbrarme!

Zazu rió ahogadamente, y él la imitó. Sin embargo, él no la besaba. Solamente quería ver el fondo de sus ojos.

El jardín de la casa de Kepa era un jardín grande y abandonado. Por doquier crecían las malas hierbas, y la hiedra y las enredaderas trepaban por las tapias.

—¿No conoces a una muchacha que se llama Ana Luisa? —dijo Zazu burlonamente—. Se enamorará de ti, y escuchará tu voz, con los párpados cerrados. Además, tiene los ojos azules.

Marco volvió a abrazarla, riendo ruidosamente. Pero esta vez Zazu se deshizo de sus brazos, y añadió:

—¡Oh, Marco, cuánto lo siento! La verdad es que la primera vez que me fijé en un hombre, éste era un descargador del muelle, sucio y desgreñado. Tenía los ojos negros, y ciertamente, no se parecía a ti.

Marco no podía contener la risa. Sus dientes, grandes y crueles, brillaban. Zazu, de pronto, no pudo evitar una pregunta:

—¿Por qué te ríes?

Entonces, algo extraño se quebró en la atmósfera. Algo que se trizaba de un modo inesperado, que los hería como una lluvia de agudos cascotes. Re-

pentinamente la risa de Marco cesó. Inconscientemente se vieron cerca uno de otro. La voz de Marco
era de nuevo su voz apasionada y honda, aquella
voz que ella temía.

—Si me quisieras —dijo Marco—, nuestra vida
parecería una leyenda. ¡Oh, Zazu, si tú me quisieras,
todo sería diferente! Zazu, hermosa Zazu, no creas
que serías feliz: pero tú seguirías mis pasos, besan-
do las huellas de mis pies. Y, al fin y al cabo, yo
siempre volvería a ti. Zazu, hermosa criatura, dime:
¿por qué no vienes conmigo? Hay algo en mí que
nadie conoce. Zazu, tú sabes que mis ojos no se
parecen a los demás ojos. Zazu, no tengas miedo
de mis ojos. Ya sé que no conoces el amor. El amor
es muy distinto de todo cuanto tú puedas imaginar.

Zazu evitó mirar aquellos ojos. Sin embargo,
ahora, el rostro de Marco permanecía en la sombra,
y solamente era su voz la que llegaba como un resplandor más vivo, más ardiente.

—Escúchame. ¡Cuánto daría yo porque tú, solamente tú, me escucharas! ¡He deseado tantos años
poderte decir a ti todo lo que sucede en mi corazón! Zazu, escúchame hoy. No son las necedades que
escuchaste aquella tarde en la playa, cuando te es-
condiste en la cueva, lo que yo quiero que oigas.
No son esas cosas las que importan. Hay algo que
está agazapado en el fondo de mi voz y sólo tú puedes entender. ¡No huyas, no huyas de mí! ¡Ah, Zazu,
tampoco yo deseaba encontrarte! También yo tengo
miedo, a veces. Zazu, hay un peligro grande en

este momento. Tú no lo sabes, pero hay el gran peligro, un paligro enorme de que se descubra el lugar donde van a refugiarse los pobres ladronzuelos que sueñan; que se descubra el hambre de los muchachos que piden limosna, que se descubran los harapos y los zapatos rotos.

Zazu levantó vivamente la cabeza. Había en la voz de Marco, algo que la desesperaba, algo que la hundía sin remedio. Zazu le interrumpió, brusca:

—¡Cállate! No digas más estupideces. Nadie puede entender lo que tú dices. A nadie importan tus tonterías, tus palabras huecas. No tiene sentido nada de lo que estás diciendo. Y, en todo caso, no es a mí a quien importa.

Marco calló y bajó la cabeza. Luego volvió a mirarla y sonrió. De nuevo procuraba dar a su tono un timbre efectista.

—Me hubiera gustado contarte cosas. Mi vida está llena de historias divertidas. ¿No has escuchado nunca contar historias a los viejos marinos?

Zazu no dijo nada. Le miró, interrogante.

—Sí —continuó Marco—. Las veladas se amenizan, a veces, con historias de viaje. ¡Podría contarte tantas cosas! Aquí, en Oiquixa, supongo que la vida no será muy variada. A todas las muchachas les gustan las historias. —Zazu sonrió, casi dulcemente—. Yo soy hijo de un hombre poderoso. Pero ese hombre está ya cansado de mí. ¡Qué le voy a hacer! Mi abuelo fue un gran aventurero, y yo lo llevo en la sangre. Cuando era niño me escapé del colegio varias veces. En la isla donde nací, todo el mundo conoce mis andanzas de muchacho. Todos dicen: «¿No conocéis la última aventura del tercer hijo del Gobernador?» Yo sé que mis historias son divertidas y entretienen a las muchachas, durante las veladas de invierno. Pero mis hermanos no me aman. No se ama a un hermano que enamora a sus mujeres, a sus novias, a sus amantes. No se ama a un hermano que, en el fondo, es el predilecto del Gobernador. ¡Ah, el buen viejo amenaza con desheredarme, pero nunca lo hará, y ellos lo saben!

Marco volvió a callar. Pero, en vista de que ella nada decía, continuó:

—Una vez amé a una hermosa mujer, y cuando más grande era mi amor, la abandoné. No puedo soportar el declive de las cosas. No puedo soportar el desencanto, la agonía. Fue el día que huí de la isla donde mi padre es tan respetado. Nunca más volveré.

En el cielo, las estrellas rojas, verdes y azules parecían escuchar su voz atentas. Zazu miraba obstinadamente al suelo, donde la hierba era salvaje, húmeda, llena de abrojos.

Inesperadamente, Marco dijo, como si acabara de ocurrírsele una idea luminosa:

—¡Oh, Zazu, ya sé qué voy a hacer! Voy a buscar tu corazón, y un día u otro, lo encontraré.

Cogió con rudeza la barbilla de la muchacha y la obligó a levantar su rostro hacia él.

—¿Por qué te has pintado de azul los párpados?

—dijo—. ¿Sabes lo que me recuerdas? Yo tengo un velero muy hermoso, que un día conocerás. Pues bien: con el cabello recogido y los párpados azules, te pareces a la sirena del mascarón de proa.

Contra su voluntad, Zazu halló de nuevo sus ojos. «Aquellas esferas que tal vez hubieran volado, a impulso del viento. Que tal vez el viento las hubiera arrastrado, como pájaros que buscan una tierra cálida.» Zazu ocultó a la espalda sus manos temblorosas. Suavemente, los dedos de Marco desprendieron las horquillas de su cabello, que, lacio, se derramó con un brillo sedoso. La voz de Marco se sobresaltó:

—¡Dios mío! —dijo—. ¿Te das cuenta? Tus ojos están llenos de lágrimas.

No era verdad, pero ella sabía que en su corazón, de pronto, había piedad. Una rara piedad, una rara curiosidad por conocer el lugar donde van los golfillos descalzos a soñar en riquezas y poder. Zazu quiso rebelarse contra aquella piedad, y su corazón se llenó de ira. «No me gusta este hombre. No me gusta ni su cabello rubio ni sus manos suaves ni sus ojos de vidrio.» Pero ya era tarde. Sentía el dolor de sus dientes agudos, y ella buscaba sus besos. Y mientras la apretaba contra su pecho, y mientras sentía el golpear de aquel extraño corazón, ella se repetía: «Aborrezco a este hombre y todo lo que dice este hombre».

Zazu se desprendió violentamente de los brazos de Marco. Miró a la luna, y la encontró rota, detrás de las ramas negras de los árboles. Con paso rápido se dirigió de nuevo a la casa. Marco la siguió, silencioso, como su propia sombra.

Dentro, la señorita Mirentxu aplastaba la nariz contra el cristal de la ventana, y cerró los ojos en un súbito desfallecimiento. Eskarne permanecía rígida, sentenciosa. Kepa empezaba a beber y los miró estúpidamente.

3

Cuando el hombre rubio se marchó de casa de Kepa, el cielo palidecía. Buscó a Ilé Eroriak y le habló de ella. Fue entonces, al descubrir su amor, cuando su voz y su sangre se enardecieron. Parecía estar lleno de una gran pasión.

—No lo dudes, Ilé Eroriak —dijo al fin—. Ella es la mujer de mi vida.

Ilé Eroriak estaba aturdido. Titubeante, preguntó:

—¿Para siempre? ¿Siempre?

Rendido al fin, Marco se acomodó como pudo en los peldaños de piedra. A su lado, el muchacho parecía un ratoncillo. «Hombro con hombro, bajo las estrellas.»

—¿Qué dices, mi buen Ilé?

—Digo que si es para siempre.

—¡Oh, no entiendes! —dijo él pacientemente—. Digo que es la mujer que recordaré mientras viva.

Se durmió, pero su sueño fue intranquilo y corto. Al amanecer, las calles de San Telmo se volvieron de un raro tono azul y oro. Sus vivos destellos despertaron a Ilé Eroriak, que se incorporó y abrió los ojos.

Una figura inmóvil contemplaba ávidamente el sueño de su amigo. El corazón del muchacho tembló. Era la hija de Kepa.

Tímidamente, Ilé dio con el codo a su amigo. Luego, se volvió de espaldas y cerró los ojos. No quería ver ni oír.

Cuando, poco después, se volvió a mirarlos, vio cómo ambos se alejaban juntos hacia la playa. El viento agitaba los cabellos de Zazu.

—Ha venido ella a buscarle —se dijo, pensativo—. ¿Por qué se amarán?

Él nunca comprendería el amor.

CAPÍTULO VII

1

MARCO PARECÍA MUY CONTENTO, y su alegría llegaba
hasta Ilé Eroriak como el resplandor de una hoguera. Cuando Marco estaba contento, crecía sensible-
mente a los ojos de su pequeño amigo, y más y más
el ídolo se elevaba sobre su pedestal. El corazón del
muchacho descalzo se llenaba de gratitud, porque
Marco le daba de comer, le compró un cortaplumas,
y, al fin, un día lograron salir a la mar en la bar-
quilla de Joxé.

Ilé Eroriak se tendió al fondo de la lancha. Era
una tarde apacible, y las aves cruzaban el cielo, vo-
lando sobre su cabeza, chillando. Con los ojos cerrados, dejábase mecer suavemente. A sus oídos lle-

gaba el ruido de los remos sobre el agua. Marco remaba con vigor, y su voz se elevaba en una alegre canción marinera.

—No olvides, mi buen Ilé —decía—, que soy hijo de humildes pescadores, y que nací en una barca. Conozco bien este mundo.

Ilé pensó en qué felicidad tan grande sería si aquello durara indefinidamente. Le habría gustado permanecer así, siempre, tendido en la barca, oyendo cerca el rumor del mar, el chillido de las gaviotas. Si entreabría los párpados, veía el azul del cielo, límpido, casi transparente. Una dulce sensación de bienestar le invadía. Un agradable sopor empezaba a adormecerle. El sol, a través de sus párpados, se partía en mil cristalitos de colores, y alguna que otra vez una ola traviesa que quería jugar con él, le salpicaba la cara. «Sería bueno que esto no acabara nunca», pensó. Pero era imposible. Bien sabía Ilé Eroriak que todas las cosas tienen su fin. Aquello tampoco duraría siempre. Ilé Eroriak se incorporó y miró a Marco. La brisa levantaba el rubio cabello de su amigo, y, despeinado, tenía cierto parecido con la cabeza de cierto Arlequín que fabricó el anciano Anderea. Un muñeco de cabellos de color de paja, que yacía olvidado en el estante. Marco le miró y dijo:

—No te tiendas al fondo de la barca, mi buen Ilé. Los muchachos que se tienden al fondo de las barcas, no pueden nunca despertar.

Ilé intentó ayudar a remar a su amigo. Pero los

remos le pesaban demasiado, y era torpe, desma-
ñado. Entonces se sentó frente a su camarada, y
estuvo largo rato mirando al forastero. «Es mi hermano», se decía. Un hondo, oscuro agradecimiento
brotaba del fondo de su pecho, como una ola grande o poderosa. «Si alguien quisiera hacerle daño,
le mataría. Si, cuando él y yo nos tendemos en los
peldaños de la calle, o en las gradas de la iglesia,
alguien quisiera hacerle daño, yo le mataría. Si alguien pretendiera clavar un puñal en su corazón,
yo le protegería con mi cuerpo... Y si fuese el mar
quien lo llevara, yo me lanzaría al mar y se lo qui-
taría.» Así, su mente calenturienta imaginaba mor-
bosamente toda clase de desgracias, de las que él
pudiera salvar a su amigo, a su hermano. Casi deseaba que un gran peligro le acechase para poder
defenderle, aun a costa de su propia vida.

Al atardecer, la lancha atracó en el muelle de los
pescadores. Entonces, con una risa extraña y súbita, Marco le abandonó. Ilé le miró ir, pensativo.
Sabía que iba en busca de la hija de Kepa. Este
pensamiento le turbaba y desconcertaba. Se había
alejado de Marco por culpa de la muchacha, y no
obstante, cuando él le hacía partícipe de mil confi-
dencias, cuando Marco le hablaba de ella apasiona-
damente, y le agradecía lo que pomposamente llamaba «su renacer», Ilé Eroriak sentía cómo su
corazón se llenaba de gratitud hacia ella, porque los
unía aún más.

Inconscientemente, los pasos de Ilé le llevaron

128

al tabuco de Anderea. «Voy a enseñarle mi cortaplumas», se dijo. Desde la noche de la farsa, no había visto a su anciano amigo. Anderea estaba retocando los rojos labios de Colombina, pero abandonó su trabajo para examinar concienzudamente la navaja.

—Es muy hermosa —dijo—. Vamos a probarla.

Tomó un pedazo de madera y cortó algunos trozos. Ilé Eroriak miró en derredor. «Todo sigue igual. Esto es mío.» Se encaramó al estante y apoyó la cabeza contra la madera. Muy cerca, tanto que casi le rozaban la cara, unos ojitos de cristal le miraban. Eran dos bolitas de vidrio verde, como cascotes de botella rota. Ilé Eroriak dijo, en voz muy baja:

—¡Hola, amigo! ¿No sabes?, hemos salido a la mar.

Los cuerpecitos de madera, las pupilas de vidrio verde, donde se reflejaban diminutos y convexos mundos, parecían escuchar. Ilé Eroriak limpió con la mano el polvo que cubría aquellas pequeñas esferas transparentes, y el muñeco pareció agradecérselo con un súbito brillo en la mirada. Ilé continuó, quedamente:

—Pensé que si el mar se lo llevase...

Ilé Eroriak continuó enumerando peligros, posibles desgracias. Y también el modo como él deseaba salvar a su amigo. Pero los muñecos no le comprendieron. Las pequeñas caritas de madera reían, reían sin cesar, aunque sus invisibles cora-

129

zones se hubieran secado de dolor. Ilé Eroriak sintió una rara congoja y miró hacia Anderea, que seguía tallando aquel trozo de madera. Pero no se atrevió a decirle nada. Por dos veces intentó comunicarle la emoción que le llenaba. Pero no podía: las palabras morían en su garganta.

—Adiós, Anderea —dijo. Le pidió el cortaplumas, y salió de allí.

Cuando salió a la calle, el corazón le golpeaba fuertemente dentro del pecho. Oyó, lejana, la campana de San Pedro, y levantó la cabeza. El cielo palidecía.

2

Encontró a Marco en la playa, al anochecer. Marco estaba sentado en la arena, con la barbilla apoyada en las manos. Permaneció largo tiempo silencioso, a pesar de que el muchacho se sentó a su lado, como si no lo viera. Ilé observó sus acusados pómulos, sus profundas ojeras. Cuando Marco salió, al fin, de su mutismo, fue para decir con acento hastiado:

—¿Sabes, mi buen Ilé? Todo en la vida decepciona. Esa criatura, por ejemplo, es soez, amarga como el agua de mar, cruel y dura.

Se detuvo y lanzó una risita aguda.

—Además —prosiguió—, ¡qué gran ignorante! ¡Cuánta ignorancia la suya! Habla peor que el peor de los pescadores. Pues ¿y sus labios, que parecen besar y sólo destilan veneno, como una pequeña víbora? ¿Y qué decirte de sus ojos? ¡Sus ojos de distinto color! Ahí está, en sus ojos, toda la mediocridad, toda la estupidez de su ser. ¡Bah!

Sin embargo, Marco estaba intranquilo, nervioso. Su mano, larga como un ave extrañamente desflecada, se movía laciamente.

De improviso avanzó el cuerpo, y su cabeza se irguió, mirando a lo lejos con avidez. Su mano quedó quieta en el aire, como asombrada.

—¡Ah, diablo! —dijo, con los dientes apretados—. ¡Mírala! ¡Mírala allá lejos, saliendo del mar, como una casta ondina! ¡La muy...! ¿Cómo pudo parecerme una diosa, un ser irreal, alguna vez? ¡Ah, mi buen Ilé, el corazón del hombre siempre está expuesto a mil desengaños! Esa criatura es una serpiente.

Ilé Eroriak miró a donde su amigo le indicaba. Allá lejos, de entre las olas, vio surgir una silueta, que trepaba hacia las rocas del acantilado. Su piel brillaba bajo el cielo de color de naranja. Pero no se distinguían sus facciones.

—Es la hija de Joxé Miguel, el del faro —murmuró Ilé Eroriak, temeroso.

—¡Nada de eso! ¡Es ella! —se obstinó Marco.

Y, repentinamente, su rostro y su voz se entristecieron, y empezó a gemir.

—Lo sé, lo sé muy bien —añadió Marco—. ¿No recuerdas lo que te dije? ¿No sabes que es la mujer de mi vida? ¿Cómo voy a confundirla con otra?

Continuó lamentándose, e Ilé Eroriak pensó: «Ella le habrá despreciado. Así es. Ya sé que hizo eso otras veces, con otros hombres. Ya se lo advertí a Marco, pero él no quiso oírme».

En aquel momento apareció el viejo Anderea. Iba buscando piedrecillas y conchas, con las cuales adornaba los trajes o el rostro de sus muñecos. Al verle, Ilé se acercó corriendo, y dijo:

—Anderea, mi amigo llora. ¡No quiero que esté triste!

El anciano se acercó despacio y contempló a Marco, que permanecía abatido. El hombre rubio levantó la cabeza y le miró con ojos cansados:

—¡Oh, mi buen anciano! —dijo—. ¡Qué oportunamente llegáis! Vos entendéis de estas cosas, puesto que vuestra especialidad es inventar corazones. Aquí tenéis un hombre de mi edad y experiencia, burlado por una pequeña p... ¡Pero se trata de la mujer de mi vida!

—No llores, buen muchacho —dijo Anderea con sonrisa maliciosa—. No llores. Eso no es grave. Al fin y al cabo, las cosas deben acabar en el momento preciso. Además, ¿por qué es la mujer de tu vida? No comprendo bien qué quiere decir eso.

Marco le miró, irritado:

—¡Está bien claro! —dijo—. Debes comprender que he sido defraudado en lo más querido.

Anderea rió entonces, alegremente:

—¡Bah, no mientas, buen muchacho! No existen esas cosas para ti, no existe «lo más querido», para ti. Eres joven, y nada más.

Marco palideció.

—¡Claro, debí suponerlo! —dijo, con ironía—. Voy a contarle un bonito asunto para una comedia: yo conozco un viejo polichinela jorobado que hubiera querido comprar la juventud. ¡Sí, naturalmente, la querida, lejana, la imposible, la tan cacareada juventud! Cuando veía el cielo dorado, y el mar violeta, le parecían de cartulina. Comparaba la luz del sol con una lámpara de petróleo, creía que la noche consistía en un pedazo de raso azul y que las estrellas eran de papel de plata. Sí, lo creía. Y creía que los hombres eran trozos de madera pintados de colores, y las mujeres jirones de tul con zapatos de purpurina. Es un bonito asunto, se lo juro. Puede aprovecharlo, se lo cedo. A mí, no me sirve.

Volvió la cabeza, como dando por terminada su charla. Pero el anciano respondió dulcemente:

—Tengo otro asunto mejor. Precisamente, estos días he ido meditándolo. Es la antigua leyenda del ídolo de la cabeza de oro y los pies de barro.

Marco le miró de reojo.

—Hay que pisar con cuidado —dijo el anciano. Luego se alejó, encorvado bajo su joroba, y Marco

lo contempló hasta que se perdió tras las rocas, con
su saquito de conchas y piedrecillas.

—¿Habla siempre así? —dijo a Ilé Eroriak, que le
contemplaba con la boca abierta—. ¡Parece que esté
representando! Claro que hay que ser comprensivo.
¡Si eso le da de comer y le permite beber una copita
de aguardiente los domingos!

Sobre la bahía, apareció de pronto una estrella.
Entonces, sin que pudieran explicárselo, vieron acercarse a ellos a la hija de Kepa. Se quedó quieta y
parada frente a Marco, y había algo implorante y extraño en su mirada. Llevaba un vestido de color
pálido, sencillo, y el viento jugaba con el borde de su
falda. Traía las sandalias en la mano, y sobre la arena resaltaban sus pies, morenos, todavía húmedos.
Gotas brillantes rodaban por su frente hasta enre-
darse en las pestañas. Tenía la cabeza levantada hacia Marco y su rostro parecía iluminado por una
luz indefinible.

Marco se puso de pie. Algún extraño resplandor
bajaba del cielo, alguna estrella grande estaba ca-
yendo, que ponía de pronto el cielo y la tierra dorados, encendidos. «No sé qué edad tiene. En este momento parece una niña. Otras veces parece mucho
mayor que yo. Como si fuera una de esas hechiceras
que viven miles de años conservando la piel tersa,
el cuerpo adolescente. ¡Ah!, yo he visto esa mirada
hace tiempo. Yo he visto esa súplica infantil en unos
ojos como éstos. Tal vez yo me mirara demasiado
en las grandes charcas del suelo, aquellas charcas

que enrojecían, debajo del gran cielo. Yo veía volar a los vencejos por detrás de mi cabeza, en las grandes charcas duras y quietas como espejos. Yo vi allí esta súplica, este miedo, esta esperanza dañina.» Marco avanzó hacia ella. «Se parece a uno de esos maléficos seres de leyenda. Es una hechicera de cuento, una hechicera falsa y horrible, con su mirada de golfillo pedigüeño.» A Marco se le despertó una vieja ira, un rencor viejo, de muchachito hambriento, defraudado, de muchachito a quien se expulsa de los parques y de las fuentes, de muchachito que ha de barrer una tienda para poder comer, para poder beber un vaso de aguardiente. «Se está burlando de mí. ¿Y qué hago yo? Callar como un imbécil. Bueno. ¡Si al menos fuera hermosa! Pero no lo es. No lo es. No se parece a aquellas hermosas mujeres que se sueñan, tendido en una barca.» Marco deseó apretar aquella garganta entre sus manos. Pero no podía dominar el deseo de besar su boca triste, sedienta. Su boca insatisfecha de pilluelo, de pequeño vagabundo voraz. Zazu también pudo ser un muchacho tendido al fondo de una barca. Con rudeza, Marco la estrechó entre sus brazos, y sintió próxima su respiración.

Zazu cerró los ojos. «No me gusta el sabor amargo de tus labios. ¡Ah, Dios, bien sabes que no amo a este hombre!» Sin embargo, acarició aquel cabello rubio y acercó a su rostro la mejilla, apretándolo con fuerza. Como si dentro de aquella cabeza rubia existieran mil cosas que no se debían perder, como si quisiera guardar para siempre el extraño mundo que contenía. «Su cabeza llena de sueños y de mentiras. Las mentiras y los sueños son globos de colores que huyen. Globos de colores que los pájaros pican y que caen, uno a uno, hasta la tierra.»

El mar, encrespado, avanzaba hacia ellos. Ilé Eroriak divisó a los blancos caballos que galopaban hacia la arena. Escuchó con atención y pudo oír sus voces y sus gritos. Ilé se acercó a sus amigos y les gritó:

—¡Vámonos de aquí, está subiendo la marea! El caballo viene y os pisoteará. Saltará encima de vosotros, si no os apartáis.

Pero ellos no parecían oírle. Continuaban estrechamente abrazados, pegados con fuerza uno a otro, como si en el cuerpo del otro cada uno de ellos quisiera apresar todas las cosas que huyen o que nunca han llegado.

—¡Vámonos! —chilló el muchacho—. ¡Está subiendo la marea!

Entonces, Zazu pareció despertar. Bruscamente se apartó de él. Sus manos estaban abiertas sobre el pecho de Marco y notaba en las palmas los latidos de su corazón. «Su corazón, lleno de sueños. Su corazón, un gran velero incierto, sobre un mar de arena. Su corazón, un velero perdido en la arena seca, sedienta, resbaladiza y traidora, que lo tragará.» Bruscamente, quiso apartar de sí aquel corazón, deseó no haber escuchado jamás aquel corazón. Le empujó con violencia, y Marco, sorprendido, va-

136

ciló sobre sus pies ridículamente. Estuvo a punto de caer al suelo.

Zazu se sintió liberada, y empezó a reír.

—¡Oh, Marco, pobre Marco! —dijo, con burla—. Parecías un pobre polichinela con los hilos rotos.

Marco palideció de ira. Por un momento su rostro adquirió un tinte terroso. Pero casi en seguida, toda señal de cólera desapareció, y un frío cansancio ablandó sus facciones. «Los globos de colores caen a la tierra picoteados de pájaros.» Marco volvió desdeñosamente la espalda y se alejó en dirección a Oiquixa. Zazu quedó mirando las huellas que sus pies dejaban en la arena. Luego escupió sobre ellas, con rabia.

Sin embargo, cuando ya no le veía, fue ella siguiendo lentamente aquellas mismas huellas. Se hirió en un pie con una concha afilada, y, sobre el oro pálido de la arena, fue trazando un sutil caminillo de sangre.

3

Cuando las grandes sombras oscurecieron Oiquixa, Marco habló a Ilé Eroriak:

—Muchacho, ha llegado nuestra hora. ¿Recuerdas lo que te dije en cierta ocasión? Yo dije: «Recorreremos el mundo, como dos hermanos». Bien, pues ese día ha llegado ya. Huyamos, Ilé Eroriak, huyamos de estos muros de piedra, de estas sombrías callejuelas. ¡Tú aún no sabes lo que es libertad! Escúchame: cuando la luz del alba dore las tejas del campanario —señaló la torre de la iglesia—, partiremos para no volver. ¡Oh, mi querido Ilé Eroriak, alma blanca, espíritu inmóvil! ¡Querido hermano, tú jamás me abandonarás! ¿Qué nos importa a ti y a mí la estupidez humana, el egoísmo, la dureza? ¿Qué se nos da de sus problemas, de sus almas pequeñas, de sus huecas ambiciones? Tú y yo, Ilé, no lo dudes, somos como dioses entre tanta estulticia.

Marco se detuvo para tomar aliento, pensativo. Él mismo quedó algo impresionado por el tono de su voz.

Poco a poco, fue apagándose, y se relajaron sus músculos. Hasta que, al fin, apoyó la cabeza sobre la fría piedra y empezó a llorar ásperamente.

—¿Por qué lloras? —interrogó Ilé Eroriak con el corazón oprimido. Le puso una mano sobre el hombro, amigablemente.

La luna, oculta tras las nubes, les negaba aquella noche su hermoso resplandor, bajo el cual todas sus palabras parecían más bellas, más hondas.

—¡Bah! No tiene importancia, muchacho —dijo al fin Marco, en un arranque de sinceridad—. Yo tampoco sé por qué estoy llorando.

CAPÍTULO VIII

1

LLEGÓ LA LUZ DEL ALBA, y creció. Las calles de San Telmo se volvían rojas, doradas. La noche se hundió en el mar, y el aire trajo un perfume tenue a arena húmeda. Sonó la campana del puerto, y un barco partió.

Ilé Eroriak se incorporó. Aspiró el aire cargado de sal, con los ojos cerrados, y su corazón empezó a latir con fuerza.

—Es nuestro día —se dijo—. Hoy nos marchamos de aquí, porque él ha dicho: «Huiremos de estos muros estrechos». Yo quiero despedirme. Quiero decir adiós. Pero ¿a dónde iremos? Él ha dicho que somos como dioses. ¿Qué es? Pero también es mi hermano. Eso quiere decir como si fuésemos hijos de una misma mujer.

Marco, a su lado, dormía profundamente.

«Voy a despedirme del faro», pensó Ilé Eroriak.

En el silencio de la callejuela, resonaron sus pies descalzos. Cuando llegó al camino del viejo faro en ruinas, se detuvo. Tuvo que cerrar los ojos: tan viva era la luz que iba brotando del mar. Ilé Eroriak pensó: «Todo está lleno de sol. La luz está creciendo». Algo, también, pareció encenderse en su corazón. Notaba como un suave calor dentro del pecho. «Me llevará lejos de aquí. ¿Será siempre como aquel día que salimos a la mar?» En aquel momento volvían a gritar las gaviotas, sus viejas amigas. Ilé Eroriak avanzó por el estrecho sendero de cemento y llegó a su confín. Vio como a sus pies las olas se arremolinaban. Ante él, el mar, le dio de pronto miedo. Bajo el cielo, Ilé Eroriak experimentó un vértigo extraño, que a un tiempo le agradaba. En aquel momento le parecía que crecía.

En la bahía acababa de morir el primero y último lucero de la noche.

Cuando Ilé regresó a la callejuela, Marco aún seguía durmiendo en los peldaños de piedra. Tenía la cabeza hundida en el arco de sus brazos cruzados. «Le gusta venir a dormir aquí, cuando tiene una blanda cama en el hotel. Luego, cuando se despierta, se frota la espalda y los riñones, y maldice. Pero nadie le obliga a hacerlo. Es que es mi hermano.» Ilé se fijó en su amigo, como si fuera la primera vez que le veía. Como si fueran una novedad la insólita tonalidad de su piel y su cabello. Su traje estaba muy sucio y amenazaba romperse por los codos, donde la tela se adelgazaba peligrosamente. Sin embargo, cuando Marco se levantaba y sacudía sus rodillas, algún encantamiento parecía apoderarse de él, o de quien lo mirase, para que su figura apareciese tan llena de elagancia y nadie se fijara en los desperfectos de su atuendo.

Marco tardó poco en despertar, y apenas le vio abrir los ojos, Ilé Eroriak se apresuró a gritarle:

—¿Recuerdas? Hoy es el día de nuestra marcha. ¡Despierta! Ya ha amanecido, ¿no ves?

—¿Irnos? ¿A dónde? —preguntó Marco, perezosamente. Y volvió a esconder su cara entre los brazos. Pero Ilé Eroriak le obligó a alzarla, con manos nerviosas:

—¡Despierta, Marco, despierta! ¿No te acuerdas de que vamos a huir de aquí? ¿No decías que ella era estúpida, cruel y mala?

Ilé Eroriak calló, sorprendido de lo que estaba diciendo. Pero, raramente animado, prosiguió, con las mejillas encendidas, brillantes los ojos:

—La hija de Kepa se reía ayer de ti. Ella no te quiere, Marco. Se parece a la hechicera de Anderea, la que vive debajo del escenario. Marco, ¿me oyes? Tú dices que es fea. ¿O es que ya lo has olvidado?

Marco levantó las cejas y bostezó:

—¿Ella? ¡Bah! No me preocupa.

Marco se encogió de hombros, con indiferencia.

Estiró brazos y piernas, desperezándose y frotándose las partes doloridas por la dureza del suelo.

—¿Y qué me decías, mi buen Ilé Eroriak? ¿La hija de Kepa? —Marco sonrió con suficiencia—. Mira, criatura: aún has de aprender muchas cosas. ¿Cómo podría yo explicártelo? Oye esto: tú dices que es mala, ¿no? Bien. Su maldad no me afecta.

—Pero tú dijiste...

—¡Oh, yo dije, yo dije! ¿Qué importa lo que yo dijera? Entonces estaba conmovido. La emoción subía a mi garganta, y mi voz era hermosísima. No puede negarse que mi voz era bella en aquellos momentos. Me acuerdo muy bien de todo. Si ella es cruel, te juro que mejores son sus besos. Si ella es necia, sus ojos son cien veces más hermosos. ¿Qué más se puede pedir? Pero ¿cómo podría yo hacerte comprender? Escucha, Ilé: todo eso que me has dicho, sucedió ayer tarde, ¿no es verdad? Bien. Pues ahora ha amanecido, ha nacido un nuevo día. ¿Qué importa lo que sucedió ayer?

Nada en él recordaba la pasión de sus palabras la noche anterior. Nada recordaba el calor de sus besos cuando abrazaba a Zazu en la playa. Extendió la mano y dijo:

—¿Está ella aquí, acaso? ¿La veo yo ahora? ¿La oigo? No. No sucede nada de eso. Pues, entonces, ¿cómo puede importarme que ella sea fea o hermosa?

Ilé Eroriak vaciló.

—Y dime, entonces... ¿No nos vamos?

Marco se puso en pie y lentamente aspiró el aire de la mañana.

—¿Por qué no, mi buen Ilé?

Aquella idea pareció animarle. Trepó por la escalerilla de la callejuela, hasta situarse en una empinada prominencia desde donde se divisaba el mar, los tejados de Oiquixa y los caminos que llevaban tierra adentro. Ilé Eroriak le seguía, pegado a sus piernas.

—El mundo se extiende a tus pies, Ilé Eroriak —dijo lentamente, con arrobo—. La vida es para ti, no lo dudes.

El muchacho alzó hacia él la cabeza.

—Fíjate en esos tejados grises, parecidos a la costra que cubre las mezquinas seseras de sus habitantes. Abandona a estos hombres, a estos pobres hombres sucios y avaros, a estos hombres de alma turbia y egoísta, y sígueme. Nosotros nos reiremos de la humanidad.

De allá abajo, del muelle, aún sumido en resplandor rosado, se elevaba un murmullo quedo, nostálgico. Un coro brumoso de voces parecía confundirse con el murmullo del mar. Eran las pescadoras que desmallaban anchoas a la luz melancólica del amanecer. Ilé Eroriak sintió una punzada en el pecho. Había algo dentro de él que le llevaba hacia aquellas voces, como si su vida estuviese fuertemente ligada a ellas, y sintiera un dolor acerado al separarse. En un minuto recordó a Anderea, al estante de los muñecos viejos, al antiguo faro ruinoso. Re-

143

cordó las noches de invierno, bajo el escenario de las marionetas.

Pero de nuevo la voz de Marco, aquella voz afectada y soñadora, le arrastró. Y aunque no entendía nada de lo que aquel hombre rubio iba diciendo, le seguía, le seguía. Hacia aquellos caminos que él nunca había recorrido. Hacia los caminos que le alejaban de Oiquixa y del mar.

2

Caminaron durante varias horas, y al fin, llegaron a un pueblo que se llamaba Axa.

En aquel pueblo celebraban alguna fiesta, porque reinaba una gran alegría. Marco no tardó en contagiarse de ella.

—¡Qué lástima —dijo— no haber llegado aquí cuando apuntaba el alba! ¡Créeme, Ilé Eroriak, que lo siento de veras! A la alborada recorren las calles los *txistularis*. ¡Y hace ya tanto tiempo que no oigo las alegres *kalejiras*! ¡Tanto tiempo, oh, mi buen Ilé!

Brillaba un gran sol en el cielo, y el día aparecía muy hermoso. Pasaron junto a los manzanos en flor, y Marco aspiró el aire con deleite. Sentáronse en una taberna de la plaza, cuyas mesitas hallábanse

144

instaladas a la puerta, en plena calle. Vieron a los miembros del Ayuntamiento dirigirse a la iglesia, precedidos de los *txistularis*, y Marco volvió a suspirar:

—¡Lo de siempre, lo de siempre! ¡Ah, bien lo recuerdo yo, todo! —la voz de Marco parecía emocionarse, evocadora—. ¿Ves? ¿Ves cómo acude el pueblo a la iglesia? ¿Y acaso no somos nosotros sangre de ese pueblo, Ilé?

Así, pues, entraron al fin en la iglesia. Ilé Eroriak no veía nada, porque la gente le empujaba, y él era menudo de estatura. Ni aun empinándose sobre la punta de los pies lograba divisar el altar. Cuando acabó la misa salieron de nuevo a la plaza, donde el sol caía con fuerza. Vieron bailar a los *dantzari-txikis*, y Marco no dejaba de alabar las cintas de colores y silbar quedamente la melodía del *txistu*. El reloj dio doce campanadas, y, repentinamente, la danza cesó. El anciano párroco rezó el Ángelus y todos callaron. Poco después, las gentes se retiraron a comer, y la plaza quedó desierta.

—Tengo hambre —dijo Ilé Eroriak.

—¿Hambre? —Marco arrugó la nariz—. ¿Hambre? Yo no podría probar bocado, muchacho. Tengo el alma inundada de viejos recuerdos, tengo el corazón apuñalado por la añoranza de los pasados tiempos. ¡Déjame soñar, Ilé Eroriak! Déjame soñar, hermano mío. Todo esto revive en mí fechas, épocas de mi vida que no han de volver.

—¡Pero no llores, Marco! ¡No vas a ponerte ahora a llorar por eso!

—¡Bah, bah! ¡Qué tontería! No pienso llorar. No es que me importe. Es que es hermosa esta emoción de la tierra.

Llegó la tarde. Las muchachas acudían a bailar a la plaza. Marco les gritó: «¡*Dantzara, dantzara!*», con el más puro acento de la tierra. Pero nadie le hacía caso. Ni las muchachas ni los jóvenes basaritarras que bailaban el *ariñ-ariñ*. Ni los viejos, ni los niños, ni los perros.

Marco contó su dinero. Pasó el brazo en torno a los hombros de Ilé Eroriak y dijo:

—Beberemos vino. Buen vino oscuro y oloroso, como la gente de mar. Y aguardiente. Porque no hay que olvidar que tú y yo somos dos navegantes.

Efectivamente, entraron en una *taska* y bebieron. Bebieron sin parar, como tenían por costumbre. Todas sus correrías acababan siempre así.

Afuera estaba el pueblo, lleno de voces alegres, de la música del *thun-thun*. La fiesta continuaba. Pero la tarde empezó a teñirse de un triste color malva. Sobre la mesa, empapada de vino, Marco dejó caer la cabeza, diciendo que se acordaba de su viejo *txoko*. La *taska* estaba repleta de forasteros, y entre ellos había muchos hombres de Oiquixa. Sus rudas voces entonaban canciones de melancólica melodía. Aquellas canciones hicieron levantar la cabeza a Marco. Sus ojos aparecían irritados.

—Bella canción, bella canción —repetía. Y grue-

146

sas lágrimas rodaron por sus abultados pómulos. Nadie le oía, pero él seguía elogiando las canciones, y añadió:

—¡Tierra mía, tierra bendita! ¡La tierra más bella que hallaron mis ojos!

Lo extraordinario era que él había nacido muy lejos de allí, pero en aquel momento lo había olvidado. Volvió a dejar caer su cabeza sobre la mesa. En su plateado cabello resaltaban las manchas de vino.

Así estuvo hasta que oyó a unos hombres hablar de una mujer que se llamaba Aránzazu.

—Zazu —balbuceó—, Zazu es bellísima. ¡Cómo siento a la tarde en mi corazón!

Buscó a Ilé Eroriak, y lo halló en el suelo, tendido a sus pies. Torpemente se inclinó hasta su oído, y empezó a decirle:

—¿Qué habrá dentro de sus ojos? Óyeme, ¿no me oyes?

Ilé estaba borracho y dormitaba. No podía oírle, pero él continuó:

—Lo más hermoso son sus ojos, de distinto color, aunque tú no llegues a entenderlo. ¡Y a veces, tampoco yo lo comprendo! Sí, sí, es bien seguro que la pobrecilla me amará hasta la locura. ¿Por qué empeñarme en evitarlo? Está escrito. Es su fatalidad. Ella te rechaza, y luego sigue tus pasos; ella dice que te odia, y te besa. ¡En fin, Ilé, siento ahora la necesidad de volver a ver su rostro! Dime, Ilé Eroriak, ¿te has fijado en el interior de las conchas?

Así es de tersa y suave su frente. Lo único que yo deseo es besar una vez más a Zazu. Esto es lo único que deseo. Eso es, y voy a hacerlo. Aguarda, sólo es eso lo que deseo.

Tambaleándose ligeramente, Marco se puso en pie. Y con paso lento, con un ligero balanceo algo más acentuado, se encaminó a la puerta. Ilé abrió los ojos y le vio. Intentó salir de su aletargamiento. Tendió hacia él su brazo:

—¡Espérame, Marco, espérame! —quiso decir. Pero de sus labios salían únicamente desarticulados sonidos. Y, vencido por el esfuerzo, volvió a tumbarse.

Contrastando con sus ásperas voces, los hombres de la *taska* seguían cantando canciones tiernas, nostálgicas.

CAPÍTULO IX

1

POR AQUEL MISMO CAMINO que le llevara tierra adentro, Ilé Eroriak volvió a Oiquixa. Esto sucedió al
día siguiente, cuando los vapores que adormecían
su cerebro se disiparon, dejándole un fuerte dolor
de cabeza y un gran vacío en el corazón. Marco, su
hermano, le había abandonado. Vagamente recordaba que le vio salir de la *taska* y que él intentó de-
tenerle. Le suplicó que le llevase con él, pero Marco
no le hizo caso. Le había abandonado, le había olvidado.

Caía una fina lluvia que poco a poco iba empa-
pando sus cabellos y su ropa. No podía ordenar sus
ideas, tenía la mente extrañamente agarrotada. Sólo

se daba clara cuenta de que su buen camarada había prescindido de su compañía, y esto le llenaba de amargura. Recordó que Anderea siempre le advertía que no bebiera. Al recuerdo del anciano, sus ojos se llenaron de lágrimas y una dulce tristeza le invadió, pensando en los muñecos olvidados. Algo en su interior le hacía sentirse como uno de ellos.

Al fin, en un recodo del camino, volvió a divisar el mar y la torre de San Telmo. Sus pies empezaron a andar más de prisa y acabó corriendo sin parar, hasta entrar de nuevo en Oiquixa. En aquel momento volteaba la campana del barrio de pescadores, su querido barrio de San Telmo. Le pareció que un amigo sincero y entrañable celebraba su regreso. Con el corazón oprimido por una rara emoción mezclada de angustia, Ilé Eroriak subió por las azules callecitas, hasta llegar a las gradas de la iglesia. Ilé Eroriak apoyó la cabeza contra las piedras, mojadas por la fina lluvia. Al cabo de unos instantes sus mejillas estaban húmedas. Acaso por vez primera, Ilé Eroriak lloraba copiosamente. Quizá fuera solamente la lluvia. Sintió frío. Su ropa estaba ya empapada y se le pegaba al cuerpo. Ilé Eroriak fue a cobijarse al pórtico de la iglesia, pensando con añoranza en el refugio de Anderea. Pero alguna razón oscura, que él no sabía explicarse, le impedía acudir allí, ahora que su otro amigo le había abandonado. Permaneció quieto, pegado a los muros, pensativo y solitario. Trató de recordar lo sucedido en la *taska* desde que Marco se fue. Pero le era imposible coordinar ideas ni recuerdos. Sólo tenía conciencia de que allí vio caras conocidas. Sí, recordaba el rostro ancho y barbudo de Coxme. Además, se estuvieron riendo a su costa. De esto estaba bien seguro, aunque no sabía cómo ni por qué.

Cuando por fin la lluvia cesó, un sol pálido iluminó las piedras de la calle. Ilé descendió desganadamente por la escalerilla que conducía a Kale Nagusia, tropezando inesperadamente con Marco. Al verle, el hombre rubio pareció recordar algo desagradable, porque volvió el rostro y murmuró algo. En seguida le llamó:

—Ilé, ¿sigues con tu hambre insaciable?

Ilé asintió con la garganta oprimida. El reloj marcaba ya las cinco de la tarde. Marco rebuscó en sus bolsillos, y al fin le dio un arrugado billetito.

—No creas —dijo—. No me queda a mí mucho más. Pero tómalo y cómprate algo.

Después se alejó. Pareció preocupado, y su piel tenía el tinte terroso de los malos momentos. «Ya no es mi amigo», se dijo el muchacho. Y tal fue su congoja, que se olvidó de la *taska*, y en lugar de encaminarse a ella, sus pasos le llevaron a la playa. En ella permaneció hasta ver el regreso de las lanchas pesqueras: «¡Quién fuera uno de ellos!», se decía. ¡Ah, si él tuviera una barca, si fuera vigoroso y pudiera empuñar los remos, y arreglar las redes! Si pudiera salir a la mar, como ellos. «Pero yo soy un pobre muñeco inútil. Ni siquiera un muñeco olvidado, ni siquiera un muñeco viejo y roto. Yo soy un muñeco que salió mal.» Ilé Eroriak cerró los ojos y su imaginación se desató en sueños. «Yo traería mi lancha llena de tesoros.» Ilé no sabía de un modo concreto qué eran tesoros. Pero mezclaba siempre en sus pensamientos fragmentos de las historias de Anderea. Ilé Eroriak volvió a abrir los ojos, y ya no vio, durante horas y horas, nada más que sus sueños. Con la mirada perdida en el horizonte, sentado sobre las rocas, imaginaba lo que él haría un día venturoso y radiante, un día que esperaba, y, no obstante, sabía que no iba a llegar jamás.

Más tarde los vio a los dos. A Marco y a Zazu, al borde del camino de cemento, cerca del faro antiguo. Sobre el mar, sus siluetas aparecían oscuras, raramente estilizadas. Ilé Eroriak se escondió. No quería que le descubriesen espiándolos. Verlos juntos, ahora que él estaba solo, le llenaba de dolorosa amargura.

De pronto oyó pisadas y voces ásperas. Bajo un gran paraguas negro, las hermanas Antía se acercaban a paso apresurado, pues la lluvia volvía y amenazaba tormenta. La señorita Mirentxu volvía la cabeza atrás, con frecuencia, hacia donde se hallaban Zazu y el forastero. Ilé Eroriak oyó decir a la señorita Mirentxu:

—Mírala, mírala. ¿Puede tolerarse tanto descaro, tanta desvergüenza? —La señorita trotaba penosamente tras los pasos largos y firmes de su hermana mayor—. ¿Acaso no los ves ahí, juntos, sin notar siquiera que la lluvia cae de nuevo? Eskarne, yo te juro que los vi abrazándose. Besándose. ¡Y ella, pensar que va a casarse con Augusto dentro de unos meses!

Por primera vez, Eskarne no cortaba la murmuración exaltada y creciente de Miren. Iba a responder algo duro, muy duro. Pero Ilé Eroriak estaba allí, tan agachado para que nadie pudiese verle, que la vieja señorita tropezó bruscamente con él. Sin saber cómo, encontró un ovillado cuerpo bajo sus piernas. Eskarne avanzó forzosamente un trecho, dando traspiés, manteniendo en equilibrio su paraguas sobre la cabeza. Fue un milagro que no hundiese en la arena su orgullosa nariz.

—¡Loco, pillo, holgazán! —chilló. Con seco ademán cerró el paraguas, y, sin importársele ya la lluvia, golpeó con él al muchacho.

—¡Eres un pillo malintencionado! ¿Quién va a compadecerte si te escondes a propósito para hacer caer a una señorita? ¿Quién va a ayudarte, conociendo tan crueles instintos? ¡Ya sé, además, que ayer te emborrachaste en Axa! ¡Bribón, ladronzuelo! Yo te conozco bien. Yo no me dejo engañar.

Ilé Eroriak huyó de la granizada de golpes. Subió corriendo rocas arriba, hacia la parte alta de Oiquixa, hacia donde no pudiese ver ni oír todo aquello que tanto daño hacía de pronto a su corazón. Aún no había llegado arriba cuando oyó una voz que le llamaba. No quiso volverse, pues temió fueran únicamente las figuras del mar, riéndose de él. Pero, al fin, la voz llegó más clara, y se volvió.

Quien le llamaba era Marco, que intentaba seguirle, escalando penosamente la roca, apoyando sus pies inseguros en las resbaladizas piedras. El muchacho se detuvo. No acertaba a decir nada. Le miraba con ojos agrandados. La lluvia era ahora fuerte, clavándose en el suelo como grandes agujas.

Marco resbalaba a cada paso y se agarraba con ambas manos en los intersticios y prominencias. Su cabello se pegaba a la cabeza y el traje al cuerpo. El agua se deslizaba por su rostro y le obligaba a entornar los ojos.

Al fin, llegó a su lado. Abrió los brazos y le abrazó, golpeándole la espalda.

—¡Gracias, gracias, criatura! —dijo—. ¡Siempre tú, el salvador! ¡Siempre tú, hermano bueno! Abrázame otra vez, Ilé, y escúchame. Óyeme: gracias a ti, ella ha vuelto.

—¿Qué?

—Digo esto: que ella no quería verme ni hablarme, y el mundo parecía haber acabado para mí. ¡Como lo oyes! Pero ella se ha enterado de que ayer yo te hice beber, en Axa. Se ha enterado de que tú quedaste allí, tendido en el suelo, debajo de la mesa. Y entonces... ¡ha acudido a mí!

—¿Qué?

—¡No, no ha venido a felicitarme! —Marco rió a grandes carcajadas—. Asómbrate: ¡ella ha venido a mí para recriminar mi conducta! ¡Eso ha dicho! ¡Eso ha dicho, Ilé Eroriak!

Marco no podía contener un torrente de carcajadas.

—Me ha insultado —prosiguió Marco—. Ha dicho que me despreciaba. ¡Y ya te dije, Ilé, lo maravillosa que es cuando odia y desprecia! Ya sabes, cuando viene a reprochar acciones que ni le importan ni le han importado nunca...

Marco aún dijo muchas cosas más. Como de costumbre, Ilé no le entendió. Pero Marco estaba otra vez allí, a su lado. Llamándole hermano. Ilé Eroriak miró hacia abajo. De nuevo podía contemplar Oiquixa a sus pies, bajo la lluvia que resbalaba a lo largo de sus calles, de sus casas suspendidas sobre el mar. «Acaso —pensó— aún podamos marchar un día. Pero no tierra adentro.» Y sus azules ojos buscaron, llenos de esperanza, la brumosa lejanía del mar.

CAPÍTULO X

1

En casa de Kepa había un piano. Perteneció a Aránzazu Antía. Pero, desde su muerte, nadie volvió a tocar sus amarillentas teclas.

Cuando Marco se enteró de ello, pareció alegrarse infinitamente. Pidió permiso a Zazu para afinarlo, y dejó entrever misteriosas zonas de su pasado.

—Tal vez, aquella noche, mis nervios se rompieron por el reflejo de una bujía en cristal... ¡Ah, sí, Zazu!, ¿para qué callar más tiempo? Ya sé que mis manos no pueden ocultar su noble profesión. Yo sé que tú adivinaste en mí al gran virtuoso de incógnito... Al gran virtuoso que, por culpa de una noche, cuando el gran salón de conciertos rebosaba de gente, sintió estallar sus nervios, enfermos ya, y nadie pudo escuchar la sublime interpretación... ¿Para qué fingir, mi pequeña serpiente, si tú sabes quién soy yo y yo sé quién eres?

Zazu no dijo nada. Pero, puntualmente, Marco se presentó a la mañana siguiente en casa de Kepa, y la pasó entera afinando el piano. Luego recogió un extraño sombrero amarillo, de grandes alas, que trajo consigo, y salió silenciosamente, con ojos soñadores. No volvió hasta el atardecer. Llegó con una extraña prisa, preguntando por Zazu, como si de ella dependiera su vida. La muchacha entró en la habitación y le vio de espaldas a la ventana, con su ancho sombrero entre las manos, respirando fatigosamente. Como si viniera de una larga carrera. Zazu le miró, interrogativa.

—¡Ah, Zazu, hermosa criatura! —dijo él, con voz dulce—. Tengo que decirte algo importante.

Arrojó el sombrero a un lado, con gesto displicente, y se aproximó a la muchacha. Ella le observó, fría y recelosa. Marco acercó los labios a su oído:

—Pequeña criatura, hermosa y dura amiga —dijo.

Zazu sintió un temblor tibio, contra su voluntad. Las manos de Marco acariciaron sus hombros, y ella no se movió.

—Zazu, pequeña tonta —dijo él—. Vengo a confesarme contigo. Escúchame. Te lo ruego.

Ella seguía en silencio. Aunque lo deseara, no podía decir nada. No se le ocurría nada.

—He descubierto algo muy importante —prosiguió aquella voz. Aquella voz, que se parecía a la ceniza caliente, que se parecía al raro viento aprisionado dentro de las caracolas—. He descubierto, al fin, que ya tiene un objeto mi estancia en Oiquixa. Procurar que tú me ames. Que tú me ames hasta la misma muerte.

Zazu se apartó de él, fingiendo indiferencia. Algo afilado, frío, se hundía en su corazón. Marco la siguió, sujetándola de nuevo por los hombros. Su risa, brusca, hiriente, llegó hasta ella, con un vivo sobresalto.

—Zazu, pobre estupidilla mía: bien sabía yo que tú acabarías enamorándote de un muñeco vulgar y presumido como yo. Mírame.

Sus ojos se encontraron, y Zazu descubrió únicamente la superficie verde, lisa, dura como el metal, de aquellos ojos que en otro momento habían aparecido cargados de sueños, de encendidas mentiras.

—Tú sabes muy bien que yo me marcharé un día de Oiquixa, en deuda con tu padre, y, si puedo, con media población. Tú sabes muchas cosas de mí. Porque, aunque no seas tan inteligente como cree el buen Kepa, tampoco eres tan necia como a mí quisieras hacerme creer. En fin, Zazu, entre otras cosas, sabes que estoy enfermo.

La risa de Zazu, brusca, inesperada, cortó sus palabras.

—¿Qué más quieres decirme? —dijo ella—. ¿Qué más? ¡Oh, Marco, yo sé también que te tiñes el cabello, que no tienes fortuna ni la tuviste nunca! Un día te irás sin recordar tus gastos, ni los del hotel, ni los que puedas levantar en toda Oiquixa. ¡Ah, Marco, estas cosas a mí no me interesan! —Zazu se apartó más de él, y añadió—: Claro que a ti te parecen importantes, porque en el fondo tus mentiras no son mentiras. Tus mentiras son globos de colores, que el viento lleva lejos.

Se detuvo, porque algo temblaba de nuevo en su corazón. «Y caen a la tierra, picoteados de pájaros.» Zazu volvió a reír nerviosamente:

—Cuando te marches, ¡sería tan agradable para ti dejar a alguien llorando tu abandono! Aún me acuerdo de tus bellas historias: «Era una hermosa mujer, pero la abandoné. No volví a la isla, porque no me gusta la agonía de las cosas.» Bueno. Lo que tú quieres es poder decir: «Partí, una mañana brumosa, y desde la proa de mi velero contemplé por última vez la silueta de aquella muchacha, que lloraba desesperadamente con sus ojos de distinto color». Marco, déjame decir, como tú: ¡Bah! Simplemente, eres infantil.

Marco pareció llenarse de alegría:

—¡Sí lo soy, sí lo soy! —Miró hacia la ventana y suspiró—: Verás: yo no sé cuánto tiempo voy a vivir todavía. Quizás un año. Quizá diez. Pero quiero, antes de morir, darme una pequeña alegría. ¡Zazu, yo quiero arrancar tu corazón! ¡Déjame hacerlo, pequeña hermosa Zazu! Arrancaré tu corazón y lo guardaré en un frasco de alcohol. Lo pondré siempre a mi cabecera, y todos preguntarán: «¿De dónde sacaste ese horrible pedazo de carne?» Yo diré: «No es un horrible pedazo de carne, es un corazón». Y te lo habré arrancado a ti, Zazu. Pero mi alegría consiste en que tu corazón me amará, a pesar de saberme un pobre muñeco, con los ojos llenos de veleros falsos. Con los ojos llenos de globos de colores, con la cabeza llena de serrín debajo de mis cabellos teñidos de amarillo. Ah, Zazu, tú te enamorarás de un sucio gitano, ladrón, tramposo, ridículamente soñador. Tú te has enamorado de un pobre muñeco mal pintado, como yo. ¡Mi pequeña tonta, no moriré sin conseguirlo!

Sin saber lo que hacía, Zazu abofeteó aquel rostro. Estaba muy cerca, con su sonrisa que parecía triste, con sus ojos que, de pronto, se habían vuelto transparentes como los de un niño. Zazu no lo pudo evitar: le había dado una bofetada. Inmediatamente escondió las manos a la espalda. La sangre se agolpaba a sus mejillas, y sus ojos se llenaron de lágrimas de vergüenza. Nunca, nunca hasta entonces se creyó capaz de pegar a alguien, aunque lo despreciara, aunque lo odiase. Su desprecio y su odio se volvían repulsión, distancia. Y no sabía por qué.

—¿Qué has hecho? ¿Qué has hecho? —rió Marco—. ¡Has hecho lo mismo que Ana Luisa! ¡Oh, Zazu, tú has hecho lo mismo que cualquier provinciana vestida de color de rosa; tú has hecho lo mismo que cualquier pequeña de Kale Nagusia! Zazu, paloma, triste paloma, tu corazón está ahora

160

triste. Zazu, tu orgullo está sufriendo mucho. ¡Cuánta pena me dan tus ojos! Te estrecharía en mis brazos, te besaría como a una niña. Pobre Zazu, ¡eres tan pequeña! ¡Cuánto debes de sufrir! Me voy, no quiero interrumpir este dolor con mi presencia.

Marco recogió el sombrero amarillo y absurdo que llevaba, y se dirigió a la puerta. Pero antes de que saliera, Zazu le llamó, en voz baja, densa:

—Vuelve aquí, estúpido. Vuelve aquí, gitano, mendigo.

Cruzó sus manos y notó su temblor. Las volvió a descruzar. Marco no se movió, sonriendo con dulzura. Afuera, llovía. Las gotas resbalaban por el cristal de la ventana. Zazu sentía los labios encendidos, y sus ojos oscuros. «No sé cómo pude hacerlo. Nunca pegué a nadie. Mi lengua es venenosa. Yo no sé cómo pude pegarle. Pero mi lengua se ha vuelto muda para él.» Zazu tenía miedo. De pronto, llegó a ella un destemplado sonido. Se volvió y vio a Marco, sentado frente al piano. Su dedo índice oprimía teclas, al azar.

—Zazu, quisiera que escuchases aquella melodía. Aquella hermosa melodía que mis nervios, enfermos, truncaron una noche. —Zazu se encogió de hombros, con desprecio—. Aquella noche, Zazu, vino el rey a oírme. No lo olvides. Si el rey quiso oírme, ¿por qué no vas a hacerlo tú, una pobre chica provinciana de Oiquixa? Menos orgullo, menos orgullo.

Zazu se acercó a él.

—Bien —dijo—. Te escucho, Marco.

Pero ¿qué era aquel extraño sonido? Torpemente, Marco apretaba las teclas a capricho. Unas veces con manos nerviosas; otras, lentamente. Sus manos eran como dos grullas revoloteando pesadamente sobre el teclado. Sus brazos se movían, ampulosos, y su cuerpo se balanceaba. «Marco. Marco», se dijo ella, como una obsesión. Tenía miedo. Instintivamente, cerró los ojos. Aquellos rarísimos y nada armoniosos sonidos se clavaban en su corazón. Como si, realmente, fuese aquello una melodía envenenadora. Para ella, resultaba una música desconocida, revelada, mágica. ¿Por qué su corazón se replegaba, se encogía? ¿Por qué su corazón tenía frío, como un pájaro en la nieve? También las palabras de Marco la envolvían, la arrastraban, allí donde no deseaba. Allí, tal vez, donde van a parar los sueños rotos de los golfillos. «Y, sin embargo, sus palabras son huecas, absurdas, vacías.» Pero no podía dejar de escucharle. Zazu tenía miedo de los ojos de Marco. Aquellos ojos cuya forma, cuyo color, cuyo brillo, no le gustaba. Pero su corazón se quedaba quieto cuando ella miraba aquellos ojos. Zazu tenía miedo. Porque a Zazu no le gustaban los labios gruesos de Marco, que tenían pegado a la piel, incrustado en ella, un polvillo dorado y brillante, ese polvillo estelar de la arena. Pero besaba aquellos labios y amaba aquellos labios. Zazu apretó los dientes:

162

—Bueno, basta ya. Deja ese pobre piano en paz. No maltrates mis oídos, y vete.

Marco se levantó:

—Zazu, ahora tú estarás pensando: «Ojalá éste se vaya pronto. Ojalá éste se vaya de Oiquixa, y no vuelva jamás». Pero no, Zazu, no lo esperes. Aún no voy a marcharme. Esperaré a hacerlo un día en que tú no puedas menos de seguirme. —Se inclinó hacia ella y la besó suavemente en la mejilla—. Ahora necesitas esto —dijo—. Yo sé hacer las cosas bien. He aprovechado la mañana para afinar el piano, porque por la mañana tú eres más dueña de tu voluntad. Estoy seguro de que al despertarte, al mirarte por primera vez en el espejo, te crees una diosa: pero no lo eres. ¡Oh, no, no lo eres!

Volvió a besarla, en la frente, y acarició su cabello.

—He sabido escoger la hora del crepúsculo. Todo va bien.

Zazu se apartó:

—Eres grotesco. Anda, puedes irte.

Marco se caló el sombrero, con ademán absurdo.

—Bien sabes que esto no es amor, ignorantuela. Claro está que aún no lo es... plenamente. ¡Pero ya andas cerca, ya andas cerca! Te hará sufrir, y tu vida será un completo fracaso. El amor es una espina dolorosa, muy difícil de arrancar. A ti te será imposible.

Zazu sonrió suavemente:

—Después de todo, tienes gracia. Ese sombrero

te sienta mal, y además no resulta de buen tono ponérselo en este momento. En cuanto a todo eso del amor y las espinas, ¿qué te voy a decir? Si eres feliz con estas historias que imaginas, no seré yo quien te las amargue. Tú crees a pies juntillas todo lo que inventas. ¡Pobrecilla, tal vez sea ésa tu única riqueza! ¿Por qué privarte de ella?

Él siguió esperando que ella hablase, quieto. Con su rostro serio y tranquilo, que parecía extrañamente enjuto bajo las anchas alas amarillas.

—A mí —prosiguió la muchacha— no me parecen mal tus cabellos rubios junto a tu piel oscura. Por ahora, eso me basta.

Aquello era una gran mentira. «Le amo, a pesar de sus horribles cabellos dorados, de su piel aceitunada.»

—En otoño me casaré —dijo, al fin. Y le costaba un raro esfuerzo decirlo—. Entonces, tú te irás de aquí. Todo va bien, como tú dices.

Marco pareció sobresaltarse:

—¡No, no! Yo no podré esperar hasta el otoño. ¿Crees que soy un vagabundo o un hombre que no se debe a sus múltiples trabajos? Mil asuntos me reclaman. —Marco se mordió los labios, para contener la risa—. Además, Zazu querida, yo vine a Oiquixa en primavera, y quiero irme en primavera. Para llevarme el perfume de los manzanos en flor. Me iré mucho antes. Mi hermano posee un velero precioso. Precisamente se trata del mismo velero que

164

me trajo a estas costas, ¿sabes? Él es quien me recogerá.

El corazón de Zazu, aquel pobre corazón frío y lejano, gritaba extrañamente: «No te vayas. No te vayas aún. Espera». Y sin embargo, ella deseaba no volver a verle, ella deseaba que se fuera cuanto antes.

—¡No es tu hermano! —dijo con rabia, la hija de Kepa.

—Pones demasiado fuego en esa afirmación. Yo no puedo creer que te importe mucho el hecho de que ese hombre gordinflón sea o no sea hermano mío. En fin, efectivamente: ese hombre del velero (el velero, dicho sea de paso, tampoco es suyo) no es mi hermano. Pero como si lo fuera. Una vez, yo le salvé la vida.

—Mientes.

—¡Está bien, has acertado! Tampoco le salvé la vida. ¡Qué mujer tan pesada te estás volviendo, Zazu!

Pero ella parecía raramente agitada y sus labios temblaron:

—Tú no has salvado la vida a nadie. Nunca la salvarás. Eres cobarde y enfermo.

—Sí, lo soy. Pero eso será lo más triste para ti. Para ti, que me seguirás hasta el fin del mundo. ¡Ah, Zazu, ven! No importa eso ahora.

Le tendió los brazos. Pero ella le volvió la espalda y, rápida, huyó de allí. Atravesó el vestíbulo y salió precipitadamente al jardín. Sin embargo, esta vez Marco no la siguió.

El jardín, descuidado, aparecía brillante y oscurecido por la lluvia. Zazu sintió mojársele los cabellos, el vestido. La lluvia, como un llanto desolado y silencioso, resbaló a lo largo de su frente y sus mejillas. Como un llanto que no tuviera fin. Zazu se internó en la maleza, entre los troncos de los árboles mal dispuestos. Se apartó los húmedos mechones que le caían sobre la frente, y cruzó las manos sobre el pecho, que temblaba por un frío extraño. Un frío que nada tenía que ver con la lluvia ni con el viento. Muy cerca de su rostro, unas hojas temblaban. Con brillantes gotas, como ojos diminutos y burlones. A través de las ramas, el cielo aparecía blanco. Zazu se acordó de pronto de cuando era pequeña y tenía miedo de la tempestad. En aquel momento sintió el mismo deseo que de niña: huir, huir al último rincón del sótano, hundir la cabeza en algo blando y mullido, que apagara los ruidos. «Aquel árbol es el que escogió el marino extranjero, para colgar sus grandes y brillantes esferas de Navidad.» Zazu abrió los ojos y vio salir a Marco, a grandes zancadas. Bajo su ancho sombrero amarillo, que nadie supo de dónde procedía. «Dios mío, yo nunca había pegado a nadie.»

CAPÍTULO XI

1

EN OIQUIXA HABÍA UN BAZAR. Allí se vendía de todo. Fuertes piezas de tela azul, para marineros, latas de conservas, muñecas, polvos de tocador, colonia, postales de Oiquixa iluminadas a mano, anzuelos. Sus dueños, «Arresu Hermanos», eran unos seres vestidos de gris, con ojos, cabellos y rostros grises. Apreciaban mucho a la señorita Eskarne Antía, pues la presidenta de la «Asociación Protectora de Huérfanos de Marineros» vestía a los niños de su orfanato con tela del bazar, los calzaba con alpargatas del bazar y los enseñaba a escribir con lápices, cuadernos y tinta del bazar.

Una mañana, Eskarne Antía penetró en la tienda con su rítmico andar. Los niños necesitaban delantales, explicó. Y si ella misma no elegía la tela para su confección, no podría dormir tranquila. Necesitaba, pues, un género fuerte, resistente y lavable.

Todos admiraban el celo y desvelo de la señorita Eskarne y su famosa Asociación. «La grandiosa obra realizada.» Pero alguien había en la tienda que no estimaba a la señorita Eskarne ni apreciaba sus virtudes. Este alguien había recibido más de algún pescozón por culpa de la lengua acusadora de la vieja señorita. Más de una vez fueron descubiertas sus escapatorias, sus largos entretenimientos con los pilluelos del puerto, cuando le enviaban a entregar paquetes a las nobles señoras de Kale Nagusia. Este alguien era un sobrino de «Arresu Hermanos», con la nariz chata como un enchufe, la lengua ligera y las costillas endurecidas a golpes. Un sobrino pobre, que recibía su comida, sin salario alguno, a cambio de sus dudosos servicios en el bazar, como mozo y como todo lo que fuera menester. Este muchacho esperaba aquella mañana con ilusión la entrada de la señorita Eskarne, para deslizarse en la conversación. Apenas le fue posible, se acercó. Con el gran escobón en la mano, y mirándola maliciosamente, exclamó con voz fuerte y clara, para que todo el mundo pudiera oírlo:

—¡Oh, señorita Eskarne! En Oiquixa hay ahora alguien que también se preocupa de los pobres muchachos miserables. Esos que la Asociación no quiere recoger. ¡Son tan sucios! Esta mañana, temprano, llegó el caballero Marco, el del pelo amarillo. Compró blusa, alpargatas, y hasta un traje azul, de dril, para ese chico astroso que llaman Ilé Eroriak. ¡Bueno, supongo que usted no le conoce! Es un pobrecillo que habla solo y apenas levanta un metro del suelo. ¡Un asco!

Rápidamente, se retiró a la trastienda. La esposa del Capitán, y la hija del Intendente, que compraban medio metro de tira bordada y un metro de seda, se volvieron triunfalmente hacia la señorita Eskarne, tan odiada, tan temida, tan respetada por las damas de Kale Nagusia. Los grises ojos de «Arresu Hermanos» se clavaron con desesperación muda, vengativa, en la cortinilla por donde había desaparecido el descarado sobrino de la nariz aplastada y la lengua ligera.

2

Eskarne entró en su casa, sofocada. Sin desprenderse de su gran bolso, de sus guantes, ni de su sombrero de tres pisos, donde anidaban desde hacía cinco años pájaros y flores, buscó a su hermana. Miren cosía apaciblemente junto al mirador que daba a Kale Nagusia.

—Mirentxu, he decidido recoger a ese muchacho

que llaman Ilé Eroriak. No puedo soportar por más tiempo sus vagabundeos con ese forastero que sólo sabe contemplar las estrellas. A pesar de su buen corazón, ¿no es tiempo ya de ayudarlos a los dos, eficazmente?

Mirentxu parpadeó. Sus manos se tendieron, vueltas las palmas hacia arriba:

—Pero ese muchacho... ¡Oh, Eskarne, recuerda que la Asociación no admite mayores de catorce años...!

—¿Y eso puede constituir algún obstáculo para que nosotras nos interesemos por él? ¡Mirentxu, me sorprendes! ¿Acaso una insignificancia como dos o tres años de más, puede impedir llevar a cabo una buena obra? No, Miren, estás equivocada. Ese muchachito no es capaz de ganarse la vida. Su cabeza no está firme, y es raquítico, menudo. ¿Qué edad puede tener? ¿Dieciséis, dieciocho años? No creo que llegue a tantos. Se le alimentará, se le vestirá, y, al mismo tiempo, puede utilizársele en trabajos de acuerdo con su complexión e inteligencia. Ayudará en la cocina, subirá agua del pozo... ¡Qué sé yo! Siempre podrá empleársele en cosas útiles y provechosas. Precisamente la ayudanta de Juana se está insolentando y ha pedido un aumento de sueldo. Se la despachará, y ese chico ocupará su lugar. Además, impediremos que Ilé Eroriak vagabundee por el puerto como un perrillo sin dueño. Y, sobre todo, que se emborrache y se convierta en el hazmerreír de San Telmo.

170

Mirentxu contempló la violenta danza de los ojillos de su hermana Eskarne, sobre la impresionante
nariz. Miren recordó que hacía mucho tiempo, una
vez, ella ya había tratado de sugerir estas cosas. Nadie le prestó atención entonces. Mirentxu respondió
a su hermana, con suavidad:

—Marco sufrirá si le separamos de ese muchachito. ¡Parece apreciarle tanto! ¡Son buenos amigos! Y, después de todo, a su modo, le protege. He
oído decir que cuando marche a su país (una hermosa isla donde su padre es gobernador), se llevará
con él a Ilé Eroriak.

—¡Mirentxu!

La voz cortante de la señorita Eskarne resonó
seca, autoritaria. Apuntó con su índice, enguantado
de negro, a la frente de su hermana. Aquella frente
que cobijaba tan peregrinas ideas, tan irritantes
ideas.

—Mirentxu, eso, precisamente eso, es lo que debemos evitar. Yo no dudo de que ese hombre tenga
buen corazón. Lo sé que le conmueve el abandono
de ese muchachito, como me conmueve a mí. Pero
él no sabe hacer el bien. No todo el mundo, Mirentxu, está capacitado para administrar el bien. Es demasiado joven, demasiado impetuoso, y sólo sabe
guiarse de su corazón. El corazón, Mirentxu, es
un caballo peligroso que hay que conducir con me-
sura.

Eskarne se quitó lentamente los guantes. Las manos aparecieron desnudas, blancas. Extrañamente

impúdicas, a lo ojos de la señorita Eskarne, que los bajó, cohibida.

—Nosotras, Mirentxu —prosiguió la señorita Eskarne—, no queremos separarle de ese chico. Al contrario. Nosotras, sólo queremos unirnos a su labor. Colaboraremos juntos. Será una bella obra, realizada entre los tres. Hemos de hablarle, claro está. Yo no pienso prescindir de su opinión absolutamente.

Mirentxu, con los ojos bajos, contempló sus pequeñas uñas rosadas, pulidas y honestas. Mirentxu detuvo su lengua, pero su corazón sabía. «Eres hipócrita, Eskarne.» Oyó el seco golpe que producía el cierre del monedero de su hermana. Vio su sombra, moviéndose en el suelo pulcramente encerado. Aquella sombra alta, huesuda, dominante. Más, aún, Mirentxu se encogió, se escondió dentro de su propio pecho. El corazón de la señorita Mirentxu era un peligroso corcel que sabía cosas. «Eres hipócrita. A ti nada te importa el desamparo de Ilé, ni ahora ni cuando era más niño. A ti no te conmueve. Nunca te fijaste en él más que para pegarle, como aquel día que te hizo tropezar. Para llamarle golfo haragán cada vez que le encontrabas por la calle. ¡No es un huérfano que te hubiera hecho quedar bien! Pero tienes envidia de Marco, porque, en lo profundo, Oiquixa entera admira y aprueba mil veces más su amistad con ese pobre chico que tu famosa Asociación. Le envidias porque todo el mundo espía sus idas y venidas con admiración. Porque todo el mundo elogia su comportamiento, mientras murmuran de ti, porque matas de hambre a los huérfanos de marineros.»

Sin embargo, la lengua de la señorita Mirentxu no dijo nada. La señorita Mirentxu había callado siempre. «A lo largo de toda mi vida, todo ha sido un continuo silencio. Un continuo reprimir el corazón. ¿Por qué callé siempre? ¿Por qué siempre hube de frenar todas mis ambiciones, todos mis deseos?» Mirentxu vio salir de la habitación a la hermana mayor. Una rara melancolía la envolvió. La señorita Mirentxu, con la cabeza ladeada, recordaba.

3

La señorita Eskarne y la señorita Mirentxu nacieron allí, en Oiquixa, en aquella Kale Nagusia. En aquella casa de alto mirador encristalado y visillos de malla, tejidos por sus propias manos de colegialas. La señorita Mirentxu recordó a su hermana Eskarne: piernas largas y macizas, enfundadas en medias negras, trenza pesada y tirante, que le obligaba a llevar muy erguida la cabeza. Ojos oscuros, precozmente maduros, escrutadores. Así era Eskarne en la infancia. En aquella edad en que ella, Mirentxu, quería jugar al corro, en la plaza, con las otras niñas. Pero a ellas no les estaba permitido. Debían distribuir las horas junto al mirador, entre unas feas muñecas llenas de cintas y pompones, y unas almohadillas de bolillos que producían un ruidillo seco, como entrechocar de huesos. En aquella época, Mirentxu tenía seis años, y su cabello se curvaba en rizos espesos. Mirentxu se dio cuenta, y se los acariciaba, frente al espejo, cuando se lavaba las manos antes de comer. Eskarne la sorprendió un día. «Mamá, déjame peinar a Mirentxu, todos los días.» Todos admiraron la bondad y el espíritu abnegado de Eskarne, tan infrecuente en una criatura de nueve años. «Ella, ella misma me ha pedido permiso para peinar todos los días a su hermanita pequeña», se enorgullecía mamá, ante sus amigas de Kale Nagusia. Pero mamá, con su negro vestido, con su pálida e infrecuente sonrisa, no sabía nada de las torturas matinales, en el tocador. Mirentxu era bajita, delicada y tímida. Eskarne, alta y vigorosa. Eskarne estiraba con expresión concentrada las anchas ondas del cabello de Mirentxu. Aquellos cabellos sedosos y rebeldes. Estiraba su cabello hasta arrancarle lágrimas. Pero si Mirentxu lloraba, Eskarne decía cosas, cosas atroces, que empequeñecían el corazón. La voz de Eskarne sonaba, con una dureza exaltada, brusca: «¿Es que quieres ir al infierno? ¿Acaso quieres ir al infierno? Eres vanidosa, yo lo he visto. Eres una vanidosa. ¿No sabes que la vanidad es un pecado? El demonio enreda sus uñas en los cabellos rizados y los arrastra a las llamas».

Un día las llevaron al colegio. Aquel convento pardusco, detrás de la plaza. Tenía unas tapias altas, de piedra, tras las que había un huerto y un jardín, que olían a manzanos. Pero allí dentro vivía una tristeza extraña, inexplicable, para la pequeña Mirentxu. Eskarne era una de esas niñas que todo lo hacen a la perfección. Las madres ponían como ejemplo a Eskarne, ante todas las niñas. Las niñas no la querían, pero procuraban no incurrir en su desagrado, porque la temían. Era acusona, y, cuando hacía daño, decía: «Es por tu bien. Es por tu bien». Mamá pidió que pusieran a sus dos hijas en un mismo dormitorio. En una misma camarilla, con dos camas de hierro negro y hermosas colchas de cretona floreada. Mamá no quería separar a Mirentxu de la bienhechora influencia de Eskarne. Esto era extraordinario, fuera del reglamento. Pero papá era un Antía, y accedieron.

Durante las ateridas noches invernales, cuando reinaba el silencio, Eskarne se levantaba con sigilo, encendía una bujía y zarandeaba el sueño de Miren con sus pequeños dedos, duros y helados, hasta despertarla. Entonces, se entregaba a su máxima diversión. Leía en voz alta un grueso libro, titulado «Ejemplares sucedidos». Allí ocurrían atroces tormentos. A los niños que robaban peras recién sacadas del horno, se les abrasaban los intestinos. Los niños que jugaban con cajas de cerillas, morían inflamados. Los niños que patinaban sin permiso sobre el hielo, morían hundidos en el agua helada. Los niños que cogían la caja de alfileres y se los tragaban, morían entre atroces convulsiones. Mirentxu tenía sueño y miedo, pero Eskarne la obligaba a levantar la cara, cogiéndosela entre sus manitas nerviosas y frías. Aún le parecía a Mirentxu verla, con la trenza suelta sobre la espalda, desparramada, lacia y gruesa, como la cola de un caballo. Vestida con su ancha y larga camisa de franela blanca, por debajo de la cual asomaban sus pies, estrechos y morenos. Junto al cuello, resaltaba, bordado en rojo, su número de colegiala. Mirentxu, encogida de frío, se sentaba al borde de la cama, y oía cómo la voz de Eskarne se recreaba en los pasajes más crueles y aleccionadores. Mirentxu sentía en ocasiones ganas de gritar, de cubrir su cabeza con la sábana. Pero, alguna vez, en algún descuido de Eskarne —que tan celosa y avara era de sus objetos—, si cogía ella el libro que hablaba de tan desventurados niños, no hallaba en él muchas de las horribles peripecias de aquellas imprudentes criaturas. Entonces, caía en la cuenta de que su hermana, a menudo, inventaba pormenores de los cruentos castigos.

Mirentxu y Eskarne crecieron juntas. Siempre juntas, hasta saber de memoria la una de la otra cada rasgo, mejor aún que los suyos propios. A veces, Mirentxu sentía una agobiadora angustia que le hacía pensar: «Me gustaría estar sola un día, aunque sólo fuese un día». Cada gesto, cada inflexión de la voz, le eran conocidos hasta el aburrimiento.

Mirentxu y Eskarne crecían de un modo lento, insensible. En colegio, las madres, las clases, las vacaciones. Cuando volvían a casa, mamá no se cansaba de alabar a Eskarne. Eskarne, sin embargo, era una criatura seca, prematuramente juiciosa, seria y fría. Cuando decía que amaba mucho a su hermanita Mirentxu, a Oiquixa, a los huérfanos y a los mendigos, lo hacía en un tono que contrastaba rudamente con sus palabras. Eskarne y Mirentxu acostumbraban a pasear por Kale Nagusia, con su madre y su prima Aránzazu Antía. La prima Aránzazu era muy linda. «Su sonrisa es hermosa como la luz del amanecer», decían las viejas damas de Kale Nagusia. La prima Aránzazu vestía preferentemente de blanco y sujetaba sus cabellos, negros y sedosos, con una ancha cinta de terciopelo granate. Mirentxu odiaba secretamente sus propias trenzas apretadas, y aquellos trajes de tela escocesa, con blancos cuellos de piqué almidonado, con que iban vestidas.

Un invierno, Aránzazu fue al colegio con ellas. Mirentxu admiraba a su prima, y Eskarne no se atrevía a reñirle por sus tirabuzones ni por su constante alegría. Incluso parecía complacerle, internamente, que aquella muchacha de grandes ojos oscuros y labios sonrosados fuera su prima. Enorgullecíase ante las demás compañeras, de que se llamara Antía.

El tiempo pasaba. Un día, Aránzazu se acercó a Mirentxu, y, con mucho misterio, le dijo que tenía novio. Le había conocido durante el verano, en San

Sebastián. Con una sonrisa apagada, le enseñó una carta, arrugada y muy plegada en pequeños dobleces. Oyeron pasos que se aproximaban, y Mirentxu ocultó la carta, precipitadamente, en el forro de su libro de Geografía. No se la devolvió más a Aránzazu. Desde entonces, la leyó varias veces. Muchas veces, su prima Aránzazu, con su encantadora volubilidad, pareció olvidarse de ella, y no se la reclamó. De este modo, Mirentxu, en sus raras soledades, sacaba la carta de su escondite y la leía. Llegó a sabérsela de memoria. Su corazón empezó a latir desordenadamente, y acabó imaginándose que las frases iban dirigidas a ella, que habían sido pensadas y sentidas para ella. No conocía a aquel muchacho, novio de Aránzazu. No tenía la más leve idea de su aspecto exterior. Solamente aquella letra impaciente e insegura, solamente aquellas frases calientes y extrañas, solamente aquella firma irregular de adolescente: Iñaqui. Mirentxu se forjó un ser a su gusto, porque tenía una imaginación precozmente soñadora. Se quedaba quieta, contemplando las nubes a través de la abierta ventana. Miraba el vuelo de las golondrinas que tenían su nido en un hueco del tejado, y esperaba la hora del sueño para poder pensar, durante la quietud silenciosa del dormitorio, en la figura cada vez más romántica de aquel Iñaqui. En las palabras que su mano escribió en la arrugada carta. Al fin aquel fantasma se convirtió en algo suyo, tan suyo, que cuando, en ocasiones, la prima Aránzazu le hablaba de él, le parecía que se refería a otra persona. Solamente cuando le nombraba aquel nombre real parecía despertarla amargamente, y algo le dolía dentro del pecho. Entonces apretaba los labios y sus ojos se entristecían. Pero, poco a poco, Aránzazu le hablaba cada vez menos de él, absorta por otros nuevos entretenimientos. La prima Aránzazu era superficial para estas cosas. En cambio, era muy estudiosa, dulce y obediente. Por el contrario, Mirentxu no estudiaba, y recibía frecuentes castigos por culpa de su aislamiento, ensimismada en sus pensamientos.

Cierto día, cuando Eskarne revolvía los libros de su hermana, encontró aquella carta escondida en el forro de la Geografía. Lentamente, con dedos inflexibles, Eskarne la abrió. Mirentxu cerró los ojos, con el ánimo perplejo. Y le pareció que era su propio corazón lo que desplegaba, lenta e inexorablemente. Eskarne leyó una y otra vez los renglones, ya borrosos, como si le costara mucho trabajo comprenderlo. Luego, rompió la carta en menudos fragmentos. Mirentxu no olvidaría jamás la mirada despectiva, casi compasiva, de aquellos ojos. En lugar de protestar, bajó los suyos, humilde y temerosa. «—¿Quién es? ¿Cómo le has conocido?» Pero a Mirentxu ni siquiera le dio tiempo para responder. Eskarne reprochaba. Reprochaba con dureza todo aquello. Y condenaba en ello mil cosas que Mirentxu ni siquiera había sospechado. «Esto es un gran pecado, desgraciada.» Con aquel mismo tono que usaba para decir: «Es por tu bien». Mirentxu, oyéndola, acabó llorando, arrancándose de la conciencia un arrepentimiento por culpas no cometidas. Por culpas cuyo sentido no alcanzaba del todo a comprender. Eskarne dejó a su hermana menor hundida en una gran confusión. Y, desde aquel momento, empezó a espiarla, a examinar y desmenuzar sus menores gestos. Y pidió que, nuevamente, pusieran sus camas juntas.

Aquellas vacaciones, Eskarne y Mirentxu fueron a San Sebastián con su prima Aránzazu. Pero Eskarne prohibía todo. Bajo la mirada de Eskarne, Mirentxu, dentro de su vestido mal cortado por una modista de Oiquixa, dentro de la vergüenza de sus cabellos forzadamente estirados, retorcidas las trenzas en un moño sin gracia, supo, al fin, cómo era el verdadero Iñaqui. Muy distinto de como ella lo soñara. Mucho más feo, mayor, y más atractivo. Iñaqui era un chico alto y desgarbado, con el cabello ensortijado. Sus grises ojos brillaban, y tenía las manos grandes y morenas. Desde entonces, Mirentxu empezó a fijarse, de un modo oculto y temeroso, en los demás muchachos. Eskarne decía que era pecado, y los remordimientos se adueñaban de la pequeña Mirentxu. «¿Por qué será pecado? Pero Eskarne lo dice.» Sin embargo, apenas le estaba permitido hablar con ninguno. Y ella no era bonita ni recibía cartas secretas, como su prima Aránzazu. Resultaba borrosa al lado de su prima y de las amigas de su prima. Aquellas muchachas vestían, hablaban y sonreían de una manera muy distinta. Su angustia, su incipiente inquietud crecía, como la luz del sol.

Cuando volvieron al colegio, Aránzazu llevó novelas. Novelas sentimentales. «Libros malos que hablan de amor.» Aránzazu y Mirentxu leían secretamente aquellos libros, que, a veces, les arrancaban lágrimas. Todas las heroínas eran ellas mismas, y todos los amores eran su propio amor. Acababan de cumplir los quince años, y Eskarne dieciocho. Por ello, para esta última, acabó la vida de colegio.

Por aquella época, una mañana primaveral en que las hojas del jardín aparecían recién regadas, Mirentxu pensó que le gustaba el hijo del jardinero. «Se parece al retrato de Lord Byron, del libro de Literatura.» Tal vez se pareciera. También era cojo, como él. Mirentxu le contemplaba a hurtadillas, en el recreo. Le veía trabajar, de lejos, en el huerto, entre los ciruelos y los manzanos, apoyado en su bastón. Su espalda se encorvaba sobre la tierra. Y el cabello, de un rubio ceniza, caía suavemente sobre su frente tostada. Las chicas del colegio remedaban burlonamente su cojera. «Sin fijarse en su perfil, en sus ojos, oscuros, tristes, dulces.» Mirentxu se enamoró del hijo del jardinero, de aquel pobre cojo apenas mayor que ella. Pero él no lo supo nunca. Ni siquiera oyó su voz, ni llegó jamás a conocerla, ni a distinguirla entre las alumnas del colegio, a las que ni se atrevía ni le estaba permitido mirar. Mirentxu levantaba los ojos sobre las tapias del huerto. Hacia el gran cielo por donde huían las golondrinas. «¿Por qué no puede ser?» ¡Si Eskarne lo hubiera sospechado! Este solo pensamiento bastaba para frenar los descabellados sueños de la señorita Mirentxu Antía.

Un domingo, al salir de misa, Aránzazu y Mirentxu obtuvieron permiso para llegar hasta el faro, paseando. Inesperadamente su prima empezó a reír ahogadamente, con malicia. Le señaló con disimulo hacia el faro en ruinas. «Mira, mira el pobre cojo.» Entonces le vio a él, al hijo del jardinero, muy junto a una descarada muchacha de San Telmo. Una muchacha de pies descalzos y de mirada atrevida.

Mirentxu volvió al colegio con el corazón oprimido, y, cuando estuvo sola, lloró silenciosamente.

Por entonces, Eskarne ya hablaba mucho de los pobres niños huérfanos de pescadores y marineros. Durante un tiempo, arrastró a su prima Aránzazu y a su hermana Mirentxu a lo que ella llamaba «nuestras visitas de inspección y caridad». A sus dieciocho años, Eskarne estaba decididamente ensoberbecida de su bondad. «¡Qué muchacha tan abnegada, buena, preocupada por el necesitado!», decían las damas de Kale Nagusia. El rostro de Eskarne era ya, también, decididamente feo. Halló eco en sus padres a todos sus grandes proyectos, y fundó la famosa «Asociación». La gente de Oiquixa la miraba con admiración, un poco de estupor y mucha curiosidad. Ella caminaba rígida y afilada, seria. Su hermana Mirentxu la ayudaba sumisamente. Aránzazu pronto se cansó. Pero a Mirentxu, en

182

todo caso, no le fue permitido. «Sigue a tu hermana.» «Mírate en tu hermana.» «El ejemplo de tu hermana debe estimularte.» Y el tiempo seguía descendiendo, seguía empujándolas.

A pesar de sus vestidos blancos, de su cinta de terciopelo y su sonrisa luminosa, Aránzazu Antía resultó ser una muchacha sin fortuna. Una tarde en que lucía el sol pálido, encerráronse Mirentxu y su prima en la habitación de esta última, y Aránzazu quemó las cartas y la fotografía de Iñaqui. Las llamas de la chimenea consumieron la letra angulosa y engreída. Retorcieron la cartulina, amarilla y abarquillada, de la fotografía. Quemaron el uniforme de guardiamarina, la sonrisa, la cabeza rizada. «¡Oh, sólo era una fotografía sin importancia!», decía Aránzazu. Pero Mirentxu no pudo contener las lágrimas. Aquellas lágrimas brotaban de su propia tristeza, de su propia soledad. Aránzazu, en cambio, la miró con sus ojos secos, y dijo: «No llores. No sé por qué has de llorar».

Aránzazu Antía no tardó mucho tiempo en casarse con Kepa Devar. Kepa era aquel hombre grande, enriquecido en lejanas tierras. Años antes salió de Oiquixa con su exiguo bagaje de marinero al hombro. Era mucho mayor que ella, y sus manos, grandes y velludas, producían escalofríos. La boda se celebró en otoño, en la parroquia de San Pedro Apóstol. Aránzazu, más que una novia, parecía una niña de Primera Comunión. De este modo, Mirentxu perdió a su única amiga.

Mirentxu salió del colegio para encerrarse en la vieja casa de Kale Nagusia, junto a los cristales del mirador que daba a Kale Nagusia. La arribada de un vapor extranjero, la presencia de un forastero, el bautizo de un niño, iban tomando en su vida proporciones de gran acontecimiento. Eskarne y su dura labor exigían la ayuda constante de la señorita Mirentxu. Exigían su vida entera, y Mirentxu obedecía. La hermana mayor imponía plenamente su voluntad, y era ella ya quien gobernaba la casa y a la madre misma. Mirentxu también acabó refugiándose, acomodaticiamente, en aquella dureza, en aquella seguridad. «Soy débil, yo lo sé. No puedo rebelarme. Soy débil. Yo no quiero a Eskarne; tengo por ella una admiración envidiosa, culpable. Yo conozco a mi corazón.» Pasaron los años. El padre murió.

Alguna vez, Mirentxu veía al hijo del jardinero del colegio, que se había casado con una muchacha procedente de un cercano caserío. El viejo jardinero de las monjas murió, y su hijo cuidaba el huerto y el jardín, que rodeaban el convento. El joven matrimonio vivía en una casita medio oculta entre los ciruelos. Tenía un hijo pequeño, que, en las tardes cálidas y apacibles de primavera, jugaba al sol junto a las tapias del huerto. Cuando llegaba el verano, su madre le llevaba a la playa, cogido de la mano. El niño iba golpeando, contra la pared de la calle, un cubito de hoja de lata. Mirentxu los veía pasar. Los seguía con la vista, con medio cuerpo asomado fuera del mirador. Hasta que desaparecían, calle abajo, tras la esquina.

Mirentxu tuvo un pretendiente. Un viejo primo lejano, con los dedos manchados de nicotina y los dientes cariados. Eskarne opinó que «no convenía». Nada más. Siguió la monotonía de los días iguales. De las visitas que comentaban el calor del sol, el precio del chipirón, las pequeñas historias de Kale Nagusia. Murmuraciones, pequeños escándalos, lenguas cerradas y tristes, lenguas desbocadas en una cáscara de nuez. La vida de los demás era atravesada, taladrada, por alfilerillos menudos y constantes. La saliva envenenada y pequeña que condenaba los actos de los demás se mezclaba también con alegría en las frases de buenaventura. «La hija del juez se casa esta primavera.» «¿No saben? El hijo de Pachi, el hijo americano, llegará el lunes.» «Este verano vendrá al Hotel Devar gente de la Corte. ¡Seguro!» En ocasiones, Mirentxu tenía ganas de gritar. Pero sonreía ocultando un bostezo, asintiendo débilmente. Continuaban los paseos por Kale Nagusia, hasta el faro viejo. Continuaban las labores de aguja, la preparación de las confituras, las Juntas de la Asociación. Cuando murió su madre, quedaron solas en la casa, que Eskarne convirtió en una especie de taller-oficina de su Asociación. Allí se reunían las damas de la Junta, allí se discutían todos los problemas referente a los huérfanos de Oiquixa. «¡Qué extraño sentimiento, llamado Caridad!», se decía a veces Mirentxu. El diario de la localidad les dedicaba largas y elogiosas columnas.

A veces, la campana del puerto, la sirena de un barco que partía, herían sin saber por qué algo muy sensible en el corazón de la señorita Mirentxu. Un día, se le ocurrió rizarse el cabello. Eskarne no se lo reprochó. Entonces sintió como si algo muriese definitivamente dentro de ella. Mirentxu se dio cuenta de que, sin saber cómo, sin saber por qué cruel razón, un día cualquiera, una hora extraña, cualquiera, perdió la juventud. A veces, se decía: «Mi tiempo se ha retenido en algún lugar. Mi tiempo quizá regrese». Mirentxu recordó al niño, que, de la mano de su madre, iba a la playa. Aquel niño que pasaba golpeando el muro de piedra con su cubito. Que rozaba el muro, en un chirrido agonizante, perdido calle abajo. Irremisiblemente perdido, como un pequeño grito desolado, hacia el mar.

4

Dos días después de la decisión adoptada por la señorita Eskarne respecto a Ilé Eroriak, el muchacho cruzó casualmente la calle, frente a la casa de las hermanas Antía.

Un repiqueteo en el cristal del mirador le hizo

186

levantar la cabeza. Entonces vio a Eskarne y a Mirentxu, con las cabezas juntas, para poder asomarse a un mismo tiempo, que le hacían señas ininteligibles.

Ilé estuvo un rato contemplándolas curiosamente. Hasta que recordó, de pronto, los golpes que le diera la señorita Eskarne con el paraguas. Entonces les dedicó una mueca grosera, masculló un insulto y les volvió la espalda.

Arriba, en el mirador, Eskarne cerró los ojos.

—¿Has visto? —empezó a decir Mirentxu.

—¡Calla! —ordenó, secamente, su hermana mayor—. Esto es el principio. Y todo principio tiene un fin: mi larga experiencia me lo ha demostrado.

Luego, sin coger los guantes ni el monedero ni el sombrero, la señorita Eskarne salió corriendo detrás del chico. Altiva, seca, la señorita Eskarne bajó la escalera. Salió a la calle, y alcanzó al chico cerca de la plaza. Cuando logró sujetarle por un brazo, le arrastró tras ella, sin explicaciones. En lo alto de la escalera, la señorita Mirentxu los esperaba, con la boca abierta. Cuando Ilé Eroriak subió forcejeando, y llegó hasta ella, la señorita Mirentxu, apretando los dientes ante su fuerte olor a escamas podridas, le acarició la cabeza.

Con ademán diligente, las señoritas revolotearon a su alrededor. Las amplias faldas giraban como grandes molinos de papel. Sacaron un costurero y una cinta métrica. Eskarne sujetó a Ilé con firmeza, y la señorita Mirentxu empezó a tomarle medidas. Luego apuntaba en un cuadernito azul, con su diminuto lápiz dorado, números y palabras.

—Yo no he hecho nada malo —balbuceó Ilé Eroriak, vencido.

—¿Qué estás diciendo? ¿No comprendes que vamos a hacerte un jersey?

—Pero ¡si llega el verano! Y, además, ¡yo tengo ropa nueva! ¡Y zapatos!

—Ahora viene el verano. Pero luego llegará el invierno —la voz de la señorita Eskarne aparecía forzadamente paciente—. Ilé Eroriak, has de saber esto: la Asociación desea ampararte. De ahora en adelante, vivirás en el Hogar de Huérfanos y trabajarás en nobles y reconfortantes tareas. Ilé Eroriak, te elevarás ante tus propios ojos, y te harás digno de vivir.

Ilé se desprendió bruscamente de sus manos, buscó la puerta y bajó casi rodando la escalera. Cuando salió a la calle, su corazón parecía un pájaro torpe, un pájaro que no comprendiese, de pronto, su libertad. Buscó a Marco, y, cuando al fin, lo halló, le dijo:

—¿No sabes? Viejas brujas no dejarán que vaya contigo. Me quieren encerrar allí. —La mano de Ilé Eroriak señaló la masa triste y gris de la colina. Aquel edificio con aspecto de fortaleza que llamaban «Hogar de Huérfanos»—. Marco no van a dejarme subir a San Telmo, no nos dejarán hablar tranquilos. ¡Y cuando tú te marches, cuando tú te vayas en el velero que vendrá a buscarte, me tendrán sujeto, allí dentro! Eso dicen ellas. Y además, quieren... dicen, que van a hacerme un jersey.

Marco estaba distraído. Se volvió hacia él, con mirada ausente.

—Tú eres la esencia de la maravilla, Ilé Eroriak, hermano mío.

Ilé dio una patada a una piedra.

¡Pero quieren encerrarme! Óyeme, Marco: ¡Vámonos! ¿Por qué no nos vamos de Oiquixa, ahora mismo?

—Aún no ha arribado mi velero. Y, además, ¿qué temes? Ilé, mi buen Ilé: tu corazón no puede temer nada. Dentro de ti no cabe el miedo. Tu vida no cambiará jamás. Jamás, entérate bien.

Marco hablaba con los ojos entornados y las manos cruzadas debajo de la nuca.

—¡Ay, Marco, Marco, tú me dejarás encerrar! —Ilé Eroriak parecía desesperado.

Pero súbitamente, Marco se puso en pie. Rodeó con su brazo los hombros del muchacho, y dijo:

—¡No hay tiempo que perder! No podemos perder ni un minuto. Infeliz, ¿en qué piensas? ¡Hay que hablar en seguida, sin pérdida de tiempo, Señor, Señor, a las señoritas Antía!

Y, precipitadamente, se dirigieron a Kale Nagusia.

—No crean que es una criatura vulgar. No está loco. No es un golfillo haragán. ¡Ah, señoritas, nadie ha sabido ver a este ser genial, oculto tras su apariencia sencilla! Un auténtico genio, ¡como lo están oyendo! Señoritas, óiganme y comprendan esto: posee un alma extraña, lejana, única. Y nadie, nadie en Oiquixa le ha prestado atención. Oiquixa, mezquina y pequeña, no comprende las palabras iluminadas de Ilé Eroriak. Oiquixa, mezquina y sórdida, no entiende el lenguaje de Ilé, y le llaman loco. Ha sido preciso, señoritas Antía, buenas y compasivas señoritas, que un forastero, un hombre de lejanas tierras, que conoce el corazón humano, adivinase la grandeza de este ser. Nadie, sino un forastero de otra tierra y otro mar, un hombre cuyos ojos han visto el mundo entero, descubrió lo que esta imaginación crea, lo que esta alma y este corazón saben. ¿No han advertido ustedes, sensibles señoritas, las extrañas profecías que viven en las palabras de Ilé Eroriak? Él, como todos los que fueron grandes, se reviste de una apariencia humilde. Pero algún día, los hombres le seguirán e imitarán sus gestos. Sus palabras se recordarán, se inscribirán en lápidas de mármol. Él es el gran ejemplo, él es la vida pura. Sólo él puede ver a los espíritus del mar y de la tierra, a los corazones que se esconden en el pecho de madera de unos pobres muñequillos. ¡Ah! Esas farsas de Anderea, que a veces les sorprenden, que a veces les descubren sus propias vergüenzas y las inquietan, señoritas mías, esas farsas han brotado de esta mente despreciada. Y un viejo farsante, un viejo aprovechado las ha recogido como suyas. Yo les digo ahora: es preciso cultivar esta inteligencia, es preciso cuidar este corazón. Esta pobre inteligencia descuidada, pisoteada. Sí, no me arrepentiré nunca de decir sin miedo: Sublime. ¡Demasiado sublime, tristemente, dado la clase de seres, la vulgaridad grosera de donde le cupo en suerte nacer!

Marco habló con su mejor voz, y sus ojos aparecían teñidos de una tristeza húmeda. La voz de Marco llegaba hasta las señoritas Antía como una lluvia caliente, sorprendiéndolas, hechizándolas. Ilé, en un rincón, los miraba de reojo.

Marco se sentó, al fin, y secó con un gran pañuelo sus sienes.

—Yo —continuó, con un temblor nuevo en la voz—, he de confesarlo, no me compadecí nunca de él. Lo que me atrajo fue la gran maravilla que encerraba. Por eso, sólo por eso, fue él mi mejor camarada. Pero no era yo su guía como se figuraban los groseros espíritus de Oiquixa. Era él mi luz, él mi camino, él mi ejemplo. Él es la sabiduría, señoritas. ¡Tanto he de aprender de él! Y también mi

191

egoísmo, se entiende, pensando en el día de mañana. Las generaciones futuras, cuando le nombren,
no podrán dejar de señalar: «Hubo un hombre, sólo
un hombre, un aventurero llamado Marco, que le
brindó su amistad, que le ayudó en cuanto pudo».
Ayuda material, se sobreentiende. ¡Es lo único que
puedo ofrecer y es lo único que él necesita! ¡Oh, señoritas, no saben lo que él me ha enseñado, lo que
de él he aprendido! No saben ustedes quién es él.
Y, ahora, señoritas, ¡por el Cielo, por la salvación
de sus almas puras, no cometan el crimen imperdo-
nable de enserrarlo entre los muros de una casa,
donde su espíritu libre languidecería! Donde, sin
remedio, señoritas, ¡se les moriría entre las manos!

Indudablemente, la casa de las señoritas Antía
poseía condiciones acústicas. «Está hoy mi voz como
nunca», pensó Marco.

La cara de Eskarne ardía, y sus delgados labios
aparecían como una finísima línea blanca. Sin embargo, aquel abominable hombre rubio continuó diciendo:

—Sí, señoritas. Los ángeles ocultarían el rostro
entre las alas para no contemplar tamaños despro-
pósitos. Así, como suena.

En cambio, la señorita Mirentxu no pudo reprimir un sollozo. Una lágrima se detuvo, temblando,
en la punta de su nariz. Desde que aquel hombre
entró y subió, como un torbellino, la escalera. Desde que entró en la apacible salita del gran mirador,
un vendaval arrollador se llevó el corazón de la se-

192

ñorita Mirentxu. Como si fuese un pobre muñequillo de papel, uno de esos muñecos de papel que recortan los niños el día de Inocentes. La señorita Miren volvió a su tiempo perdido, extrañamente regresado. De nuevo el encantamiento levantaba a la señorita Mirentxu. Tal vez, unos ojos sutiles, la hubieran visto suspendida sobre el suelo encerado, con sus piececillos calzados con botines marrones. Suspendida en el aire, como las muñecas de Anderea, sujeta de unos hilos. «Es hermoso. Nunca vi un hombre tan hermoso. Ni los ángeles ni los hombres han sido nunca tan hermosos.»

Eskarne se levantó, con la nariz afilada:

—Caballero... Nadie pretende encerrarle. Nadie va a encerrar a nadie. ¡Oh, Señor, qué lamentables equívocos! Solamente deseamos unirnos a su hermosa labor. Nosotras también hemos comprendido.

Los ojos de la señorita Eskarne se clavaron en la cara de Ilé como dos negros y diminutos perros rabiosos.

—Sí, hemos comprendido —añadió—. Esta criatura, bien a la vista está, no posee un alma vulgar. Nosotras queremos únicamente ayudarle. Ayudarle, también, económicamente, en lo que nos sea posible. Deseamos pulir y cultivar esa inteligencia, tan equivocada y torcidamente juzgada. No, no está loco. Caballero Marco, nosotras ayudaremos a surgir, limpio, puro, el genio. Nos uniremos a usted.

Marco se levantó y se inclinó ante ella, ceremoniosamente.

—Seremos tres unidos. Al fin, la perla hundida en el barro, bajo los pies de la vulgaridad, brillará junto a las estrellas. Y todo, todo, no lo olviden, será gracias a nosotros tres. A nosotros tres únicamente. Gran cosa, gran cosa ésta.

Los verdes ojos de Marco hallaron la mirada húmeda, de la señorita Mirentxu. «Quién sabe, tal vez.» Mirentxu se llevó la mano al pecho, extrañamente vacío, donde resonaban voces viejas, palabras que no iban dirigidas a ella, palabras que ahora eran suyas. «Tal vez. Quizá.» Entonces, Marco empezó a reír, de súbito. Eskarne y Mirentxu le miraron en silencio, con los ojos llenos de pensamientos. Distintos y contrarios pensamientos.

Marco se arrellanó en los mullidos almohadones de la salita de las señoritas Antía. Y se dispuso a dejar correr las horas.

—Tenemos mucho que hablar, inteligentes y nobles señoritas.

La tarde fue llegando, la tarde fue huyendo. Ellos charlaron, mucho, muchísimo, toda la tarde. De nuevo las faldas de las señoritas revoloteaban como grandes, absurdos, incongruentes molinos de papel, en torno al caballero Marco. Ilé Eroriak se sentó en un rincón, y, poco a poco, se durmió.

Las señoritas Eskarne y Mirentxu tenían finas mantelerías de hilo bordado, delicadísimas tazas de porcelana y deliciosas mermeladas, bizcochos, cremas y tartinas, elaboradas por sus propias manos. Las señoritas Antía servían un exquisito café, que

194

llenaba la habitación de aroma. Muchas tardes, muchos días enteros, Marco e Ilé Eroriak necesitaron hablar largamente con las señoritas Antía. Mirentxu cocinó las más crujientes tartas, las más substanciosas jaleas. Y del armario, con olor a espliego y a manzanas, salieron minuciosas y primorosas mantelerías. Un día, apareció la primera botella. Fue subida, con gran ceremonia, de la bodega de papá. Desde el cielo, el viejo general contempló con gesto meditativo al caballero Marco, que día a día, acababa sus tan queridas y añejas existencias. Las botellas empolvadas, ancianas, subían una a una hasta la salita de las señoritas Antía. Los cascos vacíos aparecían a la mañana siguiente, destituidos y dejados, en el cubo de la basura.

La señorita Mirentxu creíase transportada a un mundo distinto. A un mundo donde las muchachas subían corriendo la calle, y llevaban en la mano ramitos de madreselvas y de manzano en flor. El tiempo detenido de la señorita Mirentxu tenía un sutil y raro polvo dorado, parecido al rojo resplandor de la tarde. Sus pies parecían volar, sus manos y sus pies, suspendidos en el aire, se movían gracias a unos hilillos invisibles, unos hilillos de plata, de viento. Al acercarle la taza, sus dedos rozaban los dedos de Marco. Al inclinarse para llenar la taza, la señorita Mirentxu percibía el olor a sal de aquella oscura piel. Cerca de ella, brillaban los rubios cabellos de Marco, sus pupilas, de un color indefinido, que eran como el agua del fondo del pozo en el huerto del colegio. Que eran como la hierba, como las grandes y claras noches del verano, cuando ella se quedaba sola, por fin, en su cuartito. La voz de Marco llegaba hasta ella, la envolvía, la alejaba. Sobre todo, la alejaba. «¡Oh, señorita Mirentxu, sois muy hermosa!» Mirentxu sentía flaquear sus rodillas. «¡Ah, señorita Mirentxu, cuánto ha de aprender nuestra sobrina de vuestra dulzura!» Un día, Marco cogió sus manos y las besó. La señorita Mirentxu sintió en las palmas un calor nuevo, un calor distinto. Distinto al fuego y a la nieve, distinto al sol. Era un calor especial, era un calor también regresado. Un calor que tenía el tacto, la humedad, la honda y callada respiración de la tierra entre las manos. «Tal vez, la vida esté aquí.» Marco besó de nuevo sus manos, con los ojos cerrados, escondiendo una sonrisa. El corazón, que era un inocente muñeco de papel, se quedó arrinconado, preso por el viento, en una callecita sin salida. «Apenas tenéis cuarenta años. La mejor edad. ¡Y sois tan hermosa!»

Fue así como, después de días y días, llegó uno en el cual la señorita Mirentxu pudo lanzar miradas triunfantes a su sobrina Zazu Devar. Era un triunfo embriagador, excesivo. Era, en el fondo más escondido y oculto de su alma, un triunfo imposible.

CAPÍTULO XII

1

Tras la ventana se divisaba un cielo gris, con largas nubes oscuras. Aún no llovía, pero el calor pegajoso, la calma espesa, anunciaban la tormenta. Las golondrinas volaban casi a ras de tierra. En la habitación entraba el olor de mar, del puerto. Y una húmeda asfixia que bajaba por las callecitas de San Telmo hasta Kale Nagusia.

Zazu se miró al espejo. Tenía la piel suave, mate. Los hombros y el rostro, morenos por el sol. «Tal vez hubiera sido hermosa.» Una gran tristeza la llenaba. Una gran amargura, un dolor agudo y oculto subía lentamente a su garganta. «Tal vez ya no sea hermosa.» En la casa de enfrente, al otro lado de la calle, vivía Lore. El balcón estaba abierto. Lore tocaba el piano, y las notas torpes, indecisas, llegaban a los oídos de la hija de Kepa. Las notas, retardadas, se clavaban en el corazón de Zazu. «Cuando suena un piano, ocurra lo que ocurra, sólo puedo oír aquellos sonidos desarticulados y absurdos que él arrancaba. Cuando oigo tocar el piano a alguien, es únicamente aquella tarde lo que oigo. Aquella tormenta, la que oigo. Aquel miedo.» Zazu apretó sus manos, una contra otra. «Ojalá cesara esa música estúpida. Ojalá se paralicen esas manos estúpidas.» Zazu huyó del espejo. Contempló pensativamente el retrato de Augusto. «Tiene cara ridícula.» Se acercó de nuevo a la ventana y miró al cielo. «Nadie ha encontrado nunca mi corazón. El corazón es algo extraño, algo lejano, algo que no se puede alcanzar. Nadie ha encontrado jamás mi corazón. Ni yo misma.» Pero el dolor estaba allí, en el corazón, agazapado, traidor. «Mi corazón y yo crecimos extrañamente.» Zazu intentó serenar sus pensamientos. «Deseo verle, no más que a otros. Deseo verle, como he deseado ver a otros. No de otra manera. Esto pasará. Esto no tiene importancia.» Zazu intentó sonreír, pero en sus labios había una amargura nueva y dura. «Mi orgullo. Se trata de mi orgullo. Mirentxu no puede arrebatármelo. Esto es lo único que pasa. No puedo consentirlo. He de darle una lección a esa vieja romántica. Lo recuperaré. No me costará. Lo recuperaré.» La respiración de Zazu dolía dentro del pecho. «Cuando vuelva a tenerlo, me complacerá mucho despreciarle, delante de esa pobre solterona enamorada.» Zazu salió de la habitación. Al bajar la escalera, crujían los peldaños bajo sus sandalias infantiles. Sin saber por qué, instintivamente, Zazu levantaba apenas el borde de su falda. Zazu no sabía por qué hacía eso. Muy a menudo, al bajar la escalera, repetía aquel ademán. Abajo, desde el fondo oscuro del cuadro, los ojos de Aránzazu Antía la miraban. Zazu había contemplado muchas veces el rostro de su madre. Zazu miró la placidez de aquellas manos blancas. «No nos parecemos. Tal vez, si ella viviera, no nos comprenderíamos.» En lo profundo, Zazu prefería que hubiera muerto. «Sólo me ha llegado de ella el anticuado ademán de recogerme la falda al bajar la escalera.» Zazu se acercó al retrato, con mirada pensativa, interrogante. «¿Qué habría pensado de un hombre como Marco?» Zazu se apartó del retrato de su madre. Una tristeza blanda llegó hasta su mirada. «A lo mejor se hubiera enamorado de él.»

Al volverse, Zazu se detuvo. Kepa, en la puerta, la estaba contemplando.

Kepa hubiera querido acercarse a ella, preguntarle cosas. «¿Por qué miras el retrato de tu madre?» Kepa, tal vez, hubiese querido decir muchas cosas. «Yo no sé qué es lo que buscas. Tal vez tu madre hubiera entendido a tu pobre, a tu solitario corazón. A veces, Zazu, tengo miedo. Tengo remordimientos. A veces, pienso que no he sido bueno para ti.»

Inesperadamente Zazu se acercó a él y le abrazó. Sus caricias eran casi siempre intempestivas y le sobresaltaban. Sintió los brazos de su hija, unos brazos duros y nerviosos, que le apretaban el cuello, haciéndole daño. Kepa los apartó de sí, con un pequeño gruñido.

—Haces daño, haces daño. Ni siquiera sabes...

Zazu se sorprendió, pensando: «Si fuese Marco... Si fuese él, le apretaría más, mucho más. Si fuese posible, si supiese que nadie iba a saberlo nunca, yo le apretaría la garganta y lo mataría. Bien cierto es que lo deseo. Bien cierto es que deseo su muerte más que nada en el mundo». Zazu tuvo miedo, de nuevo. «Para que deje de perseguirme. Para no acordarme de él. Para no pensar dónde estará, qué hará, qué dirá. Para no esperar inútilmente su llegada, hora tras hora.» Zazu se estremeció. No era posible todo esto. «Marco, Marco.»

La hija de Kepa levantó bruscamente la cabeza. Sus ojos brillaban, oscuros. Su frente se volvió sombría. «No puede ser verdad. El amor es grande, según dicen. Y mi corazón, muy pequeño.»

Aún era temprano, pero Zazu se encaminó presurosamente a la playa. Sentado en la arena, mirando el mar, Ilé Eroriak mordía una manzana. Zazu corrió hacia él. El cabello le golpeaba la espalda y las sandalias blancas se hundían en la fina arena, levantando cortas nubes doradas. Cuando estuvo al lado del muchacho se detuvo, con la respiración agitada.

Ilé Eroriak llevaba un traje de dril azul, demasiado ancho. Estaba descalzo, pero unas alpargatas nuevas colgaban de su cintura, atadas por las cintas. El chico la miró, con la boca abierta. De pronto, Zazu se arrodilló a su lado. Y su voz, extrañamente, se volvió dulce, casi infantil.

—¡Hola, Ilé Eroriak! ¿Por qué estás solo? ¿Te ha abandonado tu amigo Marco?

—Marco no está aquí.

—¿Dónde está? ¿Acaso se fue para no volver?

—No.

—¿Está en Oiquixa?

—Sí.

—¿Ya no sois amigos?

—Siempre seremos amigos. Yo tengo muchos amigos. Antes no tenía. Pero ahora sí.

—Yo también soy amiga tuya, Ilé Eroriak.

Ilé Eroriak enrojeció.

—No. Tú, no. Pero «ellas» —con gesto expresivo remedó la nariz de Eskarne Antía— antes me pegaban, y ahora, en cambio, me están haciendo un chaleco de punto. Es verde. Y, aunque pronto llegará el calor, también, como dice Marco, cualquier día llegará el frío. Además, me dan de comer. Ellas dicen que me alimentan. Marco también se alimenta. Somos cuatro amigos.

—Sí. Ya sé que eres muy inteligente. Me lo ha dicho Mirentxu Antía. Pero Ilé Eroriak, ¡yo también quisiera ser amiga tuya!

Ilé la miró, despacio. Zazu tenía cara de niña.

Una niña inesperada, con sus labios pálidos, con sus cabellos lacios y abandonados, sobre los hombros. Y sus ojos, ¿qué le recordaban? ¡Ah, sí! Sus ojos eran dos caramelos.

—¿Por qué, dime, por qué no quieres ser amigo mío?

Sobre la suya, Zazu apoyó una mano fría y tersa, que el muchacho contempló largamente. ¡Sucedían ahora cosas tan inesperadas! Tan desquiciadas cosas ocurrían de pronto, que casi no le sorprendía que la hija de Kepa estuviera allí, a su lado, en la arena. Como si realmente fueran amigos. ¿Y qué era lo que decía? ¿No era eso, precisamente, lo que decía? Los ojos de Ilé Eroriak se cubrieron de un velo brillante. Nunca, jamás una muchacha joven, de cabello luminoso y suave, le habló con voz dulce, le acarició la mano. Ilé Eroriak permaneció muy quieto. No se atrevía a moverse. Zazu tenía una mirada difícil de olvidar, aunque en aquel momento, sus ojos parecieran de vidrio turbio. Tal vez, precisamente, por ello mismo. ¡Y qué distinta tonalidad la de uno y otro! La piel, de color de ámbar, de color de arena, de color de avellana y de trigo, emanaba un perfume sutil y penetrante.

—Cuéntame —dijo Zazu—. Dice Mirentxu que tú hablas con el mar. Que solamente Marco comprende lo que tú dices. Porque tú no estás loco.

Ilé Eroriak se tapó la cara con las manos. «Loco. Loco. Sorúa.» Ilé Eroriak respiró agitadamente. «¿Acaso no son ellos locos? ¿Acaso no son todos locos? ¿Marco, Mirentxu, Eskarne, Zazu? ¿Acaso no son locos todos los hombres de Oiquixa?»

—Háblame como le hablas a él, Ilé Eroriak. Tal vez yo también pueda comprenderte.

—Pero ¿qué voy a decir? ¿Qué voy a decir?

—¡Oh, no llores! Eres una criatura sensible. No quiero molestarte.

—¡No te vayas! —y la retuvo, por el borde del vestido.

—No. No pienso irme.

Zazu acarició su cabeza, crespa y negra. Durante mucho rato, Zazu e Ilé Eroriak hablaron. Como si fueran dos buenos amigos, de verdad.

2

Kepa Devar no olvidó aquella comida, aquel tormentoso día de primavera. Por primera vez en su vida, algo parecía acercarle a su hija, algo impalpable los unía. Una rara emoción le ataba la lengua, y miraba a Zazu. La miraba hablar, la miraba accionar. Zazu estaba diciendo cosas, con voz apasionada. Cosas que la arrancaban de su frialdad habitual, de su retraimiento, de su gran distancia. Zazu hablaba fuera de sí, como si hubiera perdido el dominio de sus nervios. ¿Era posible que aquella criatura de rostro agitado y encendida respiración fuese su hija? ¿La hija remota, fría y mordaz que él conocía? Zazu se inclinaba hacia él. Tenía las mejillas encendidas y olvidaba esconder a la espalda sus manos de ladrona. El cabello resbalaba sobre su frente. Una tira brillante, lisa, resbalando sobre su ceja, sobre el pómulo suave y moreno, como una ancha pincelada de oscuros reflejos. Zazu tenía los párpados bajos, pero se adivinaba el fulgor de sus pupilas. Las largas pestañas de Zazu se agitaban, nerviosas. Como alas. Como extrañas alas sombrías. «Es hermosa.» Zazu era hermosa. Con el pecho agitado, dilatadas las aletas de su nariz, los ojos semiocultos. Zazu era hermosa hablando en voz baja, con una oscura voz febril, casi ronca. Zazu era hermosa, era su hija. Llevaba su misma sangre en aquellas venas azuladas que aparecían en su frente.

Kepa no la escuchaba. No podía escucharla. ¿De qué hablaba, por qué temblaba, qué era lo que tanto la conmovía? «Hemos logrado una juventud perfecta.» La tosca mano de Kepa, su mano con tres anillos rutilantes, rozó la inclinada cabeza de su hija y notó en la palma una sedosidad bruñida. «Cuando era pequeña, tenía la cabeza llena de anillas.» ¡Ah, Señor! ¿Por qué razón no había de ser así siempre? Acaso fuera feliz en aquellos momentos.

Pero las manos de Zazu, unas manos insospechadamente rudas, se clavaron en sus muñecas, obligándole a prestar atención a sus palabras.

—¿Es que no me oyes? ¡Tienes que escucharme!

No son tonterías lo que te estoy diciendo. Digo:
Kepa, coge a ese muchacho escuálido que llaman
Ilé Eroriak. Tráelo aquí, a esta misma casa, y dale
amparo. Debes enseñarle a leer, a escribir. Yo, yo
misma, si es preciso, me encargaré de él. Yo misma
le enseñaré las primeras letras. ¡Pero hazlo, hazlo,
Kepa! Es preciso cultivar su inteligencia. Óyeme. Yo
soy tu hija, y sé que algo falta en tu vida. Eso puede proporcionarte la gloria que buscas. Descubrir
un genio, quizás. Un genio que asombrará al mundo. Ilé Eroriak, será grande un día. ¡Y todo, todo se
deberá a ti, que supiste verlo! Oiquixa admirará aún
más a Kepa. El mundo admirará a Kepa. Tú, solamente tú, Kepa, habrás hecho el milagro. Yo te lo
juro.

Zazu se detuvo. Apretó los dientes, porque no
podía detenerse, porque, sin querer, estaba hablando como Marco. Estaba diciendo sus mismas frases
huecas, fatuas. Sus palabras, sin querer, eran la caricatura de las palabras de Marco: «Voy a desde-
cirme. ¿Qué puede importarme ya? Que Mirentxu
sea feliz un corto tiempo, ¿qué me importa a mí?»
Pero algún veneno, o algún diablo, dentro de ella,
la obligaba a proseguir contra su voluntad:

—¡No dejes que otros se adelanten a ti! Corre.
A ti es a quien corresponde la gloria de dar un genio
a Oiquixa. Eskarne, Mirentxu, Marco, ¿no te das
cuenta?, quieren adelantarse a ti. Pero tú no vas a
consentirlo. A ti será, y no a ellos, a quien la gente
señale, diciendo: «Ese hombre fue el que supo com-

prender. Ese hombre fue el único que se dio cuenta del genio que se ocultaba bajo la miserable apariencia de Ilé Eroriak». Sí, todos, al verte se dirán entre sí: «Ese hombre es Kepa Devar, el que, solo, contra una sociedad estrecha y mezquina, supo elevar a un ser despreciado y abandonado. A un ser que todos creían loco».

Kepa la contempló, estupefacto.

—Pero yo... —empezó a decir.

Zazu le interrumpió:

—¡Tú eres Kepa!

Zazu se levantó de la mesa y salió. Parecía que huyera. Que huyera de sus mismas palabras. De nuevo Kepa se quedó solo. De momento, sólo acertó a pensar: «¿Por qué razón ella me llamó siempre Kepa, desde niña, en lugar de padre?» Algo había llegado, impalpable, sutil, que ensombrecía su alma. Pero, poco a poco, las palabras de su hija penetraron en su cerebro, y una luz viva, nueva, pareció iluminarle. Kepa Devar se levantó y avanzó hacia la puerta, despacio, con los pulgares en los bolsillos de su chaleco floreado. Una gruesa cadena de oro cruzaba su pecho, como guardando su corazón. Kepa pensaba, lenta y concienzudamente. Sus labios se movían como si rezase.

Kepa se detuvo en el marco de la puerta. «Un muchacho mísero, un raterillo, un mendigo del puerto, entrará en esta casa.» Despacio, casi sin darse cuenta, Kepa Devar fue recorriendo las habitaciones grandes, vacías de calor. Por las ventanas penetraba la luz blanquecina de un día tormentoso. Los muebles, oscuros y pesados, la humedad del mar, los grandes cuadros, las gruesas cortinas, la escalera, que, sin saber por qué, tenía algo siniestro, todo, estaba en su sitio, inquietante, como muertos convocados a resucitar no se sabía cuándo. El gran retrato de Aránzazu Antía. Los pies de Kepa se detuvieron ante la imagen de su mujer. Entonces acudieron a él otro tiempo y otra casa. Su recuerdo surgía de entre la oscuridad, de la penumbra, extrañamente luminoso. Pesadamente, Kepa se dejó caer sobre el ancho sofá, bajo el retrato de Aránzazu. Kepa Devar, debajo del retrato, parecía aplastado por una vana ilusión. Kepa Devar recordaba una oscura cocina, sucia y miserable, del barrio de San Telmo. «Era otra época. Era otra época», suspiró Kepa.

3

No fue allí, en aquella Kale Nagusia ancha y llana, donde él nació. Kepa vio la luz en la parte alta de Oiquixa, en el San Telmo de las encrucijadas callejuelas, azules bajo la luna. En aquel viejo San Telmo de las cáscaras de naranja, los peldaños mojados, las canciones quejumbrosas y largas. En aquel viejo San Telmo, que parecía colgado sobre la bahía. Allí nació Kepa, en la misma calle donde el ángel de piedra de la iglesia miraba pensativamente hacia las *taskas* de Miguel, de Perico y de Uranga.

Pero, ahora, Kepa no subía nunca al barrio de los pescadores. Lo tenía olvidado, oscurecido bajo alguna sombra de su corazón. Del mismo modo que no acostumbraba a recordar aquella vida que trepaba peldaños arriba, hasta el sendero de la ermita. Kepa se fue de allí, y ya no podía volver. Ahora, Kepa sería un intruso en Kale Mari, como lo era en Kale Nagusia. «¿Dónde habrá un lugar para mí?»

Entre los recuerdos de Kepa no había un lugar preferente para su madre. Su madre fue una mujer ciega. Recorría la cocinilla con paso reumático, apoyada en un bastón que chocaba contra las baldosas del suelo. Kepa recordó el oscuro tugurio en que vivían, mal ventilado por un estrecho ventanuco. A veces, aquel agujero, sobre su jergón, parecía un ojo vigilante. Otras, una boca sedienta. Y, siempre, una vergonzosa herida, abierta hacia el mar. Kepa no conservaba mejores recuerdos de la casa que de la madre. El padre de Kepa era un hombre alto, de larga barba negra. Olía a vino, y siempre acababan echándole de la *taska*. Tenía una barca y solía ir a la mar de madrugada o al anochecer. El ruido de sus pisadas tenía un eco particular para la ciega, que siempre reconocía su llegada. De él y de su madre, apenas tenía otra memoria. Pero había al-

guien que llegaba al recuerdo de Kepa de un modo
vivo, cálido. De quien se acordaba muy bien Kepa
era de su hermana. «Era mayor, bastante mayor
que yo.» Pero nunca supo cuántos años tenía. Kepa
evocó su delgada figura, el exiguo busto de adolescente, su estrecha cintura. Era una época lejana,
una época en que a él le llevaba de la mano, hacia
el muelle. Aún le parecía ver su cabello pálido, de
un rubio desteñido, flotando al viento, sobre el fondo plomizo del cielo. La palma de su mano estaba
áspera y enrojecida, y sus uñas rotas, carcomidas.
Sin embargo, ¡qué suaves y finas eran sus muñecas,
sus redondas mejillas y su cuello, esbelto y grácil! «¡Oh, sí, yo debía de ser mucho menor que ella,
porque cuando ella me llevaba de la mano, me costaba mucho seguirla!» A menudo esperaban, senta-
dos sobre montones de sacos y grandes rollos de
cuerdas, la arribada del padre en la lanchita familiar. Fue su hermana quien enseñó al pequeño Kepa
a desmallar y a zurcir redes. Ella fue. Con su melena
suelta e indómita, como una llama, a impulsos de la
brisa. Se llamaba Patxika. A través de los años, ahora, Kepa descubría, sorprendido, un reflejo de aquel
rostro en el rostro de su hija. Kepa no sabría pre-
cisar, cómo ni de qué forma se parecían Zazu y
Patxika.

Ahora es cuando Kepa se daba cuenta de la influencia que ejerció Patxika en su primera infancia.
Aquella muchacha primitiva, de cintura breve y piernas desnudas. Kepa sonrió, recordando el aire de

misterio que ponía Patxika cuando le llevaba corriendo a aquella casa grande que se alzaba más allá del puente. Sus pies, descalzos, chapoteaban en las grandes charcas oscuras, con ruido parecido a una risa ahogada... Quizás aquella risa que Patxika guardaba en su garganta y no dejaba nunca escapar. Patxika y Kepa curioseaban el interior de la casa, escondidos entre las plantas que crecían bajo la ventana. Patxika subía al pequeño Kepa sobre sus hombros, fuertes y suaves a un tiempo. Con las cabezas juntas, miraban a través de los cristales. Dentro de aquellas habitaciones se encendían lámparas, como grandes estrellas. En la hermosa chimenea ardía una verdadera hoguera. Una dama de cabello blanco, que tenía una bella silueta, leía junto al fuego. Y todo esto, ¡con qué claridad llegaba ahora hasta Kepa! «Qué estupidez. ¿Por qué íbamos allí? ¿Para qué? Pero a Patxika parecía gustarle mucho.» A menudo, su hermana se escapaba de casa. Las escapatorias coincidían con la arribada de los barcos. Entonces, la madre, que a pesar de su ceguera se enteraba de todo, empezaba a gemir, a llorar y a lamentarse de la hija que Dios le había dado. Cuando Patxika volvía a casa, aparecía en el extremo de sus ojos una risa necia, un mal reprimido alborozo. «Eso —pensó Kepa, de pronto—, eso es lo que más asemeja a Zazu y a Patxika.» Kepa sabía que a su hija le atraían los marineros sucios y desgreñados, los pescadores. Saberlo le anonadaba, le desconcertaba. Por eso enmudecía ante Zazu, por eso se anulaba. Por eso quería ignorarlo. «Y la boca de Patxika, en cambio, no reía nunca.» Kepa recordaba los labios encendidos de Patxika, cerrados, duros. Nunca vio el brillo de sus dientes, en una sonrisa. Pero a él, a su hermanito Kepa, le colmaba de caricias, de un tierno cariño inexplicable. Cuidaba con esmero su pobre ropa infantil, remendándola con paciencia, murmurando uno de aquellos largos y tristes lamentos marineros. Patxika no quería al padre, porque era borracho y porque la golpeaba brutalmente cuando se enteraba de sus andanzas por el puerto. «A Patxika le gustaba bajar hasta el muelle.» Y, a veces, también hasta Kale Nagusia. Entonces, aquellos sutiles y casi invisibles trazos de sus sienes, aquellos finos trazos que alargaban el extremo de sus ojos, les daban una rara expresión de admiración bobalicona. Patxika, a la vista de las casas y de las damas de Kale Nagusia, apretaba sus ásperos dedos sobre la manita del pequeño Kepa, que la seguía, pegado a su falda. Kepa era muy pequeño entonces, pero se acordaba bien, se acordaba muy bien de cuando ella le señalaba la casa grande y le decía: «Si yo viviese aquí, Kepa. Si aquí yo... Pues tendría bonito jardín con plantas para regar, y todo lleno de margaritas. Y otras flores, pequeñas y rojas. Y, detrás de la casa, hermoso manzano tendría yo. Pero mi casa, mi casa grande, grande sería, pues. Yo andaría, te digo, con vestido largo, de cola. Arrastrando por el suelo, despacito, volvería la cabeza para ver la cola del vestido. Pero disimulando, ¿sabes? Disimulando, para no notar los demás que yo miraba. Y arreglando el moño con la mano, mirar, como te digo, con el rabillo del ojo, el cuello torciendo poco a poco. Disimulando, pues». En el cerebro de Kepa, nació una idea. Toda la ambición que llenaba su pequeño cuerpo cobró la forma de una casa grande, grande, como soñara Patxika. Solamente ahora comprendió Kepa por qué alzó la casa de Kale Nagusia. Por qué la había rodeado de un jardín. Cuando casó con Aránzazu Antía, Kepa creyó que ella deseaba lo mismo que su hermana y él, de niños. Pero su jardín estaba abandonado, lleno de maleza. Ninguna de las dos mujeres que allí vivieron deseó regar plantas, margaritas u otras flores más pequeñas, de color rojo. «Aránzazu no fue feliz en esta casa. Esta casa es grande y oscura.» Kepa recordaba a Patxika, y un tierno sentimiento le arañó el corazón. Patxika hubiera sido dichosa, arrastrando sobre la alfombra un jirón de tela pasado de moda, plantando un manzano al extremo del jardín. Kepa retuvo un suspiro hondo. ¿Por qué es la vida tan hueca, tan vacía? «Tal vez la vida esté vacía porque ninguna voz baja, entrecortada y profunda como la de Patxika, me ha dicho jamás que esta casa es hermosa.» Nadie dijo a Kepa nunca que él era bueno por haber hecho aquella casa. Aránzazu murió sin el menor elogio para aquellos muros, para aquel jardín que, tal vez, ni siquiera recorrió por entero. Aránzazu siempre sonrió de una manera desvaída, que a Kepa se le antojaba indulgente. Y Zazu, su hija, huía de allí, de la casa, de su lado. Kepa bajó la cabeza con un abatimiento pesado, insoportable. A la memoria de Kepa vino aquel día en que el párroco de San Telmo riñó a Patxika. Era el día de fiesta del barrio de marineros, y Patxika y él subieron al campanario de la iglesia. A Patxika le gustaba contemplar desde allí a Oiquixa, porque, entonces, parecía un juguete. Cuando bajaban la escalerilla, el anciano párroco los detuvo. «Escucha, Patxika», dijo. Entonces la regañó. Primero con severidad, y luego más suavemente. Por su modo de portarse. Subía hasta ellos el eco de la calle, de la fiesta. Patxika escuchaba, con la rubia cabeza doblada sobre el pecho, retorciendo entre sus dedos la punta de su delantal. No enrojecía, no parecía avergonzada por oír de labios del anciano la verdad de sus pecados. Pero estaba atemorizada, y un gran terror se leía en sus pupilas. Cuando el anciano la despidió, quedó muy triste, y al fin, dijo a su hermanito Kepa: «Tengo miedo. Tengo mucho miedo del infierno». Poco después, Patxika dejó de ir en busca de los marineros, de esperar en el muelle la llegada de los barcos grandes. Remendaba las redes junto al fuego, y la ciega dejó de lamentarse. El padre tampoco volvió a golpearla. Pero, entonces, fue cuando le pareció a Kepa que había perdido a su hermana para siempre. Y se quedó solo con sus grandes sueños, con su adolescencia llena de signos, de llamadas. Por entonces, Kepa soñaba con grandes proyectos. Tenía apenas trece años, y solía entrar en las *taskas* para hablar con hombres que venían de otros mares, que conocían lo que había al otro lado de la tierra. Marineros de lengua torpe, que explicaban otros modos de vivir. Hacía tiempo que Patxika había dejado de llevarle de la mano. Ya no le hablaba de sus infantiles ambiciones, ya no le llevaba a la ventana de la casa grande que se alzaba más allá del puente. Incluso ni siquiera debía de acordarse. El padre le llevó consigo a la mar, y le enseñó el oficio. Cuando llegaba la noche, acostado en el banco de la cocina, junto al rescoldo, Kepa se revolvía inquieto, desvelado. Kepa no quería vivir así. No quería vivir allí, bajo aquel techo inclinado, surcado por vigas hinchadas de humedad. No quería asomarse a aquel agujero que miraba sedientamente hacia el mar. Kepa no quería morir en un catre duro y angosto, bajo una manta raída, respirando aquella atmósfera enrarecida. Adormecido en el cansancio de un oleaje constante y rutinario. Kepa deseaba irse de allí, mar adentro, detrás del sol. Kepa quería ir lejos, al mundo desconocido. Quería enriquecerse. «Esta vida no es vida. La vida es otra cosa», decía una voz, dentro de él. La misma voz que ahora repetía: «La vida es otra cosa, que anda huyendo, delante de mí». Kepa era un chico orgulloso. No aceptaba limosnas ni propinas ni regalos. Dejó de tomar parte los días de fiesta en la grotesca estupidez del «saliño-saliño». A Kepa lo único que le interesaba era el dinero, el dinero ganado por él. Kepa soñaba en el riesgo, en la aventura, en la riqueza. Kepa amaba el dinero por el dinero mismo, más aún que por lo que pudiera proporcionarle. Apenas pudo ir a la escuela, pero acudió al mismo párroco que una vez amonestó a su hermana, para que completase en lo posible su rudimentaria educación. Kepa era listo, y el párroco lo instruyó en lo que pudo. Nadie escribía como Kepa en Kale Mari, y los taberneros de Uranga le llamaban para que resolviera las embrolladas cuentas de su *taska*. Kepa leía todos los periódicos y todo recorte impreso que caía en sus manos. Hacía largas sumas, en el suelo, con carbón, al lado de los muchachos que intentaban dibujar un velero. Ya, desde muy niño, cuando otras criaturas aún hacían guiños a las estrellas, Kepa pretendía contarlas, lenta y tozudamente. Y contaba todo: los mástiles, las piedras de la calle, las barras de hierro de las verjas. Kepa quería saber. Siempre se decía: «Yo sabré algún día algo». Pero a Kepa le quedó siempre, aun hoy, aquel deseo metido dentro del pecho. Aquel ansia insatisfecha, por comprender. «Pero no comprendo. Yo no comprendo. Y tengo miedo. Tengo miedo de la soledad. Yo he oído historias de hombres que murieron solos. Yo no comprendo.»

Ahora, bajo el cuadro de Aránzazu Antía, Kepa pensaba en un muchacho que le recordaba sus primeros años. Kepa pensaba en llevar aquel muchacho a su casa. «Le enseñaré una tras otra todas las habitaciones, para que vea qué espaciosas son, y qué

hermosas ventanas tienen. Le mostraré mi casa.»
Del mismo modo que Patxika le mostraba a él, tras
los cristales de sus sueños, la casa de los otros. «Vas
a vivir aquí. Puedes subir y bajar la escalera cuantas veces te plazca, cuantas veces quieras.» Un raro
hálito pareció rodear su corazón. No sabía por qué.
Kepa Devar no era un hombre caritativo. Nunca
lo fue. «Estoy solo.» Aún sonaba en sus oídos la
voz de Zazu, tan cercana y tan distante. De nuevo
le llegó el recuerdo, el recuerdo que le dolía y le
era grato, del tiempo de sus quince años primeros.
La cabeza de Kepa se inclinó otra vez sobre la perla
de su corbata.

El viento agitó los visillos de una ventana. En
aquel momento, la tempestad estalló, y Kepa levantó
la cabeza. Kepa sintióse inesperadamente acercado
a una rara felicidad. «A ese muchacho que llaman Ilé
Eroriak, le hablaré de mis viajes.» Kepa imaginó
la admiración de los ojos de Ilé Eroriak. De nuevo
se le apareció el rostro de Patxika. «¡Qué lástima
que muriera tan joven! ¡Qué lástima que no pudiera
ver esta casa!» Pero Patxika se había enamorado
de un titiritero tuerto al que llamaban Perico Txiki.
Perico llegó al pueblo con sus compañeros, en un
carro pintarrajeado, para exhibir en la plaza alta
sus habilidades de acróbata, que eran su medio de
vida. Perico Txiki juró a Patxika que se quedaría
en Oiquixa para siempre. La muchacha lo arrastró
hasta la iglesia, para que el párroco bendijera su
amor. Se casaron, y aquel día, desde su rincón jun-

to a la lumbre, la ciega sonreía con un estúpido orgullo en las comisuras de su boca. Hubo sidra, vino y aguardiente en abundancia, para contrarrestar la sobriedad de la comida. Un joven marinero recién desembarcado tocó el acordeón. El muchacho cuidaba aquel instrumento, comprado en otras tierras, como a un hijo. En otros tiempos fue novio de Patxika, y la miraba lánguidamente, por lo que la fiesta tuvo sus ribetes sentimentales, y la música del acordeón una quejumbrosa dulzura que dolía y, a la vez, dejaba en los corazones un pocillo agradable. Pero, así con una cosa y otra, Patxika perdió la libertad de sus modales desenfadados. Enfundó sus pies en unos feos zapatones, y desapareció la ligereza de su andar. Trenzó sus cabellos, arrollándolos en torno a su cabeza, y por vez primera sonreía. A Kepa, le sorprendió la hasta entonces ignorada blancura de sus dientes. Desde aquel día, poco a poco, Patxika fue convirtiéndose en una mujer vulgar. Se la hubiera podido confundir con cualquier mujer de Kale Mari. Perico Txiki, se fue un día, nostálgico de su vida errante, y ella lloró y le maldijo. Luego, solía decir: «Si él vuelve, yo no lo recibiré». Pero Perico Txiki, antes de abandonarla definitivamente volvió a ella tres veces más. Y Patxika siempre le recibió. Cuando alguien hacía burla de esto, ella decía: «El párroco suele decir: no se debe dar mal ejemplo, no debe haber riñas entre matrimonios». Aquellos finos trazos del extremo de sus ojos, desaparecieron inevitablemente, a medida que se endurecía en su rostro una fría sonrisa sin alma detrás. Kepa observaba todo esto, y ello le empujaba más y más a huir de Oiquixa. Cada día con más ansia, con más ardor. Cuando llegó el momento, a Patxika envió Kepa su primera tarjeta postal, desde lejanas tierras. En lugar de su respuesta, Kepa recibió la noticia de su muerte. Sintió entonces, más que tristeza, una enorme, indefinible desilusión. Ya nunca, nunca le vería ella convertido en un importante personaje, en un caballero de Kale Nagusia. Cuando Kepa volvió a Oiquixa, cuando llegó a adueñarse de media población, y aun en el mismo día de su boda, le asaltaba, más de una vez, una visión fugaz, pero de nitidez extraña: el gesto de su hermana cuando iba al bazar de «Arresu Hermanos», a pedir una prenda de ropa nueva para su hermanito pequeño. «Para cumplir con la iglesia», explicaba. Porque, todos los años, le llevaba un día a confesar y comulgar, esmeradamente peinado y limpio. «Era el alma del viejo San Telmo», se dijo Kepa, con el corazón encogido. Pero aquello estaba perdido, estaba lejos, y no se podía recuperar. «Yo he oído historias de hombres que mueren solos.»

Kepa se levantó, hundió los pulgares en los bolsillos de su chaleco. Zazu le dijo, antes: «Tú eres Kepa».

Ilé Eroriak explicó:

—La hija de Kepa vino a buscarme, Marco. Yo estaba en la playa, sobre la arena, mordiendo una manzana. Ella se arrodilló a mi lado, y, mira, fíjate en mi cabello: ella misma lo alisó, con sus propias manos.

Eskarne y Mirentxu cruzaron una incrédula mirada. «Aún está el pobre más chiflado de lo que parece», pensó Eskarne.

—Pues no es eso todo. Ella dijo, además: «Ya sé que eres muy inteligente».

Marco se inclinaba con languidez en el diván, dejándose adorar por los deslumbrados ojos de la señorita Mirentxu. Pareció no oír lo que el chico decía. Pero Ilé Eroriak se aproximó y acercó su cabeza a los ojos de su amigo.

—¡Mira mi cabeza! ¡Tócala! Nunca la verás tan bien alisada. Marco, también ella es hermosa y buena. ¡No es verdad aquello que decíamos! No, no son verdad aquellas cosas que hablábamos tú y yo de ella.

Marco estaba quieto. La señorita Mirentxu sintió un raro estremecimiento en el corazón. Algo que se parecía a un pinchazo. «Dios mío, yo no sé por qué, pero algo va a terminar, ahora, en esta tarde, dentro de unos minutos. Yo no sé por qué, pero algo ocurrirá.» La señorita Mirentxu contempló con avidez el rostro del hombre amado. Su cabello, sus ojos, su cuerpo indolente y perezoso. Su cuerpo, glotón y extrañamente hambriento; su cuerpo, que siempre tenía prisa, una prisa desmesurada, arrolladora. La señorita Mirentxu se llevó inconscientemente la mano a la garganta. «Algo va a morir ahora. O algo va a regresar.»

Marco volvió a mirar a Ilé Eroriak. En los azules ojos de Ilé Eroriak había una luz nueva, como de ensueño. «Algo ocurre que encanta a la gente, que la embruja, que la transforma. Algo existe que juega con la gente, que la trae y la lleva sin piedad, sin respeto. La vida. ¡Ah, Dios!, yo sé que la vida existe. Yo sé que la vida debe de andar por algún lado.» Marco se incorporó con un súbito sobresalto. «Algo existe que no tiene piedad de los hombres, de las mujeres ni de los niños. La vida, tal vez, va huyendo delante de nosotros. La vida, tal vez, no la ha alcanzado nadie.» Marco sintió los ojos de Mirentxu, clavados en él. Los ojos de Mirentxu se notaban sobre su piel, como dos grises mariposas, revoloteando trémulas, alrededor de la luz. Marco sintió el roce de dos alas polvorientas, tristes, levemente molestas. Levemente aburridas, levemente conmovedoras. Marco evitó los ojos de la señorita Mirentxu. Como cuando se espanta con la mano el vuelo torpe de las tristes y tontas mariposillas de la luz, en las noches de verano.

—Sí —dijo Marco—. No hay que dudarlo. Ella es... inmejorable. Hace tiempo, por cierto que no nos vemos ella y yo. Y, hay que reconocerlo, demuestra tener un hermoso, un gran corazón.

Marco volvió los ojos hacia las dos señoritas, que le miraban quietas, mudas. Parecían dos estatuillas de cera, extrañamente disminuidas. La señorita Eskarne mantenía en su mano, rígida, la taza que humeaba levemente.

—¡Ah!, sensibles señoritas mías, ¿no saben ustedes, no adivinan ustedes lo que esto significa? ¡Ella quiere demostrarnos que desea unirse a nuestra obra! Naturalmente, necesito... necesitamos decirle que aceptamos su ayuda. Ante todo, hemos de agradecerle su interés, personalmente, porque...

De pronto, Marco se cansó de dar explicaciones superfluas. Eskarne y Mirentxu le contemplaban silenciosamente. Lentamente, el muñequillo de papel fue liberado por el viento. El muñequillo de papel, recortado por los niños, regresaba a su lugar. «Regresa el tiempo. Vuelve el tiempo presente, y el tiempo huido se desvanece, de nuevo. El tiempo huido, el tiempo regresado, como si no hubieran existido.» El final de la frase de Marco se perdió. Ni la señorita Eskarne ni la señorita Mirentxu lo oyeron jamás.

Marco se levantó. Sin dejar de hablar, de sonreír, Marco se fue. Con una sonrisa suave, natural, suya, que excluía toda disculpa. Marco bajó la escalera sin precipitación, con sus pasos felinos, confiados, perezosos. En el rellano, asomadas a la barandilla de madera, las señoritas le despidieron. Parecían dos marionetas de cartón, viejas, pálidas, inservibles. Las pisadas de Marco se perdieron en la acera. El eco de aquellas pisadas ascendió hasta el rellano donde quedaba la señorita Mirentxu. La señorita Mirentxu, como una de esas palidísimas muñecas de porcelana, con los ojos de vidrio, que ella guardaba en alcanfor. No más altas que un vaso de agua. «Todo ha sucedido de un modo rápido y tranquilo. De un modo perfectamente lógico y natural.» La señorita Mirentxu quedó desencantada. La señorita Mirentxu no supo nunca cuántos días, cuántos años duró su encantamiento. «Desde el momento en que yo vi a Marco en una calle estrecha de San Telmo, una noche en que la luna se puso grande y mala. Hasta el momento en que las pisadas de la calle se han perdido.» El eco de las pisadas se quedó pegado al techo, mudo, como un traidor insecto que espera paciente a la noche, a la oscuridad para hacer daño. Con gesto cansado, ni siquiera triste, la señorita Mirentxu volvió al mirador y apoyó la frente en el cristal. «Ella es joven y él también.» El alma de la señorita Mirentxu tenía ahora cuarenta años, cuarenta años ciertos y sólidos. El alma de la señorita Mirentxu se sumergió lentamente en la sombra, con aquel velero que ella vio, hacía años, hundirse en la bahía, a poca distancia de la costa. Sin que nadie, ni los gritos, ni los hombres lo pudieran salvar. Aquel velero que se hundió tontamente, trágica y tontamente, una tarde de verano. Largo tiempo después, cuando bajaba la marea, ella veía aún, surgir de las olas, los mástiles desnudos, como espinas de un pez enorme, medio devorado. «Marco no volverá.» La señorita Mirentxu lo sabía. «Después de marchar así, tranquilo y suave, después de oír como todos los días sus pisadas en la acera de la calle. Él no volverá. Aunque entre aquí mañana. Aunque entre en esta habitación. Aunque se siente en ese diván. Aunque hable con nosotras. Él no volverá.»

5

Marco buscó a la hija de Kepa. Por San Telmo, por Kale Nagusia, por el muelle. Al fin, la divisó en la playa. Una silueta desorientada, difusa, sobre las rocas.

—¡Espera! —le gritó Marco, desde lejos—. ¡Espérame!

Inútilmente, sin embargo, le gritaba que esperara. Zazu huía, huía desesperadamente. Tuvo que perseguirla durante mucho rato, bajo la lluvia. Pero la alcanzó.

CAPÍTULO XIII

1

PRECISAMENTE POR AQUELLOS DÍAS, la señorita Eskarne Antía organizaba la famosa fiesta anual a beneficio del Hogar de Huérfanos. Para ello, los jardines y el enorme y pomposo salón de fiestas del Gran Hotel Devar, eran cuidadosamente adornados y dispuestos. Las señoritas de Kale Nagusia tenían ocasión de lucir complicados trajes de telas suaves y ligeras, llenas de cintas, plieguecillo, tules y bordados. El baile duraba hasta más allá de la madrugada, y todo Kale Nagusia esperaba esta fecha como un gran acontecimiento.

A pesar de la inquietud de la señorita Eskarne,

la noche arribó plácida y hermosa. Todo estaba ya dispuesto, y la vieja señorita se paseaba entre los árboles enguirnaldados, con mirada escrutadora.

Arriba, desde la terracilla de su habitación, Marco la contemplaba ir y venir, seguida por dos sumisos y pacientes criados. Aún era temprano, y la señorita Eskarne daba órdenes, con su áspero acento. Inesperadamente, Marco le gritó:

—Señorita, todo esto me parece poco serio. Nada de guirnaldas, nada de farolillos de papel. No queda bien, señorita.

Eskarne levantó la barbilla, súbitamente afilada:

—¿Cómo dice?

Marco añadió:

—Digo que esto es poco serio.

Eskarne se encogió de hombros con una sonrisa falsa:

—Pero siempre fue así, y nadie pensó...

—¡Oh, naturalmente, ya sé, ya sé! Para la gente de Kale Nagusia está bien. Pero no olvide, mi estimada y admirada señorita Eskarne, que esta noche hemos de proponer a los caballeros y damas acomodados de Kale Nagusia mi idea sobre la Gran Colecta pro Futuro Genio de Oiquixa. Esta noche será decisiva para nuestro predilecto protegido Ilé Eroriak. No olvide, señorita, que su futuro, sus estudios, su Genio, en fin, dependen en mucho de nuestras convincentes palabras, esta oche. Por eso, tal vez, no apruebo esos colorines, esas frívolas guirnaldas. ¡Ay, señorita, mi corazón, como el de usted, es

225

delicado, y me hace el efecto de que estamos atrayendo a un perro con una salchicha!

La señorita Eskarne se mordió los labios. Por otra vez, trató de sepultar el odio que afluía a su corazón. Aquel hombre acabaría quitándole la vida. Pero, antes de que pudiera darse cuenta de lo que aquel ser desconcertante hacía, Marco se deslizó hasta el jardín, descolgándose desde la terracilla. Cuando estuvo a su lado, la señorita Eskarne le contempló, desolada. Marco era alto, e incluso poseía cierta belleza particular. Pero su traje estaba rozado, no muy limpio, y amenazaba romperse de un momento a otro por las rodillas y los codos. La mirada de Eskarne resbaló hasta los pies de aquel hombre, y, con estupor y sobresalto, descubrió que iba calzado con primitiva sencillez: una gruesa suela y anchas tiras de cuero. Como un fraile, como un pescador. Eskarne tuvo un amargo presentimiento:

—Caballero, no sé si se le advirtió que la costumbre de Oiquixa... Quiero decir que, en estas ocasiones, solemos exigir rigurosa etiqueta. ¡Supongo que usted lo habrá adivinado!

—¡Ah, señorita! Eso es algo que suena a mis oídos como música celestial. Yo llevaré este hermoso traje claro, de excelente género, por otra parte.

Tal vez la señorita Eskarne fuera el único ser de Oiquixa que veía los desperfectos de aquel traje claro. Tal vez la única que veía los codos y las rodilleras, y las manchas. Por ello, su sonrisa se agrió.

«Si a él le gusta pasear sus harapos por Oiquixa, si a él le gusta exhibirse de ese modo, bien cierto es que a mí no me importa demasiado. Pero la fiesta anual a beneficio del Hogar de Huérfanos significa demasiado para mí, y estoy harta, cansada, aburrida de genialidades. Y de tantas cosas que... En fin, ¡paciencia! ¡Es necesaria tanta paciencia con él!»

La señorita Eskarne dominó una vez más el tono de su voz:

—¿No tiene otra ropa?

Marco asintió:

—¡Oh, sí, desde luego! Tengo un pijama azul. Pero está ya algo desteñido. ¡Y no hablemos más de esto, por Dios! Otra cosa es la que deseo decirle: puesto que esta noche lanzaremos la hermosa idea de la colecta, justo es que Ilé Eroriak venga conmigo.

La voz de Eskarne no pudo dominarse. Pareció un mordisco:

—¡Oh! Yo... no creo que...

—¡La colecta, señorita, la colecta!

—Pero repito que no lo creo necesario. Tal vez, hasta podría resultar perjudicial. En Oiquixa, caballero, somos muy amantes del protocolo y de la tradición. Una alteración de nuestras costumbres podría caer muy mal, muy mal, muy mal...

—Señorita Eskarne, ¿soy yo el encargado de este asunto, o no? ¿Fueron ustedes quienes me eligieron mentor, tesorero y director de esta cuestión? ¿No fueron ustedes mismas, acaso, quienes me eligieron?

Eskarne tardó algo en responder, con voz abatida:

—Así fue, en efecto.

—Pues déjelo todo en mis manos, y créame, señorita Eskarne. ¡La colecta se llevará a cabo, y recaudaremos una fortunilla! La indispensable para pagar los estudios de Ilé Eroriak.

Marco salió, con su paso lento, desmadejado. Eskarne le vio partir con ojos punzantes.

2

Cuando, a la noche, Marco llegó, la fiesta ya hacía rato que había comenzado, y los jardines del hotel estaban abarrotados de gentes. Marco llegó acompañaño: su brazo rodeaba fraternalmente los hombros de Ilé Eroriak.

Marco decía, a medida que se acercaban:

—Te vas a reír. Te aseguro que vas a reírte a gusto esta noche, Ilé. Verás como te diviertes: apuesto el alma a que nunca viste tanta sandez reunida a un tiempo. ¡Todo Kale Nagusia, nada menos, reluciendo, apretujándose y bebiendo en forzada armonía!

Su llegada causó una gran expectación. Ilé Eroriak había volcado sobre sus negros cabellos medio frasco de brillantina, comprado poco antes, en el bazar de «Arresu Hermanos». Estrenaba unos zapatos que crujían, y apenas se atrevía a poner los pies en el suelo. Nadie, aquella noche, ni el mismo Kepa, tuvo una acogida más calurosa y admirativa. Todo el mundo deseaba ser presentado a Marco, todo el mundo deseaba cambiar unas palabras con aquel interesante personaje, generoso, excéntrico, y, según decían, inmensamente rico. «Su padre posee inmensas plantaciones.» «¿Plantaciones de qué?» «¡Ah!, no puedo decirlo con exactitud, pero, bien sabido es que cualquier plantación es buena.» «Es el hijo del gobernador de una lejana isla tropical.» «Un país de ensueño, según dicen, donde el oro corre como el agua.» «¡Ah, Dios!, dicen que en su país posee su familia más de un centenar de esclavos negros. Negros puros, como el mismísimo betún.» Pasado el primer instante, la señorita Eskarne empezó a respirar con alivio. Poco después, la señorita Eskarne estaba casi contenta de aquel traje claro, que, era preciso reconocerlo, daba a la fiesta una nota tropical muy acertada. Tampoco era desacertada la compañía de Ilé Eroriak, rígido y callado, dentro de su traje nuevo. Las damas de Kale Nagusia escondían una lágrima tras sus abanicos, al contemplarlo, y los graves vecinos de Kale Nagusia esbozaban una sonrisa de bondad comprensiva. Sí, decididamente, aquel hombre abominable sabía hacer bien las cosas. La señorita Eskarne se juró que, en lo sucesivo, le tomaría muchas veces como ejemplo. Ni por un momento dudó, la señorita Eskarne, que, gracias a la sola presencia de Marco, la fiesta de aquel año resultaba mucho más concurrida y animada que en años anteriores. Sí, era patente que Oiquixa admiraba a Marco, que Oiquixa se disputaba el honor de su amistad. En realidad, Oiquixa se aferraba desesperadamente a todo aquello que rompiese la monotonía de sus días grises, brumosos, llenos de partículas de hollín.

La orquesta la componían hombres de Oiquixa, durante todo el año se dedicaban a las más variadas tareas. Tan señalada noche, eran uniformados de azul y oro, y, bajo la batuta de Iñigo, el de Astilleros, irrumpían en la sala los valses más briosos, las polcas y las habaneras. Las muchachas de Kale Nagusia esperaban durante todo el año aquella noche, y, largo tiempo antes, sus viajes a la capital de la provincia eran presagio de hermosas telas, modistas y modelos especialísimos. Escotes ingenuos, hombros tiernos y blancos, pequeños hombros muertos de frío, inexpertos hombros estrechos, ignorantes, tibios, descubiertos de pronto sin saber por qué razón. Las muchachitas de Kale Nagusia buscaban afanosamente una sonrisa bajo las grandes arañas de cristal, con sus apretadas cinturas y sus falsas flores de terciopelo. Las mesas, en el gran comedor, aparecían blancas, almidonadas. Las altas copas de cristal producían un sonido lejano, constante. Siempre estaban rezando una extraña canción impalpable, levísima. Sobre aquellos manteles blancos, aún húmedos y calientes, las flores se abrían como ojos. Unos ojos azules y amarillos, estupefactos, como los ojos de los niños que tienen sueño. Las flores fueron despertadas a destiempo, bruscamente, y miraban a los varones de altos cuellos, de envarados e inconfundibles cuellos. Los rígidos y honestos caballeros de Kale Nagusia. Los varones de la severidad y el orden, de la comodidad y el trabajo. Bajo sus implacables corsés, los grandes corazones secos de las damas de Kale Nagusia golpeaban pacientemente, sensatamente. Aquella noche, muchas de las hijas de Kale Nagusia se prometían. Dirigidas por aquellos consejos, por los buenos consejos abrigados bajo el corsé de mamá.

La mesa de Kepa —llamada presidencial— era la mesa más codiciada. Sentarse a ella significaba un honor realmente disputado. Las sensatas damas de la Junta y sus maridos lograban aquel honor, junto a las señoritas Antía. Los maridos de las damas de la Junta tenían ojos lejanos, unos especiales ojos duros y chiquitines, huidizos como palomas, parpadeantes, temerosos del sueño. En Oiquixa los llamaban «los maridos de la Junta», y sus fortunas eran las más sólidas y antiguas del lugar.

Marco y su pequeño protegido fueron admitidos y reclamados inmediatamente en la mesa de Kepa. Todos los ojos estaban fijos en la rubia cabeza «del tercer hijo del Gobernador». Marco, con gesto desmayado, aceptaba aquel incienso. Sin embargo, sus ojos estaban inquietos. En sus ojos había tristeza, zozobra y una luz ávida, muy bien conocida por la señorita Mirentxu. La señorita Mirentxu trató inútilmente de atraer aquella luz hacia sus propios ojos. Varias veces, la mirada de él tropezó distraídamente con la suya. Pero sus ojos resbalaron fríamente sobre el vestido gris paloma, sobre sus rizos tardíos. La señorita Mirentxu, con mano temblorosa, arregló los pliegues de su falda, y aquel broche de oro y esmeraldas, tan admirado por Marco, que descansaba sobre su pecho.

Al lado de la señorita Mirentxu, Ilé Eroriak permanecía encogido, con la cabeza baja. A pesar del fuerte perfume de la brillantina, cierto tufillo a escamas se desprendía de él. La mano indecisa, temblorosa, la mano desamparada de la señorita Mirentxu se acercó a aquella cabeza grasienta. Y, torpemente, empezó a acariciarla. Ilé Eroriak miró a la vieja señorita Mirentxu y escuchó impasible las frases amables que le prodigaba. Pero todo era inútil para la señorita Mirentxu. Marco ni siquiera se daba cuenta. «No importa, no importa. Tarde o temprano, él levantará la cabeza y verá como yo consuelo a este animalito asustado. Y me sonreirá.» Pero su corazón se hundió definitivamente en la sombra cuando descubrió la mirada de Marco fija en una muchacha vestida de blanco. Era Zazu.

El baile había comenzado. Las parejas danzaban rápidamente, y el borde de las faldas se abría, se ensanchaba. Parecía que, de pronto, fueran a subir hasta el techo, como grandes globos azules, violeta,

232

rosa pálido. Kepa, con el rostro purpúreo, trataba de no emborracharse.

Cuando Zazu se acercó a ellos, los ojos de Marco la contemplaron con una expresión dura, desapacible. Zazu al verlo, escondió una sonrisa. Había en ella una rara burla, que acentuaba el extremo de sus ojos, hacia las sienes. Zazu parecía una muchacha realmente hermosa, con su vestido ceñido al cuerpo, con su cabello lacio, suave, lleno de reflejos. Su piel oscura, su cabello liso, horrorizaban a las señoras de Kale Nagusia, a las muchachas de las tardes largas, sin amor, llenas de frío, de deseos, de miedo. Los pequeños ojos de «los maridos de la Junta» parecieron, de pronto, afilarse. «Esa piel expuesta al sol y al viento, esa piel curtida, como la de cualquier golfilla del puerto.» «Esa melena lacia, ese cabello sin gracia, lleno de descuido. ¿Qué pueden ver en ella, en sus ojos de distinto color? Pero los hombres son necios, los hombres son torpes y limitados. Los hombres están más allá de la lógica, de la cordura, de la razón.» Zazu se sentó junto a su padre, con aire inocente. Parecía una niña. Cogió entre las suyas la ruda mano de su Kepa, y dijo con voz firme y clara:

—Kepa y yo llevaremos a vivir a Ilé Eroriak a nuestra casa.

Luego se quedó quieta, con los ojos bajos, como abrumada por una gran emoción.

—¿Qué dices? —se sobresaltó Mirentxu—. ¡Eso

no es posible! Ilé Eroriak está bajo nuestra protección. Nosotras...

Kepa la interrumpió con un gesto. La voz ruda de Kepa Devar se dejó oír. Rara vez hablaba. Rara vez interrumpía a las señoritas Antía. Pero, de pronto, la voz de Kepa fue empujada por algún diablo. Y sonó brusca, violenta, sin aquel rebozo de afectación que siempre daba a sus palabras:

—No se hable más de esto. Yo me encargo de ese truhán y me lo llevo a casa. ¿Está bien claro?

—«Los maridos de la Junta» parpadearon. El más bajito de ellos, aquel sobre cuyo plastrón brillaba un alfiler de zafiros, aquel cuya calvita tostada hablaba también de lejanas tierras, sonrió agriamente y dijo:

—Kepa, no puedes privarnos de él. Kepa, no nos vas a ofender tan gravemente como para impedirnos ayudarle, también, aún con nuestra humildad —¡es tan poco lo material, comparado al espíritu—, a esta futura gloria de nuestra localidad. No, Kepa, tú eres incapaz de tanto egoísmo.

Kepa le miró de reojo, y dio un sorbo a su copa, ya mediada. El viejo aventurero luchaba contra los modales almibarados y malignos de Kale Nagusia:

—Mi buen amigo, yo no pretendo tal cosa. Pero el chico viene a casa, eso como me llamo Kepa. Por lo demás, podéis ayudarle como os plazca.

Eskarne se le enfrentaba, pálida de ira, con la nariz dispuesta al ataque:

234

—Querido primo, olvidas tal vez que la Asociación...

Pero la voz de Marco cortó aquel principio de tormenta:

—Pero, señores, delicadísimos y sensibles señores míos, ¿y la colecta? ¿Están ustedes olvidando la colecta? ¡Orden, orden, hay sitio para todos! ¡Hay sitio para todos! Organicémonos, señores, y serenidad. En fin, ya que tuvieron nuestra querida Presidenta —señaló a Eskarne, con una inclinación— y las distinguidas Damas de la Junta la debilidad de nombrarme tesorero de tan magna obra, ¿quieren ponerse de acuerdo conmigo, para la organización más conveniente a sus pingües donativos?... Todos, absolutamente todos, señores, podrán tomar parte en esta magnífica labor. ¡Ejemplar labor, que maravillará al mundo entero! Porque, óiganme bien, señores de Oiquixa, dignos hombres de esta noble tierra...

La voz de Marco crecía, en espiral, cada vez más ancha, cada vez más luminosa. ¡Oh, la gran colecta!

Ilé Eroriak levantó la cabeza. Vagamente comprendía que se discutía sobre él. Allí había demasiada luz. Aquella música era un ruido que no podía decir si le gustaba o no. Pero le aturdía, enloquecedora. ¿Por qué estaba Kepa amoratado? Una frase vino a paralizar su corazón. Kepa decía: «Este muchacho vivirá en mi casa, y yo le proporcionaré todo cuanto necesite». Ilé perdió por un instante la noción de las cosas. Había, sobre él, en el techo, una gran lámpara, cuajada de luces, como mariposas de fuego. Aquellas luces flameaban, crecían, hasta casi convertirse en una hoguera. Ilé Eroriak sólo tenía ojos para contemplar a Kepa el Grande; Kepa el Héroe, Kepa el Poderoso. «Este muchacho vivirá en mi casa», había dicho. Aquel muchacho, no cabía duda, era él, él mismo, Ilé Eroriak. Marco dijo una vez que él sería tan grande como Kepa. Sí, lo dijo, estaba seguro. ¡Oh, Señor! ¿Por qué todos eran, de pronto, sus amigos? ¿Por qué razón todos se disputaban su presencia? «Soy muy inteligente», pensó. «Todos dicen que soy muy inteligente.» En algún lugar del alma de Ilé, empezó a crecer una luz. Una luz punzante y hermosa, que tal vez era la felicidad. Nunca, nunca había conocido Ilé una felicidad como aquélla. Era superior a todo. Alguien había llenado su copa, y él no se atrevió a beber. Pero ahora era diferente. No le gustaba aquel líquido dorado y lleno de burbujas, pero bebió. Bebió, como él estaba acostumbrado a hacerlo. Una y otra vez vació su copa, sin respirar. Una y muchas veces, hasta perder la cuenta. Aquella sensación luminosa, aquella luz acerada, que casi hacía daño, no se apagaba. Aquella alegría extraña que le permitía mirar a los ojos de los demás, con la cabeza levantada, no podía acabar. ¡Ah, sí, de eso estaba seguro! «¡Pobres muñecos del estante! ¡Pobre faro viejo! ¡Pobres gaviotas! ¡Qué lejos estáis y qué pequeños sois!»

3

Ilé Eroriak no supo nunca cuánto duró aquello. Pero, repentinamente, todo acabó. Kepa, con la cabeza abatida, estaba ya borracho y silencioso. En la mesa sólo quedaba Kepa, las señoritas Antía y un señor de larga barba que hablaba con la señorita Eskarne, Mirentxu se había apartado de él.

Una oscuridad densa se adueñó del corazón de Ilé. Le dolía mucho la cabeza y sentía un ahogo indecible. La chaqueta nueva le daba calor. Trató de quitarse los zapatos frotando los pies uno contra otro. ¿Y Marco? No estaba. Ni Zazu. Ilé sintió entonces un dolor nuevo, desconocido. Era un dolor casi físico, en el estómago o en el pecho, no podía precisarlo. Agachó la cabeza y la ocultó entre los brazos cruzados, sobre la mesa. Ilé Eroriak tuvo la sensación de que caía de algún lugar alto. Ilé Eroriak estaba solo, entre gente extraña. ¿Cómo pudo pensar alguna vez que eran sus amigos? Nunca lo fueron ni lo serían jamás.

En el pecho de Ilé Eroriak se abrió un vacío grande que, tal vez, no podría llenarse nunca. Notó cómo por entre sus dedos corrían lágrimas calientes. Ilé Eroriak no podía soportar que le vieran llorar.

Bruscamente, se levantó y echó a correr, buscando la salida.

El aire puro de la madrugada le acarició. Saltó la verja, como si la puerta no existiera para él. Desde fuera, apoyó la frente en los barrotes de hierro. Una intensa melancolía le llenaba. Sin saber por qué, se encaminó a la playa.

El mar estaba tranquilo. Ilé Eroriak se quitó la chaqueta y los zapatos. Se echó en la arena y cerró los ojos. Nada esperaba. Nada tenía. «Si fuera posible quedarse siempre así...» Con la cabeza sobre la arena, oyendo el ruido del mar. Pero eso, bien lo sabía él, no era posible. Y pensó: «Ojalá no amanezca nunca. Ojalá no vuelva a brillar el sol».

Sin embargo, volvió al Hotel. No quiso entrar. Prefirió hacer lo que hizo siempre. Contempló, apoyado en la verja, el jardín iluminado. Ya no quedaba nadie, todo el mundo volvía a sus casas. Entonces, entre las sombras perdidas del jardín, entre los árboles del extremo, descubrió o creyó descubrir, los cuerpos de Marco y Zazu. Ilé Eroriak huyó de allí, con un frío extraño, un frío inexplicable, dentro del pecho.

Aquella noche, durmió en la escalinata de la iglesia, bajo las estrellas rojizas, quietas. Estaba solo y no tenía ningún amigo.

CAPÍTULO XIV

1

CUANDO A LA MAÑANA SIGUIENTE, Ilé Eroriak despertó, la campana de San Telmo repicaba alegremente.
Ilé se sentó en las gradas, con el cuerpo dolorido
y los ojos turbios. «¿Por qué suena alegre la campana, si estoy yo triste?» Ilé se llevó la mano a la
frente. Seguía doliéndole la cabeza.

Pero no era únicamente la campana. También las
gentes de San Telmo parecían contentas y vestían
los trajes de fiesta. De pronto, Ilé recordó: «Hoy
es la fiesta del barrio de San Telmo».

Por la callecita subía el hijo de Joxé, con zapatos nuevos.

—¡Quita de ahí, sorúa! —le gritó—. Apártate, ¿no ves que vamos a entrar en la iglesia?

Ilé Eroriak se apartó a un lado. Los pescadores, sus mujeres y sus hijos, muy acicalados, iban a misa. Hasta él llegó un insistente crujir de zapatos nuevos. Ilé recordó los suyos, y mirando sus pies descalzos, sonrió.

Cuando pasó por su lado, el hijo de Joxé, le dijo:

—Esta noche hay función en el teatro de Anderea, ¡pero ya se arreglará como pueda, sin mí! No pienso ir a ayudarle.

Siempre decía lo mismo, y luego iba.

Cuando todos entraron y la iglesia estuvo ya abarrotada de gente, Ilé Eroriak pensó que también él podía entrar. La misa había comenzado, y, como aquella vez en Axa, ni siquiera empinándose sobre la punta de los pies llegaba a divisar el altar. Olía a incienso. Del coro bajaban voces muy hermosas y, sobre todo, aquella música del órgano, que era como cien velas desplegadas, hinchadas por el viento. Ilé Eroriak cerraba los ojos, oyéndola. ¡Qué bien se estaba allí! Cuando la gente salió de la iglesia, salió él también. Empezaba a sentirse más tranquilo, no sabía por qué. Siguió la procesión hasta la ermita de San Telmo. Ilé Eroriak casi olvidó la noche anterior, la fiesta del Hotel, y aquel dolor nuevo que había llegado, desde no sabía dónde, hasta su corazón.

2

Durante todo el día la alegría se desbordó en el barrio marinero. Una persona amable regaló un pellejo de vino, y los pescadores, sus mujeres y sus hijos bebían a más y mejor. Bebían hasta caer al suelo. En San Telmo se bebía y se bailaba sin que las fuerzas parecieran agotarse. Beber, tal vez, era la mayor alegría de sus vidas. El párroco aseguraba severamente que los días de fiesta eran días de pecados.

Después de tantos años, Kepa subió de nuevo al barrio pescador. Cada piedra, cada destello azulado, fugaz, de aquellas callecitas, cada canción, era un recuerdo vivo y punzante en su memoria. Parecía que los años no hubieran transcurrido. Parecía que aún, allí mismo, en la cercana *taska*, oiría de un momento a otro la voz del padre, enzarzado en una riña estúpida y machacona de borracho. Por un instante, Kepa creyó que, de un momento a otro, iba a ver cómo arrojaban a su padre a la calle desde la taberna. Kepa creyó oír una voz infantil, tal vez su propia voz de hacía años que gritaba. Una voz de niño quejoso, humillado. En la garganta de Kepa algo se anudó, amargo, triste y muy lejano.

Kepa levantó la cabeza, hundió los pulgares en los bolsillos del chaleco y ahuyentó los fantasmas de la niñez. Kepa buscaba a alguien. Buscaba entre los muchachos que bebían, alrededor de la iglesia, en la proximidad del figón de Aizpurúa, en Kale Mari.

Al fin, lo encontró. Las gentes, en corro, reían bobamente contemplando la danza del «saliño-saliño». Ocho muchachos, armados de gruesos barrotes, bailaban al son del *txistu*. Y, todos a la vez, pegaban sobre un pellejo de aire que, en el centro del grupo, sostenía Ilé Eroriak. Aquel espectáculo regocijaba a los espectadores, especialmente cuando los palos caían sobre los hombros o la espalda del chico. Kepa recordó el día en que renunció a tomar parte en aquellas primitivas y pueriles diversiones. Con gesto brusco, mandó callar al *txistu*, interrumpió la danza y, abriéndose paso entre los mirones, cogió por un brazo a Ilé, que se resistía asustado. Lo arrastró tras él, y, cuando se hallaron lejos de aquellas gentes, le increpó:

—¿Qué hacías ahí como un monigote? ¿Por qué te gusta siempre ser el hazmerreír de la gente? A tu edad... cuando yo tenía tu edad, nadie, nadie, se hubiera atrevido a reír a costa mía.

Ilé no respondió. Nuevamente se dejó conducir por Kepa, huraño y cabizbajo. Kepa dijo:

—¿Por qué huiste anoche?

Ilé no dijo nada.

242

—Te he buscado por todas partes —añadió Kepa, más suavemente—. Ven conmigo, muchacho.

Cuando llegaron al límite del barrio de San Telmo, Kepa señaló con el dedo allá abajo, hacia Kale Nagusia.

—Ilé Eroriak, tú vivirás en aquella hermosa casa, tan grande. Supongo que te alegra saberlo. ¿Te gusta?

Ilé levantó hacia él los ojos.

—¿La casa? —preguntó tímidamente.

—Claro está —asintió Kepa—. La casa y todo lo demás. Vivir allí. Aprender. Estudiar... ¿Estás contento?

Ilé no dijo ni que sí ni que no. Casi no sabía lo que le preguntaba.

Poco después entraron en Kale Nagusia. Luego llegaron a la casa de Kepa. De vez en cuando, Ilé Eroriak volvía la cabeza hacia atrás.

Kepa le condujo hasta un amplio salón, cuyas ventanas daban al jardín. Se sentó y miró a aquel muchacho con atención. Empezaba a sentirse satisfecho.

—Estás sucio —le dijo—. Debes aprender a ir limpio. Y a peinarte. Ilé, también te buscamos un nombre. ¿No recuerdas cómo te bautizaron?

Ilé negó con la cabeza. Ni siquiera recordaba a su madre. Ni siquiera a aquel titiritero que, cuando era niño, le obligaba a pedir limosna para él. El titiritero murió, y sólo tenía presentes sus pies desnudos, cuando lo llevaron al cementerio.

—Dime, ¿qué recuerdas?

Ilé Eroriak se tapó los oídos, apretando las palmas contra la cabeza. Pero en seguida empezó a reírse.

—Me acuerdo —dijo, con más seguridad en la voz—, me acuerdo de una vez. Una vez, que me caí de una pared. ¡Piaf! Me quedé en el suelo, como un sapo.

Aquello también pareció hacer gracia a Kepa. Era una tontería, ciertamente. «Es una tontería, pero si Zazu me hubiera dicho algo así, alguna vez, me habría reído.» Al fin y al cabo, muchos niños se caen de las paredes de un huerto. Ilé Eroriak le miró, sonriente.

—Dime, dime, chico...

Ilé Eroriak empezó a moverse. Señalaba los muebles, los cuadros. Preguntaba cosas. De improviso, el muchacho se acercó a Kepa y su pregunta conmovió profundamente al hombre:

—Esta casa, este jardín, señor, ¿acaso no tiene un manzano?

Kepa le miró fijamente.

—¿Un manzano, dices? Ven aquí, muchacho. Acércate a esta ventana, para que puedas ver ese lado del jardín. ¿Ves? Allí, junto a la tapia. Allí puedes plantar uno, si tú quieres. Si te gusta. Con tus propias manos. Claro, tardará un poco en crecer. Pero, ya verás, se convertirá en un árbol grande y hermoso, que se llenará de flores, por este tiempo.

—¿Como los de Gorostidi?

244

—Sí, eso es. O tal vez más bonito. Mucho más bonito. Naturalmente, Ilé, cualquier cosa que hagamos nosotros, siempre será mejor. ¿No crees?

Pero el chico le miraba sin responder. De nuevo tímido y confuso.

En aquel momento, crujieron débilmente los peldaños de la escalera, bajo los pies de Zazu. La hija de Kepa se detuvo, con la mano sobre la barandilla. A pesar del tono yodado de su piel, parecía raramente pálida.

Kepa avanzó hacia ella, con una sonrisa.

—Aquí está el muchacho, por fin. Yo lo he traído a casa, y te juro que nada ni nadie lo arrancará de aquí. ¿Estás contenta?

Pero Zazu seguía inmóvil, sin que pareciera enterarse de nada. Sus ojos miraban por encima de la cabeza de Kepa, a algún lugar lejano.

—¿Oyes, Zazu? Digo que he encontrado al chico. Estaba en el centro del «saliño-saliño». Pero eso se ha acabado, porque tú y yo vamos a cuidarnos de él.

Zazu le miró, con ojos ausentes:

—¡Está bien, está bien! —dijo, con impaciencia.

Kepa frunció el ceño.

—¡Pues, hija, no pareces muy satisfecha! ¿Qué te pasa?

Zazu se encogió de hombros:

—¿Qué cuentos me estás contando? ¡Tú sabrás lo que has de hacer con tu chico, Kepa! Tú eres su protector.

Zazu terminó de bajar, con gesto displicente.

—Pero óyeme —Kepa le salió al paso—. Óyeme, Zazu...

—¡Tú, Kepa, eres el alma piadosa! Yo no.

—¡Ah, no, esto no! Escúchame, Zazu. Tú fuiste quien pensó en... —Zazu intentó marcharse y Kepa se encolerizó—: ¡Tú quisiste traerle aquí! ¡Tú fuiste! Y es más, decías: «Yo misma, si es preciso, le enseñaré desde las primeras letras».

—No me hagas reír, Kepa. ¡Qué ocurrencia! Yo no dije eso.

—¡Sí lo dijiste! ¡No te atrevas a mentir!

Pero fue en vano cuanto dijo. Ella se sumió en un mutismo despectivo, que desesperaba a Kepa. De buena gana la hubiera azotado, pero no se atrevía.

Zazu fue lentamente hacia el hogar, apagado, frío. Como un ojo vacío y tristísimo. El mármol rosa de la chimenea brillaba pálidamente, y aquel reloj sostenido por dos angelitos dorados dejó oír unas diminutas campanadas, de largo eco.

Súbitamente, Kepa experimentó una gran decepción. Salió de allí, con paso rápido. En realidad, Kepa huía. Huía de su casa, de su hija, del muchacho. De aquel muchacho, que, en un rincón, le miraba anonadado y confuso. «Todo es siempre igual. El vacío, la tristeza, la inútil soledad. Yo sé de hombres que no encontraban la orilla, que se ahogaban sin remedio y no alcanzaban la orilla. Siempre igual. ¿No acabará nunca?»

Ilé Eroriak miró a Zazu. Había una expresión en los ojos de la hija de Kepa que amedrentó visiblemente al chico. «La hechicera. Es la mala bruja, la hechicera de Anderea.» El muchacho intentó deslizarse tras los pasos de Kepa, pero le detuvo la voz de ella.

—¡Ah! ¿Quieres irte, Ilé Eroriak? Puedes hacerlo. Vuelve allí, con tus amigos. Para nada necesitamos tu amistad. ¿Oyes? Tu camarada, tu verdadero camarada es ese muñeco de la cabeza de paja. Vete con él y no vuelvas. No volváis más. Vete donde él quiera llevarte.

Su voz tenía un timbre forzado de Colombina. Se volvió al chico, y sus ojos parecían llenos de fuego. Un rojo resplandor se encendía dentro de aquellas pupilas que, cierto día, le parecieron a Ilé dos trozos de caramelo.

—Ya sé, Ilé, ya estoy enterada de que un día arribará un velero y os llevará a los dos de aquí. ¿Por qué esperar tanto? ¡Ah, Ilé, si te dijera yo qué repulsivo me resulta ese pobre muñeco! Todos en Oiquixa se admiran de que él sea amigo tuyo. Pero yo no. Yo te admiro a ti, por ser amigo de él. ¡Vuelve a su lado, dile que estoy cansada de su voz, de sus ojos de gato, de sus tontas palabras! El juego ha terminado. Estoy aburrida. No olvides decírselo, Ilé Eroriak; su presencia, su sola presencia me hastía. Estoy cansada, Ilé Eroriak, estoy muy cansada.

El chico intentó huir, pero la voz de Zazu le detuvo, en seco, como un latigazo.

—¡No te marches! No vale la pena. No quiero que vayas con el cuento de que te hemos despachado.

Al fin y al cabo, tú eres un buen chico, Ilé Eroriak.

Ilé Eroriak, clavado en el suelo, asintió. Asintió dos veces, con la cabeza, porque estaba muy asustado. «Soy un buen chico. Yo sé que es cierto, que soy un buen chico.»

Zazu ordenó que le prepararan una habitación en lo más alto de la casa. Pero cuando el muchacho desapareció, escalera arriba, se mordió los labios con rabia. Y pensó que había sido demasiado débil.

3

Frente a la chimenea apagada, Zazu permaneció quieta. Hasta ella llegaron los lejanos redobles de la campana de San Telmo. Las gentes solían decir que parecía gritar: «¡Alcohol!» Era la fiesta del barrio marinero. Zazu se apartó el cabello de la frente. «Ojalá fuera yo una chica descalza, una chica cualquiera de San Telmo, y pudiera sentirme feliz bebiendo, bebiendo, bebiendo.» Zazu creyó oír voces alegres. Voces que reían o que celebraban algo. Pero las voces jóvenes la herían, como la campana, como la misma primavera. Otra vez estaba dentro de ella. Otra voz que ella amaba más que nada, a su pesar, con todo dolor. El dolor era ya todo lo que le quedaba de ella, tal vez. «No sabía yo que el amor era así.» Pero, no sabía por qué, estaba pensando en el amor, de pronto. Como si el amor fuese realmente algo grande. Zazu cerró los ojos otra vez. Voluntariamente sus ojos se cerraban con frecuencia, como si no deseara ver. «Tal vez el amor me ha corroído toda, me ha envenenado del todo. Por eso toda yo soy dolor, por eso solamente queda de mí aquel dolor lejano, que, a veces, me llegaba como un reflejo, antes de conocerle, antes de oír su voz.» Zazu sabía que no era aquel cuerpo lo que ella amaba. No era aquel cuerpo, glotón y desesperado por el tiempo, lo que ella deseaba. «Tal vez el amor sea el sueño.» Sí, había veleros sobre desiertos de arena, había grandes bolas de plata, donde el mundo se refleja convexo y diminuto. Había niños mendigos, que tienen el corazón lleno de sed, y roban para poder comer. Zazu no quería que las lágrimas calentaran sus ojos, que las lágrimas la inundaran como un mar diminuto y amargo. «No es bueno amar, no es bueno soñar. El sueño no es dulce, el sueño levanta llagas, quema, empuja.» Zazu huía de aquel nombre, pero aquel nombre la llenaba como una sangre nueva, que, gota a gota, se hubiera adueñado de sus venas. «Marco. Marco.» No se podía amar así, de aquella forma. No era lícito que se amara de aquel modo. Tampoco estaba dentro de la razón, ni de la sensatez. «El amor es una espina dolorosa», le dijo él. «El amor no es bueno. El amor duele, el amor no se puede cumplir nunca.» Zazu abrió los ojos, con temor. «¡Ah, Señor!, yo nunca había amado a nadie.» ¡Qué dura revelación, de pronto, comprender que toda su vida, que todos sus sueños habían ido persiguiendo aquello! «El amor.» ¡Qué extraño todo, qué distinto todo, a su alrededor! Las cosas y los hombres; todo era diferente. Zazu se apartó de la chimenea, con gesto impaciente. Una luz viva entraba por la ventana. Zazu buscó aquella luz desesperadamente. «Voy a casarme con Augusto. Pronto. No quiero esperar al otoño. Todas las primaveras son buenas. Dicen que las primaveras son buenas. Yo me casaré ahora, en esta primavera. Augusto llegará pronto.» Pero, aquella voz maligna adherida a ella, aquella voz odiada, o amada, la zahería. «Es cierto que todas las primaveras son buenas. Pero todas las primaveras te traerán un recuerdo, y tu vida será una esclavitud.» Zazu juntó las manos, como había visto que hacían los ángeles de piedra, sobre la puerta de la iglesia. «Los ángeles ahuyentan al diablo», le dijeron de niña. El amor era un diablo perverso, un diablo cruel, impío. «Es cierto: todas las primaveras son hermosas. Pero yo soy Zazu, yo soy la hija de Kepa. No estoy encadenada. No puede apresarme nadie. ¡Oh, no, yo no puedo seguirle! No nací para seguirle.» Era inútil juntar las manos. Nunca aparecería un ángel. Ningún ángel la quería en su compañía. Los ángeles eran blancos, eran puros; los ángeles no amaban. «Pero no puedo huir. Si huyo de él, mi sed será el peor tormento. Si huyo de él, le encontraré en todas partes. No se puede huir de él. Allí donde yo vaya, él estará. No puedo huir.» Pero Zazu tampoco podía seguirle. «Si yo sigo sus pasos, jamás podré desligarme, jamás podré retroceder. ¡Ah, Dios!, bien sé yo que, de una u otra manera, no soy ninguna diosa, y estoy encadenada.»

Zazu escondió torpemente sus manos. Sus manos inútiles, que nunca sirvieron para nada. Un pensamiento la hizo vacilar un instante: «¿Acaso no es mejor el vacío, al eterno desencanto?» Pero Zazu alzó la cabeza, con una furia nuevamente recobrada. «¡Bah, la vieja historia infantil de las conchas robadas y abandonadas! Sí, la prefiero. Mil veces la prefiero. Ha terminado, Marco, ha terminado. Muñeco enfermo. Muñeco estúpido. Caja de mentiras, caja de sueños estúpidos. Los sueños que envenenan, los sueños que dañan. No importa la sed. No importa el recuerdo. No puede importar nada. No creo en el amor, en este amor. Ya pasará. Siempre pasa todo. Siempre acaba todo. Ya pasará. ¡Quién sabe! Una mañana me levantaré y diré: no existió nunca. Es un sueño, sólo un sueño, al fin y al cabo.»

Zazu intentó sonreír. Nada importaba que Marco pasara los días con Mirentxu, súbitamente amigo, súbitamente hermanado con ella. No importaba que Marco quisiera compartirla con Mirentxu, que dividiera sus días entre Mirentxu y ella. «La gran colecta, Zazu, no lo olvides.» la rabia, el dolor, el sueño iban secando el corazón de Zazu. «¡Qué importa, qué importa! Hoy lo he decidido. Todo ha acabado. Nunca, nunca más volveré a verle. Nunca, nunca más le besaré. Nunca, nunca más.»

Era Marco, únicamente Marco, quien le dijo que no era una diosa. Zazu cumplía siempre lo que se prometía. Aunque por ello tuviera que morir.

CAPÍTULO XV

1

ILÉ ERORIAK PENSÓ: «¿Qué hago yo ahora?»

Estaba en una habitación pequeña, con techo en declive y la pared blanca. Había una cama de hierro negro, cubierta por una colcha floreada, y un lavabo de loza. Parecía la habitación de algún criado o criada de la casa, y tal vez lo fuera. Desde la ventana, allá abajo, se divisaba la bahía.

Ilé Eroriak no sabía qué hacer, dentro de aquella habitación. Al principio, se entretuvo mirándose curiosamente en el pequeño espejo que había sobre el lavabo. Pero pronto se cansó de ver su curtido rostro, sus azules ojos y los negros mechones que alborotaban su frente. Estaba rendido de tanto pensar. De pensar cosas contradictorias y extrañas, que hasta hacía poco tiempo nunca se le habían ocurrido. El porqué de su pobreza, el porqué de su abandono. Y el porqué de aquella súbita atención que todos le prodigaban. Tenía la cabeza dolorida, y más enmarañadas que nunca sus ideas. Además, sentía un raro hormigueo en los pies. Ilé no estaba acostumbrado al encierro.

Casi había llegado la noche cuando decidió marcharse. Abrió la puerta y bajó la escalera. Nadie le vio salir. «Tengo que ver a Marco y contarle todo lo que ella ha dicho de él», se dijo. «De este modo, él no volverá a verla nunca más.» Ilé Eroriak se dio cuenta, con una amarga sensación de dureza de que no quería, que no podía verlos juntos. Se le oprimía el corazón recordando cómo los había visto besarse, y no podía explicarse el porqué de aquel dolor.

Ilé Eroriak trató de hacerse cargo de su nueva situación. Aunque parecía extraño, aunque parecía un sueño, Zazu le enseñaría a leer. Se inclinaría junto a él, y podría percibir el sutil perfume de su cabello, de su piel. Quizá, tal vez, la mano tersa de Zazu volviera a posarse sobre la suya. Ilé Eroriak apartó estos pensamientos, con zozobra. «Luego, cuando arribe el velero, me marcharé. Eso es lo que deseo. Solamente eso.» Pero Ilé Eroriak tenía la duda dentro del corazón. Ilé Eroriak sospechaba que eran muchas más cosas las que deseaba, aunque no conociera sus nombres. Desde hacía algún tiempo, la vida de Ilé Eroriak la acechaban grandes anhelos, aunque no supiera cómo llamarlos.

Cuando llegó al muelle, no tardó en encontrar a Marco. Su amigo estaba quieto y pensativo, paseando, con las manos en los bolsillos. Ilé se acercó a él, corriendo:

—Vivo en la casa de Kepa —le explicó, precipitadamente—. ¿Oyes, Marco? ¡Tengo una habitación entera y una cama para mí solo!

Marco le miró indiferente. Entonces, la voz de Ilé se hizo confidencial, rápida:

—Marco, he de contarte algo. Algo que ella ha dicho. Y es esto, esto mismo: «Dile que no quiero verle nunca más». No vuelvas, pues, a buscarla.

Marco abrió los brazos con ademán elocuente:

—¡Oh, divina inocencia! Querido hermano, hermano mío, nunca olvidaré lo que haces por mí. ¡Déjame abrazarte, Ilé Eroriak! Así.

Le abrazó estrechamente. Y añadió:

—Óyeme: ella es única, maravillosa.

—¡Sí, pero no te quiere!

—¡Oh, Ilé! Claro que me quiere. Y aún más: cuando tú y yo nos marchemos en mi velero, no tendrá más remedio que seguirnos. Y no me dejará. ¡No, no podrá dejarme! ¿Sabes una cosa? Yo supe en seguida que ella tenía miedo del amor. ¡Figúrate! ¡Miedo del amor! Ella guardaba a salvo su corazón. Valía poca cosa, pero yo se lo arranqué.

—¡No, no, Marco! Ella te odia. Te digo que no te quiere. Jugaba contigo, como con todos, Marco,

¿crees acaso que eres el único? ¡Yo sé muchas cosas Marco...! Y además, ella dijo: «Dile (y quería decir que te lo contase a ti, y te llamó cabeza de paja), dile que el juego ha terminado».

—¡Claro que sí! —rió Marco—. Y ella ha perdido.

Marco dio una palmada eufórica en el hombro de Ilé.

—Y esta vez, perdió para siempre. Ilé, ¿imaginas lo que será, lo que va a ocurrir? Zazu sufrirá pacientemente mi abandono, cuando yo ame a otra mujer. Zazu llorará, amargamente, cuando yo ame...

Marco se perdió en una larga serie de imaginaciones sobre lo que ella haría cuando él quisiera apartarla de su lado. Sus ojos se encendían describiendo cómo la hija de Kepa le seguiría hasta la muerte, cómo, siempre, aceptaría gozosa su retorno. En la voz de Marco crecían viejos sueños, viejas ilusiones de muchacho que va a buscar el resto del rancho a los barcos de los suecos. En la voz de Marco había antiguas palizas, había antiguos insultos, humillaciones, lágrimas contenidas. Y un llanto que siempre, como un niño encerrado en una gran casa vacía, como un niño perdido en una inmensa casa, vagaba sin sentido, dentro de su corazón. Aquel llanto que era el de un niño que recorriese estancias huecas, frías, donde su voz se ensanchaba como un eco, sin que nadie respondiera. En la voz de Marco había infinidad de globos de colores, que subían al cielo uno tras otro. «Tus mentiras no son mentiras.» Marco reía pensando en el amor de Zazu. «¡Qué cosa tan rara tener miedo del amor! Tanto como he amado yo, en la vida.» Marco reía pensando en el corazón de Zazu, aquel pobre corazón que él había arrancado.

Ilé Eroriak pensó: «¿Por qué le pondrá eso tan contento?» Incluso había un raro temblor en las manos de Marco. Cuando se reía, brillaban sus colmillos agudos, sus dientes, que tenían algo dañino, algo innoble. Ilé se alejó de él.

Horas más tarde, después de vagar por San Telmo. Ilé volvió a la casa de Kepa Devar. Había llegado la noche y tenía ganas de dormir en aquella habitación, en aquella cama. Pero tropezó con un cuerpo, que permanecía apoyado en la verja del jardín. Era Marco.

—¿Adónde vas, desgraciado Ilé Eroriak? —dijo el hombre del hotel, con voz amarga—. Nos han echado de esta casa.

Ilé se rebeló:

—¡No! ¡A mí no me han echado!

—A ti también, naturalmente. ¡Oh, ven conmigo, pobre amigo mío!

—Pero yo... tengo arriba una cama. Y también una habitación. Sólo para mí.

—¡No tienes nada, Ilé Eroriak! Se ha burlado de ti. Ya sabes como es ella. No debe sorprenderte. ¡Ah, Ilé, no debiste creer jamás en sus palabras! A mí tampoco quiere verme ni hablarme: es dura como la roca, como el acero. ¡Ah, tal vez piense que, a estas alturas, va a liberarse! ¡Qué insensatez! Ya es tarde para ella. Sí, Ilé Eroriak: ella resistirá en su torre de marfil dos, cuatro días quizá. Pero el amor es algo poderoso, mi buen hermano. El amor es grande.

Ilé Eroriak se acercó a él, con voz trémula:

—¿No te dije que ella no te quería? ¿Acaso no te lo advertí?

Frenético, sujetó a Marco por las solapas de la chaqueta, y, en su exaltación le zarandeó.

—¡Marco, Marco! ¿Acaso no sabes que ella va a casarse pronto? ¿Acaso no sabes que Augusto llegará de un momento a otro? ¡Oh, Marco!, ¿por qué no hiciste caso, si yo te dije la verdad? Ahora lo hemos perdido todo, todo.

De momento, Marco sólo acertó a mirarle, con la boca abierta. Luego, separó de sí las manos de Ilé y trató de hablarle con dulzura:

—Pero Ilé, mi buen hermano, ¿qué estás diciendo? ¿Qué ella va a casarse? ¿Y qué importa ahora eso? Suponte que esto sucediera antes de que arribe nuestro velero. Bueno, pues aun así, yo te aseguro que ella abandonará a ese pobre Augusto el día que yo parta de Oiquixa. Sí, ella volverá a mí. Pero no es esto lo que me preocupa, Ilé Eroriak.

Marco miró hacia arriba. Se hallaban justamente bajo la ventana de Zazu, que aparecía abierta e iluminada. Entonces acometió a Marco un ataque de furia. Empezó a golpear la cabeza contra la verja, como un niño o un loco:

—¡Me pagarás esto, me vengaré de esta noche! —gritaba, amenazando con el puño hacia aquella ventana—. Un día u otro, vendrás a buscarme, bien lo sé. ¡Pero nunca te necesitaré como ahora!

Entonces dijo que jamás la había deseado como en aquellos momentos. Después suplicó. Y, luego, empezó a insultarla. Pero todo era inútil. Parecía que ella hubiese muerto. Y nadie respondía ni a sus súplicas ni a sus injurias.

Sin embargo, allá arriba, dentro del cuadrado luminoso, Zazu lo oía todo. Estaba quieta, mirando hacia aquel gran cielo, donde la noche parecía expectante. Zazu tenía las manos unidas, aunque los ángeles no la quisieran, aunque los ángeles no se le parecían. Zazu luchaba contra la fuerza que la empujaba a él. «Y, sin embargo, es algún ángel quien me empuja hacia este amor.» Zazu hubiera acudido a él, más aún por calmar el sufrimiento de Marco que por el suyo propio. Esto era nuevo, desconocido y aterrador para ella. Zazu oyó cómo Marco se burlaba de sus ojos de distinto color. «Siempre ocurre lo mismo. Cuando me besaba, decía que nunca había visto unos ojos más hermosos. Cuando quiere hacerme sufrir, alude a mi defecto. Siempre ha sido igual.»

Al fin, pasado un gran rato, se fueron. Allá abajo, quedó el silencio.

Ilé y Marco se emborracharon en la taberna de Aizpurúa. Y ni al día siguiente, ni al otro, ni nunca jamás, ella volvió a él.

A veces, acometía a Marco una risa estúpida, imaginando cómo la vida de Zazu sería un tormento, con aquel amor que él hizo nacer en su miserable corazón. Y decía: «Ya volverá. Y volverá para siempre. ¿No es ridículo? Si está condenada, ¿para qué luchar?» Sin embargo, por las noches, cuando la oscuridad o la luna llegaban, decía aún que ella era la mujer de su vida. Y alguna vez lloró, con la cara entre los brazos.

La Gran Colecta resultaba un verdadero éxito, y Marco acudía con regularidad a las reuniones de la Junta, en casa de las Antía. Mirentxu le prodigaba los cuidados más sutiles, pero él devoraba las tartas y los pastelillos de azúcar con los ojos llenos de tristeza y las manos temblorosas.

Un día, Marco volvió a encerrarse en su habitación del hotel y se metió en cama. Ilé acudió a verle, todos los días. Se sentaba junto a la cabecera, y oía, sin comprender bien, las peroratas de aquella voz febril: «Ilé, mi buen Ilé, escúchame». Una vez, empezó a hablarle de su familia: dijo que tenía muchos hermanos, pero que todos le odiaban, pues él era el predilecto de su madre.

—Y todos ellos —decía, con la sábana subida hasta la barbilla— creen que soy rico. Pero, mi buen Ilé, contigo no quiero secretos. Sólo soy rico... a temporadas. Ahora, por ejemplo, no tengo un céntimo. Si tarda mucho mi velero, nos moriremos de hambre.

Ilé Eroriak no creía que Marco pudiera morir de hambre jamás. Pero solamente dijo:

—Estoy triste, tengo algo aquí, dentro del pecho, que me hace daño y me ahoga. Llévame contigo, Marco, cuando venga tu velero. Quiero irme de aquí y no volver jamás. Quiero ser tan grande como Kepa Devar.

—¡Pero si tú eres más grande que él! Tú eres la sabiduría. Ilé Eroriak, ¡si pudiera yo ser como tú!

Y se quedaron los dos apesadumbrados, pensativos. Mirando el uno al techo, el otro al suelo.

CAPÍTULO XVI

1

Y EL VELERO ARRIBÓ.

Era un hermoso día, de los más bellos. Un día lleno de ecos. El eco del mar en los soportales de las *taskas*, el de la música de las carretas, el de la campana del puerto. El portugués grueso y moreno bajó del barco y contempló cómo descargaban su mercancía. Luego se volvió y preguntó por un hombre rubio, a quien llamaban el caballero Marco.

—He de llevarle conmigo, según le prometí —dijo.

Ilé Eroriak corrió al hotel, con el corazón en la garganta. Subió de tres en tres los escalones y entró en la habitación de Marco, sin cuidarse de llamar a la puerta.

El caballero Marco estaba tendido en el lecho, mordisqueando su boquilla vacía.

—¡Marco, ha llegado tu barco!

Marco le miró con ojos vagos.

—No es mío.

—Pero tú dijiste...

—Pero ¿cuándo vas a comprender la escasa importancia del «yo dije», «tú dijiste»? No, no es mi barco. Pero el patrón me debe la vida.

Impulsivamente, Ilé Eroriak le dijo:

—Marco, yo también te debo la vida.

Marco le miró un segundo, con extraña expresión:

—¿Por qué dices eso? —Pareció alterarse.

Ilé no supo qué responder. Marco se sentó al borde de la cama y empezó a buscar las sandalias, con expresión concentrada y recelosa.

—Oye, Ilé, ¿qué ha ido diciendo ese mentecato portugués? ¿Qué ha ido contando de mí?

—Nada. Solamente dijo: «He de llevarle conmigo, como le prometí». Por eso vine a decírtelo.

Marco se calzó el pie derecho y aspiró un humo imaginario.

—Bueno. ¿Sabes, Ilé? Tuvimos negocios de contrabando ese barrigón y yo. A veces, hacemos bonitas cosas. Pero no es de fiar ese cerdo moreno. Me explota, me exprime como a un limón. Cualquier día le mandaré al infierno.

Después de acicalarse lentamente, Marco peinó con cuidado sus rubios cabellos, casi plateados. Una pequeña barbita poblaba su mentón, pues no se había afeitado durante los últimos días. La barba era de un tono oscuro, casi negro. Marco abotonó despaciosamente el último de sus botones y se volvió hacia su misteriosa maleta, vieja y rozada. Estuvo contemplándola y pasando la mano por su lomo, como si se tratara de un perro querido y fiel. Pero aquella mano temblaba.

—Bien, ya llegó. Bonito día —comentó—. Aún tengo fiebre, pero no puedo atender a mi salud. Cuando se es pobre y desgraciado, estas cosas deben pasar a segundo término.

—Marco, ¿eres muy desgraciado?

—Pues sí, lo soy. Pero entierro mi corazón y sonrío. Tú eres mi buen amigo y estás enseñándome a vivir. ¡Ah, Ilé Eroriak! Si yo te dijera que he vivido lo mejor, lo más hermoso y sano de mi vida charlando contigo como dos hermanos, ¿me creerías?

—Sí. Sí te creo.

—Pues así es, aunque parezca extraño. Lástima que no sirve, Ilé Eroriak. No sirve. La calle espera afuera, ¿sabes? La calle es el lugar de los perros. No puede uno detenerse a contemplar cómo trepan los verdes gusanillos por la palma de la mano. No, no se puede, Ilé. La calle espera. ¡A la calle!

Ilé le miró desorientado. Entonces, al ver sus ojos, la voz de Marco se alegró exageradamente.

—¡Pero sonríe, muchacho, sonríe! Tú eres un

chiquillo, y mi corazón también es niño. ¡Ya verás, ya verás, Ilé Eroriak! Tenemos mucho que vivir, todavía. Claro está que mi pobre alma se siente cansada, pero...

Ilé le interrumpió, como si pensara en voz alta:

—Ella también dijo: «Estoy cansada».

Marco hizo un gesto desdeñoso:

—¡Bah! Pero no de la misma manera. Mi alma, muchacho, es muy grande, y está cansada de abarcar tanto. En cambio, la suya es pequeña, y está rendida, agobiada, bajo el peso de su amor.

Ilé no respondió.

—Por cierto —añadió Marco, lentamente—. Procura acercarte a ella, y dile: «Dice Marco que mañana, al amanecer, partiremos de Oiquixa para no volver más».

Ilé Eroriak parpadeó:

—¿He de decirlo... a la hija de Kepa?

—Sí, naturalmente. Díselo a esa... —otra vez volvía a insultarla.

Pero lo hacía fríamente, sin apasionamiento, sin rencor alguno.

—Y, óyeme, Ilé Eroriak: esto es importante. Procura que nadie más se entere de nuestra partida. Porque... porque, en fin, ya sabes que todas las compras que hicimos en el bazar de Arresu, y todas las cuentas de la *taska* de Aizpurúa, y la de Uranga, ya sabes, chico, todas se deben aún. Además, naturalmente, la cuenta del hotel. ¡Ni pensar, ni pensar! Claro que siempre lo recordarán. Tampoco pagó el

265

rey, y lo recuerdan, y encima le ponen lápida de mármol. Y a mí me harán lo mismo, dentro de unos años.

Marco se mordió levemente el labio. En un arranque confidencial se acercó a Ilé y le cogió la mano:

—Muchacho, tengo que decirte algo. Me llevo algo que te agradará saber. Pero no voy a decirte en qué consiste. Sólo quiero que sepas que me llevo lo más caro, lo más codiciado de los mentecatos de Kale Nagusia. ¡Gran lección para Kale Nagusia! Ilé Eroriak, yo me llevo el rencor, la maldad, el egoísmo, la dureza de corazón de Kale Nagusia. Yo me llevo la vanidad, la estupidez, la falsa seguridad de Kale Nagusia, en esta maleta tan querida. Pero tú, Ilé Eroriak, no lo verás hasta que nos hallemos en alta mar, bajo la pureza del cielo. Entonces nos tenderemos sobre cubierta, y soñaremos, Ilé Eroriak. Soñaremos.

Su voz se quebró. Miró a Ilé Eroriak y su acento cambió duramente:

—Ilé, como digas algo, no te llevo conmigo. Y, bien pensado, mi maleta, mi vieja amiga, se quedará aquí, en el hotel. De este modo no despertaremos sospechas. Sí, mi vieja maleta me guardará las espaldas. ¡Nunca verás mayor fidelidad!

—Marco, ella se lo dirá a su padre. Ella es mala y te venderá.

—¿Quién? ¿Zazu?... ¡Inocente chiquillo! Ella no dirá nada. Si yo conozco algo, es su despreciable corazón. Verás lo que ella hará: saldrá mañana, temprano, al rayar el alba. (El amanecer de su vida, no lo olvides. Resulta poético.) Luego saldrá a mi encuentro. Sin remisión. Nos besaremos, como dos amantes, y saldremos juntos de aquí. ¡Adiós, adiós, bella Oiquixa! ¡Adiós, tierra bendita, eterna primavera! Claro está que, luego, más adelante, no sabré deshacerme de ella.

—Entonces, ¿por qué quieres llevártela?

—No quiero llevármela: simplemente acepto lo inevitable. Anda, ve y no pierdas tiempo.

Marco se quedó pensativo:

—Esto es hermoso, ¿sabes? Inspirar un noble sentimiento en una criatura semejante, ¿comprendes, Ilé Eroriak? Vale la pena. Se da el caso peregrino, Ilé Eroriak, de que yo paso por el mundo haciendo el bien: aquí, en Oiquixa, he dado una lección ácida a los estúpidos envarados, a los secos corazones de los hombres de Kale Nagusia. Aquí, en Oiquixa, he despertado el amor en una estupidilla egoísta y necia, en un corazón vacío y triste. Bueno, pues así siempre. Así siempre. ¿Y qué le queda a mi corazón? Nada. Nada queda para mi pobre corazón. ¡A la calle mi corazón! ¡A la calle, como un perro! Sí, Ilé, bien sabe Dios que mi corazón no es sino un pobre perrillo negro, sin raza, ladrador y vegabundo. Eso es, y no otra cosa.

Marco calló, fatigado. Y añadió:

—Ella, ya sabe lo que le espera. Pero no creas, soy un buen hombre y no pienso vengarme. Ya, nada me importa lo que me hizo sufrir aquella noche y todos estos días. Porque eso ya pasó, y ahora no sufro. Ahora, no estoy sufriendo. Así y todo, ¡pobre Zazu! ¡Qué desgraciada será y qué feliz también! ¿No te da un poco de lástima? Vamos, quiero decir: esperando siempre que yo vuelva a su lado. ¡Bah, bah! ¡Cuánta historia para nada! ¡Estoy pensando si valía la pena todo esto! Casi ni estoy alegre.

Marco se acercó al espejo y se miró a los ojos. Aquellos ojos que parecían intensamente verdes, de color transparente, de color húmedo y brillante, del color donde cabían todas las cosas. Todo lo que no existe ni existirá jamás.

—Corre, Ilé Eroriak —dijo—. Necesito estar solo. ¡Dios, yo quiero estar solo! Necesito cerrar los ojos y contemplar mi alma. Mi voz se ha afectado, por culpa de la fiebre. Maldita fiebre, ¿cuándo me abandonarás? Es la fiebre de las islas, la odiosa fiebre del Penal de las islas. ¡Maldita fiebre de carne de perro, el diablo cargue contigo! Ilé Eroriak, hermano mío, ¡vete ya! Búscala y dale mi recado. No nos veremos hasta mañana, al amanecer, en el puerto.

—¿No he de volver hasta que partamos?

—Eso es. Adiós, Ilé Eroriak.

—No te irás sin mí. No me dejarás aquí, ¿verdad?

Marco abrió los brazos lentamente:

—¿Cómo voy a dejarte, si gracias a tu ejemplo puedo seguir viviendo?

El muchacho salió de la habitación.

Estuvo rondando en torno a la casa de Kepa Devar, hasta que divisó a Zazu. Allí, justamente en aquel extremo del jardín, donde Kepa decía que él podría plantar un manzano con sus propias manos. Se acercó a la verja, y la llamó. Pero ella no le hacía caso y miraba hacia otro lado. Aun así, él dijo:

—¡Ha llegado el velero. Marco se irá mañana, al amanecer, para no volver!

Eso dijo, a pesar de que su corazón se destrozaba.

—¿Qué estupideces dices? —exclamó ella—. ¿Qué me importa a mí vuestro famoso velero?

Ilé Eroriak se apartó de la verja. No quería que le viese llorar. No quería que supiera cuánto sufría porque la perdía para siempre. No sabía por qué la amaba, él, que era una pobre criatura, casi un niño. Él que ni siquiera comprendía el amor.

—¡Ven aquí! —ordenó, repentinamente, Zazu.

Pero el muchacho no volvió. Se alejaba de prisa, sin volver la cabeza.

Las manos de Zazu se cerraron sobre aquellos barrotes de hierro, enmohecidos por las lluvias. «¡Vuelve!», ordenaba. Pero el muchacho ya había desaparecido. «¡Vuelve! Ojalá se te hubiese caído la lengua antes de decirme eso. Ojalá se te hubiese caído la lengua.»

2

Así que dijo aquello, Ilé no supo adónde dirigirse. Estaba muy nervioso y le acometía un necio deseo de despedirse. Despedirse de todas las cosas que él amaba. De ver algo o alguien, por última vez, y recrearse en el pensamiento doloroso de que «era la última vez, la última». Casi sin darse cuenta, llegó hasta el teatro de Anderea.

Asomó la cabeza por la pequeña trampa que conducía al taller. Su rostro se encendió bajo los revueltos mechones negros:

—¡Adiós, Anderea! —dijo con precipitación—. Voy a marcharme y no volveré. Quiero decirte adiós.

Anderea levantó la cabeza y le saludó alegremente:

—¡Hola, muchacho! Ven, siéntate aquí. Hace tiempo que no te vemos, y he de enseñarte unos muñecos nuevos, que tú no conoces.

Ilé se irritó, con un extraño dolor:

—Pero ¿no oyes que te digo: «adiós, voy a despedirme»? ¿Por qué dices, «¡Hola, muchacho!»? Esto es una despedida. No, no quiero ver ningún muñeco.

—Está bien, Ilé. Está bien. Pero, por lo menos, podrás charlar un rato con tu viejo amigo.

Ilé parpadeó:

—Es que... he de irme.

—¡Ilé Eroriak! ¿Por qué lloras?

—¡No lloro! Estoy muy contento. Seré más grande que Kepa.

—Bien, Ilé. Pero siéntate, aunque sólo sea un instante. Los muñecos querrán despedirte. Cuando seas tan grande como Kepa, se alegrarán de haber estado en tus manos.

Ilé Eroriak bajó con lentitud la escalerilla. Se sentó en el suelo, con las piernas cruzadas, según su costumbre. Y así, como antes, como siempre, permanecieron mucho rato. Le parecía que no hubiera transcurrido el tiempo desde la última vez que se vieron, en aquel mismo lugar. Sentado, viéndole trabajar, entre el olor de pintura y de serrín, de madera. Entre las caretas de acusadas facciones y las pelucas de esparto.

—Es un barco muy bonito —se decidió al fin a explicar—. Y ella también vendrá.

Anderea asintió, con gesto sonriente:

—Magnífico. La bella historia de Colombina y Arlequín. Pero a ti, pobre muñeco, ¿qué papel te asignaremos? De ninguna manera te pareces a Pierrot. ¡Y tú no querrás convertirte en uno de ésos! —dijo, señalando el estante de los muñecos olvidados, de los pálidos y despintados muñecos rotos, inservibles.

271

Ilé sintió un raro desasosiego:

—Óyeme, Anderea: no vayas tú a decir nada de esto, a nadie... No vayas a decir lo del velero, lo de nuestra partida. Porque es que...

Anderea le atajó, con un gesto:

—Sí, sí. Ya sé por qué. Descuida. Ya sé que se lleva los fondos de la gran colecta; ya sé que se lleva el cursi *pendentif* de oro y esmeraldas de la señorita Mirentxu; ya sé que se lleva deudas a montones. Pero descuida, yo no diré nada. Yo nunca digo nada, Ilé Eroriak. Aquí solamente hablan los muñecos.

—¡Pero él dice... él dice que se lleva el corazón duro de Kale Nagusia, él dice que se lleva... la avaricia, el egoísmo... y la vanidad y la estupidez...!

—Indudablemente. Pero los llevará a otro lugar, Ilé Eroriak. Los llevará a otro lugar. Nadie, ni él siquiera, podrán remediarlo, Ilé. ¡Mis pobres muñecos lo saben muy bien!

Aquella noche, Ilé Eroriak durmió en el estante, con los muñecos olvidados.

3

Empezó a llover. Luego, unos nubarrones negros, alargados, ocultaron a la luna. En un momento toda la calma se rompió, el mar se revolvió furiosamente, bajo el gran cielo oscuro, bajo el gran cielo feroz. Los relámpagos, blancos y fugaces, llenaban de claridad a Oiquixa. Por un instante repetidos, con un lejano rodar de carros. Llegó, por fin, la tormenta.

El espejo de Zazu, aquel espejo grande y oval que la vio siempre, retenía ahora toda la habitación. A la muchacha, a su frente sombría, a su entero corazón. Frente al espejo, Zazu estaba quieta, llena de gritos y voces, de lejanía y de tristeza presente. Tristeza pequeña, tristeza casi pueril, de niña. El espejo de Zazu siempre fue amigo, en la Oiquixa hostil, en la Oiquixa retorcida y callada, hipócrita. Zazu se miraba al espejo y se veía quieta, se veía menuda y sin importancia alguna, dentro del mundo. Nada importaba su corazón, entre todos los corazones; nada importaba su mirada desesperada, entre tantas desesperaciones. Nada importaba su lengua, su lengua encerrada que llamaba, que repetía un nombre, que pedía cosas. Cosas imposibles que ningún hombre, que ninguna mujer podrán tener jamás. El espejo de Zazu retrata solamente su inutilidad, su gran tristeza, su huida. «Porque yo sólo amo la huida. Él es la huida. ¡Ah, Señor, el amor es huir, y yo no lo sabía! Yo tuve miedo de mirar sus ojos, aquella noche. Imprudente de mí, yo no debía mirar sus ojos, aquella noche. Imprudente de mí, yo no debí mirar sus ojos, espejos del sueño, espejos de lo que nunca podrá suceder. Yo no debí mirar los ojos de aquel hombre, porque dentro estaban las traidoras barcas del sueño, las traidoras barcas aban-

donadas, donde van los niños pobres a soñar.» Zazu
seguía mirando sus propios ojos llenos de mentiras,
sus ojos llenos de esferas plateadas, balanceándose
al impulso de la brisa, una noche de Navidad. Por
la ventana abierta de Zazu entraba el parpadeo nervioso de aquella luz blanca, lívida, y arrancaba
luces nuevas, destellos de aquella superficie bruñida.
Como la superficie de un pozo traidor, donde ella se
miraba. «Yo soy también un pobre golfillo tendido
al fondo de una barca.» Zazu sabía que podían crucificarla los pájaros, que podían crucificarla los gritos lejanos de los pájaros, como a los golfillos que
sueñan.

Zazu se acercó más al espejo. Tal vez la vida estuviera allí, dentro del espejo. Pero dentro del espejo estaba su rostro feo, de ser humano, de criatura
humana. Su rostro incompleto, inacabado. Su rostro
vacilante y desenfocado de hija de la tierra, donde
todo sería posible; la belleza, el amor, el sueño;
donde nada existe realmente. El ojo derecho, pálido,
resaltaba absurdamente en el feo rostro de Zazu.
«Me acuerdo, me acuerdo de cuando era pequeña.
Me acuerdo de las conchas de la playa. Me acuerdo
de aquellos feos vestidos que me obligaba a vestir mi tía Eskarne. Me acuerdo de las manos de mi
padre, me acuerdo de mi pequeña camita solitaria
donde por las noches rezaba, juntando las dos manos, como dicen que hacen los ángeles.» Zazu se
volvió de espalda al espejo. «Marco, Marco.» Zazu
se miró las manos. Las palmas abiertas de las ma-

ños, con su piel lisa y morena, surcada de caminos inciertos. De caminos que se perdían siempre, sin saber por qué. Las manos de Zazu, las manos de ladrona, las pobres manos vacías. «El amor. Yo no sabía que el amor era esto. Yo no lo sabía.» Zazu sentía aquella otra voz, aquella voz que era el veneno de lo imposible. «El amor es muy distinto de como tú lo imaginas.»

Zazu se apartó del espejo, porque en el espejo estaba Marco. Zazu escondió las manos a la espalda, porque en sus manos estaba Marco. «Me casaré en otoño, con Augusto. Y nunca más me acordaré de de él.» Pero aquello no era verdad. Aquello era otra mentira, otra gran mentira. «Todas las voces serán su voz, todas las primaveras serán esta primavera. Cada vez que arribe un velero, será su velero. No hay paz, no existe la paz. Marco está dentro de ti. Marco eres tú misma. Marco es tu huida, tu sueño, tu vida toda.» Y, sin embargo, el velero de Marco estaba abandonado, sobre un desierto de arena. Sobre una cruel y traidora arena, que lo devoraría. Zazu se aportó del espejo.

Nerviosa, desazonada, cruzó la estancia y salió al rellano de la escalera. Zazu se recogió levemente su falda. Sus manos temblaban.

La casa estaba oscura, fría. Por las grandes ventanas del vestíbulo, penetraba la claridad de la tormenta. Zazu se detuvo, frente al retrato de su madre. Aránzazu, con su vestido negro y sus ojos pensativos, arrancó una extraña emoción en su corazón.

Nunca sintió nada parecido. Zazu se aproximó al retrato, y con mano impaciente rozó aquel rostro frío y blanco. Inesperadamente, la hija de Kepa notó húmedas las mejillas. Alguien aflojó los hilos que la mantenían tensa, rígida, y su cabeza se dobló. Zazu lloraba por su vida, por aquella extraña vida que no podía comprender. Por su vida pasada y por su vida futura, por la vida de Kepa y la vida de Marco, por la vida de todos los muchachos que tienen hambre y sed. Zazu lloraba por la historia de las conchas en la arena, por sus ojos de distinto color, por los feos vestidos que la obligaban a llevar de niña, por las noches de insomnio. Zazu lloraba por la perla de la corbata de su padre, por el velero de los sueños de Marco, por su propio corazón. «Mi corazón y yo crecimos extrañamente.» Seguía lloviendo, con fuerza. Había como un azote constante, en los muros de la casa, en los cristales de las ventanas, en el tejado. Las vigas crujían. La gran casa de Kepa era un barco perdido, un barco enorme y triste, a la deriva. Un gran barco que se perdió en el mar y no alcanzó jamás la orilla. La casa de Kepa era un gran barco abandonado, hecho de sombras y de esperanzas rotas.

Inesperadamente, el cielo palideció. Zazu levantó la cabeza y un gran miedo, despacioso, helado, rodeó su corazón. «¿Qué ocurre?» Zazu sintió un estremecimiento. «¿Por qué hace tanto frío?» Zazu avanzó hacia la puerta, guiada por unos hilillos sutiles, fatales. «La luz del alba está ya cerca.» Zazu salió de allí. «Tú besarás las huellas de mis pies. Y, al fin y al cabo, yo siempre volveré a ti.» Zazu se tapó los oídos. Pero sus pies avanzaban, y nada, ni nadie, podía detenerlos.

Afuera, la lluvia le azotó el rostro. «¿Esto es el amor? ¿Es esto el amor?» Zazu bajó por la solitaria Kale Nagusia, gris y fría, en la madrugada. Zazu se encaminó hacia el muelle.

Entre la bruma, entre la blanca neblina, se erguía fantasmal, fantástica, la silueta del velero. «Es hermosa la lluvia. Es hermoso el mar. Es hermoso el puerto.» La lluvia empapaba la frágil ropa de Zazu, su cabello. Mojados mechones se pegaban a sus sienes, como serpientes malignas, devorando su razón, destilando sueños malignos. Zazu seguía avanzando. «Pronto, muy pronto, amanecerá.» Sus ojos estaban fijos en aquella silueta, que parecía verde, o roja, o azul, entre la niebla. Que parecía soñada. «El amor es grande», pensó Zazu.

Entonces, al encaminarse hacia aquel hermoso fantasma, hacia aquel hermoso velero tan esperado, tan temido, tan soñado, Zazu tropezó violentamente con un cuerpo. Era un cuerpo menudo, aterido. Acurrucado en el suelo, contra la pared.

Zazu estuvo a punto de caer cuando tropezó con Ilé Eroriak. Súbitamente, la hija de Kepa despertó. Un violento fuego subió a su pecho, nubló sus ojos. Era la hija de Kepa, llena de orgullo y de ira, llena de odio. El fuego se hizo incontenible. Ardían su garganta, su rostro, sus ojos. Un viento sombrío se alzaba dentro de ella. Un viento loco y traidor la bamboleaba como a una pobre muñeca, en el vacío. Alguna extraña risa, perdida, errante, llegó hasta ella. «Fue él quien dijo que no era una diosa.» Zazu sujetó con fuerza a Ilé, clavando sus dedos en el brazo del chico. Ilé Eroriak la miró, asustado. Zazu no tuvo nunca manos piadosas.

—¡Anda, ve donde él, ahora, y dile todo esto de mi parte: dile que puede irse y no volver jamás a Oiquixa! Dile esto: que es grotesco y pueril. ¡Qué ridículo me parece todo lo que él dice y piensa! Dile que ha calculado mal. Porque el amor es grande, como él dijo, y mi corazón muy pequeño.

Pero sus palabras, tontas y huecas palabras, que recordaban las de él, se perdieron. Zazu huía.

Ilé Eroriak, amedrentado, la siguió. La hija de Kepa avanzaba por el camino del viejo faro en ruinas. «Huir, huir de él es lo único posible.» Pero Zazu no podía huir de otro modo. «Él estará allí donde ponga yo los ojos. Él está en mi sueño y en mi corazón. En el eco de las pisadas, en la arena de la playa, en el recuerdo de la infancia, en el brillo del sol y en las largas noches de insomnio. En el día y en la noche, en todo lugar donde quepan la huida y el sueño, el miedo, la esperanza. No se puede huir de él, porque él es la huida.» A Zazu sólo le quedaba un largo camino, gris y estrecho. Sólo podía seguir avanzando, hasta llegar a un lugar donde no hubiera cabida para él. De nuevo la rodearon aquellas risas burlonas, los crueles amigos de Ilé

Eroriak. Los castillos y los caballos del mar crecían ante ella. Legiones de caballos blancos, azules, morados galopaban a su encuentro. Zazu seguía avanzando. No tenía otro camino. Era un camino largo, gris, cada vez más estrecho. «¿Cuánto queda aún por recorrer?» Parecía que no fuera a acabarse nunca. También la vida parecía, a veces, que no iba a acabarse nunca. También la vida era, a veces, cada vez más estrecha. Sus enemigos burlones la estrechaban, cada vez más cerca. Golpeando su rostro, sus piernas. Y llegaría un momento, al fin, en que lograrían arrollarla, quitarle la vida. Esto es, liberarla, al fin, de él. Todo se reducía a voces que se acercaban y se alejaban. «Como en la vida.» Unas, atronando sus oídos. Otras, lejanas, como ecos olvidados.

4

Un día, Ilé Eroriak se atrevió a volver al taller de Anderea, debajo del teatro.

—Estoy preparando una comedia —dijo el anciano—. Será alegre y divertida. Estoy seguro de que te hará reír.

Pero Ilé Eroriak se sentó en el suelo con la cara entre las manos.

La mañana transcurrió plácida. Partieron su comida y bebieron un vasito de aguardiente, como si fuera domingo. Ilé miró de frente a Anderea. En sus ojos había lágrimas y una rara dureza, que no conocía antes. Empezó a hablar.

—Anderea, no era verdad nada de lo que decía. ¡Ni siquiera se fue en el velero!, ¿sabes? Todo lo que decía, desde el día en que nació, eran embustes. Nadie le debía la vida, nadie. ¡Anderea, si tú supieras! Cuando ella se hundió en el mar, yo corrí a advertirle. Y entonces él tuvo miedo. Un miedo terrible. Y temblaba y lloraba.

Ilé se pasó el dorso de la mano por los ojos y añadió con rabia:

—La gente dice que estoy loco, pero ahora sé que no es verdad. Que sólo hay un loco, chiflado, estúpido: y es él. ¡Parecía un muñeco de ésos! Tenía miedo cuando ella se hundió en el mar. Y, entonces, no quiso llevarme con él. Y me pegó, para que le dejara en paz. Pero, entonces, oyó el portugués lo de la chica, y tampoco le admitió en el barco: «No, no. Hemos hecho cosas juntos, pero aquí hay de por medio un asesinato. De eso no quiero ni oír hablar». Le empujó y no le dejó subir. Marco le vio levar anclas, y se puso a gritar. A gritar como un loco, un verdadero loco, que es lo único que él era. Se volvió a mí y me pegó más que nadie me ha pegado nunca: «Golfo idiota —me decía—. Por tu culpa me van a pescar». Y se puso a llorar a gritos, diciendo que él amaba a Zazu como a nadie en el mundo.

Los muchachos hambrientos sueñan. Los mucha-
chos hambrientos se tienden en las barcas y se creen
poderosos. Los muchachos no quieren tener ham-
bre, no quieren tener sed.

»¡Yo, yo mismo fui quien le traicionó! Yo mismo dije a todo el mundo lo que él era. Fue por eso
por lo que se lo llevaron los carabineros, dándole
empujones. Y no era la primera vez. Acababa de
salir de la cárcel. No tenía nada. Nunca tuvo nada.
Nunca tuvo nada. Es un muñeco tonto y loco, y
nada más.

En la isla donde yo vivo hay grandes pájaros de
vuelo lento y bajo. En la isla donde yo vivo, los mu-
chachos cuelgan de los árboles grandes bolas de
color de plata, de color de oro, de color de sueño.
Dentro de las esferas de plata, el mundo es muy
distinto. El mundo es muy hermoso.

»Luego resultó que muchos le conocían. Tanto
como se hablaba de su misterio, y resultó que luego
le conocían algunos. Y dicen que era un gitano.
Y otros dicen que era un contrabandista, como el
portugués. Y otros que era un estafador, perseguido.
Y nadie decía nada, cuando estaba aquí, y todos
le creían parecido al rey. ¡Y dicen que yo estoy
loco!

Hay un peligro muy grande de que se descubra
el lugar donde van los golfillos a soñar. Pero yo no
puedo detenerme, yo no puedo pararme a beber
agua, pararme a contemplar un gusanillo. Afuera
está la calle, esperando. Mi corazón es un perrillo

negro y sin raza, perdido por las calles. La gran calle
gris y larga, llena de polvo.

»Anderea, yo, antes no odiaba a nadie. Pero ahora sí: ahora le odio a él. Y te juro que, si le encuentro un día, le mataré.

Pero la vida existe. Yo estoy seguro de que la
vida anda escondida, por alguna parte. Esperándo-
me. Sí, yo creo que la vida existe.

Anderea le miró:

—¡Oh, Ilé! —le dijo—. ¿Para qué odiar? No es
fácil. No tiene sentido. No se puede odiar a los sueños. No se puede odiar. ¿Para qué?

Ilé bajó la cabeza. Pero sus ojos estaban llenos
de rencor. Anderea continuó:

—Fíjate, Ilé. Fíjate qué muñeco tan gracioso.
¿Ves su cabeza? Estuve trabajando en ella durante
tres noches. ¡Tres noches seguidas, sin el más pequeño descanso! Pero estoy satisfecho.

Ilé clavó en Anderea sus ojos agradecidos. Ahora,
su llanto era silencioso y bienhechor. Al fin y al
cabo, no era más que un muchacho. Parecía que las
sombras huían de su corazón.

La tarde había llegado, y se anunciaba el verano,
allá arriba.

—Anderea... Si no volviese el hijo de Joxé..
¡Como anda siempre haciendo el tonto! Entonces, yo...

Anderea asintió:

—¡Bien, bien! De eso quería hablarte. Tú puedes
muy bien manejar el decorado.

Ilé Eroriak cerró los ojos.

—Y luego, más adelante, tú verás como es fácil, aprenderás a manejar muñecos.

5

Allá abajo, en Kale Nagusia, Kepa miraba estúpidamente el rostro frío y blanco de Aránzazu Antía. Seguía moviendo los labios, como si rezase. Pero no brillaba ninguna perla en su corbata.

Barcelona, 1944. — Madrid, 1954.

NOVELAS GALARDONADAS CON EL
PREMIO EDITORIAL PLANETA

1952. EN LA NOCHE NO HAY CAMINOS. *Juan José Mira*
1953. UNA CASA CON GOTERAS. *Santiago Lorén*
1954. PEQUEÑO TEATRO. *Ana María Matute*
1955. TRES PISADAS DE HOMBRE. *Antonio Prieto*
1956. EL DESCONOCIDO. *Carmen Kurtz*
1957. LA PAZ EMPIEZA NUNCA. *Emilio Romero*
1958. PASOS SIN HUELLAS. *F. Bermúdez de Castro*
1959. LA NOCHE. *Andrés Bosch*
1960. EL ATENTADO. *Tomás Salvador*
1961. LA MUJER DE OTRO. *Torcuato Luca de Tena*
1962. SE ENCIENDE Y SE APAGA UNA LUZ. *Ángel Vázquez*
1963. EL CACIQUE. *Luis Romero*
1964. LAS HOGUERAS. *Concha Alós*
1965. EQUIPAJE DE AMOR PARA LA TIERRA. *Rodrigo Rubio*
1966. A TIENTAS Y A CIEGAS. *Marta Portal Nicolás*
1967. LAS ÚLTIMAS BANDERAS. *Ángel María de Lera*
1968. CON LA NOCHE A CUESTAS. *Manuel Ferrand*
1969. EN LA VIDA DE IGNACIO MOREL. *Ramón J. Sender*
1970. LA CRUZ INVERTIDA. *Marcos Aguinis*
1971. CONDENADOS A VIVIR. *José María Gironella*
1972. LA CÁRCEL. *Jesús Zárate*
1973. AZAÑA. *Carlos Rojas*
1974. ICARIA, ICARIA... *Xavier Benguerel*
1975. LA GANGRENA. *Mercedes Salisachs*
1976. EN EL DÍA DE HOY. *Jesús Torbado*
1977. AUTOBIOGRAFÍA DE FEDERICO SANCHEZ. *Jorge Semprún*
1978. LA MUCHACHA DE LAS BRAGAS DE ORO. *Juan Marsé*
1979. LOS MARES DEL SUR. *Manuel Vázquez Montalbán*
1980. VOLAVÉRUNT. *Antonio Larreta*